Exit

Van Lee Child zijn verschenen:

DE JACK REACHER-THRILLERS

1 Jachtveld
2 Lokaas
3 Tegendraads
4 De bezoeker
5 Brandpunt
6 Buitenwacht
7 Spervuur
8 De vijand
9 Voltreffer
10 Bloedgeld
11 De rekening
12 Niets te verliezen
13 Sluipschutter
14 61 uur
15 Tegenspel
16 De affaire
17 Achtervolging
18 Ga nooit terug
19 Persoonlijk
20 Daag me uit
21 Onder de radar
22 Nachthandel
23 Verleden tijd
24 Blauwe maan
25 De wachtpost (met Andrew Child)
26 Liever dood dan levend (met Andrew Child)
27 Geen plan B
28 Het geheim
29 In de val
30 Exitstrategie

DE JACK REACHER-VERHALEN

Op doorreis (bundel)

De held (non-fictie)
Geen paniek (bundel)

Lee Child

Exitstrategie

Vertaald door Ans van der Graaff en Marjolein van Velzen

LUITINGH-SIJTHOFF

Oorspronkelijke titel *Exit Strategy*
Vertaling Ans van der Graaff en Marjolein van Velzen
Omslagontwerp DPS Design & Prepress Studio
Omslagbeeld figuur JS Collaboration;
achtergrondafbeelding Getty Images/Thatree Thitivongvaroon
Opmaak binnenwerk Crius Group, Hulshout

ISBN 978 90 210 4927 4
ISBN 978 90 210 4928 1 (e-book)
ISBN 978 90 210 6013 2 (luisterboek)
NUR 332

www.leechild.com
www.lsuitgeverij.nl
www.boekenwereld.com

Uitgeverij Luitingh-Sijthoff vindt het belangrijk om op milieuvriendelijke en verantwoorde wijze met natuurlijke bronnen om te gaan. Bij de productie van dit boek is daarom gebruikgemaakt van papier waarvan het zeker is dat dit niet tot bosvernietiging heeft geleid.

Voor iedereen die nu al dertig avonturen lang met Reacher meeleeft…

1

Nathan Gilmour wist dingen die andere mensen niet wisten.

Mensen als bijvoorbeeld zijn collega's bij de Havenautoriteit van Baltimore.

Dingen als bijvoorbeeld de ware toedracht van de dood van een van die collega's. Dat was geen ongeluk geweest, ook al stond dat wel in het proces-verbaal; en de overledene was ook niet het beoogde slachtoffer. Dat was Gilmour zelf.

Gilmour wist donders goed dat hij degene was die dood had moeten zijn. Dat stond als een paal boven water. En als hij bleef zitten waar hij zat en braaf bleef doen wat hem gezegd werd, dan zouden de moordenaars eveneens tot de ontdekking komen dat ze het verprutst hadden. Dan kwamen ze hun fout rechtzetten. Ook dat stond als een paal boven water. Dus had Gilmour geen keuze. Hij moest de stekker eruit trekken.

Gilmour zat in zijn eentje in het hokkerige kantoortje. Er stond nog een bureau, maar dat ging schuil onder een massa boeketten. De meeste begonnen al te verwelken. Er hing een zware geur van bloemen. De stank van bloemen, dacht Gilmour. De stank van de dood. Hij ging door zijn mond ademen en draaide zijn stoel opzij om niet uit het raam te hoeven kijken. Hij had geen behoefte aan de aanblik van het dak van die half ingezakte witte tent. De tent stond opgesteld boven de plek waar de zeecontainer was neergekomen toen hij uit de kraan viel. Of toen iemand hem had laten vallen. De politie was weg, maar de vlek op het beton zou nog maanden te zien zijn. Op kantoor werd gefluisterd dat de gast die onder de container was verpletterd, zo plat als een dubbeltje was geweest. Gilmour had hem maar vijf maanden gekend. Hij had samen met hem in het kantoortje gezeten, was op hem gesteld geraakt. En had uiteindelijk zijn dood veroorzaakt. Met een huivering haalde hij een telefoon uit zijn zak. Een supereenvoudig model. Hij klapte het toestel open en tikte een berichtje in. *911. Moeten afspreken.*

Gilmour toetste een nummer in, drukte op Verzenden, keek hoe laat het was – één over elf in de ochtend – en ging zitten wachten op antwoord. Die dag zou er niets meer uit zijn handen komen. In dat kantoortje zou er überhaupt nooit meer iets uit zijn handen komen. Of waar dan ook, als zijn eerstvolgende zet mislukte.

Op hetzelfde moment dat Nathan Gilmour zijn sms'je stuurde, stapte Jack Reacher een koffiebar binnen. Die was groot, fel verlicht en druk, op amper een steenworp van Gilmours kantoor aan de haven. Hij zag industrieel aandoende bakstenen muren, een eikenhouten vloer en drie parallelle rijen rijk versierde ijzeren pilaren die het plafond stutten. Een voormalig pakhuis, gokte Reacher. Gebouwd voor de eeuwigheid. Zo'n pand dat veel langer overeind bleef dan het bedrijf waarvoor het was neergezet, en dat nu aan een tweede leven bezig was. Reacher kon zich goed voorstellen dat de bovenste verdiepingen zouden worden verbouwd tot dure appartementen zodra de buurt overspoeld werd met yuppen, als dat al niet het geval was.

Reacher ging in de rij staan bij de balie, bestelde zijn koffie – zwart, zonder suiker – rekende af en liep met zijn beker naar een rond tafeltje in de hoek. Iemand had er een krant laten liggen, maar dat was niet de reden waarom Reacher juist die plek koos. Hij ging daar zitten omdat hij vanaf daar de hele koffiebar kon overzien. Hij wurmde zich achter het tafeltje en liet zich op een houten stoel zakken. Die was niet gebouwd op iemand van zijn postuur – een meter vijfennegentig lang, ruim honderdtien kilo – en hij zat dan ook niet lekker, maar dat maakte Reacher niet uit. Hij was niet van plan lang te blijven. Hij was die ochtend per Greyhoundbus aangekomen en zou tegen het eind van de avond of morgenochtend vroeg met zo'n zelfde bus vertrekken. Hij was hier omdat een band die hij goed vond speelde op een benefietconcert voor veteranen. Het was eind oktober, het optreden vond 's avonds plaats, in de openlucht, en Reacher had geen jas. Dat was het volgende item op zijn lijstje: een jas kopen. Hij zou nog een of twee, misschien drie, koppen koffie drinken en zodra hij voldoende cafeïne in zijn lijf had, ging hij weer verder.

Driekwart van de tafeltjes in de koffiebar was bezet. Afgezien van Reacher waren er nog enkele klanten in hun eentje. Twee zaten te lezen. De anderen tikten naarstig op hun laptop. Midden in de ruimte zaten zes mensen op een kluitje rond een tafel voor vier. Aan de overige tafeltjes zaten stellen. De meeste stellen hielden zich bezig met elkaar of met hun telefoon, maar Reacher zag dat twee van hen iets anders deden. Eén duo zat onafgebroken naar de deur te kijken. De man had een keurig, kort baardje. De vrouw had zwart, fraai ingevlochten haar. Ze hadden nette kleding aan, alsof ze hier waren voor een speciale gelegenheid, en ze keken afwisselend bezorgd en nerveus. Het andere koppel hield hen in de gaten. Zij waren ouder. Misschien eind zeventig. Ze zagen bleek en grauw en zaten met kromme rug. Hun kleren waren sleets en armoedig en er stond maar één beker tussen hen in op tafel.

Reacher dronk zijn eigen mok leeg, worstelde zich achter zijn tafeltje vandaan en liep op zijn gemak naar de balie. Hij liet zich weer bijschenken en net toen hij zich omdraaide, kwam er iemand binnen. Een man, halverwege de veertig zo te zien, met een pak aan en een aktetas in de hand. Met het begin van een glimlach op hun lippen kwam het keurige echtpaar dat naar de ingang had zitten kijken half overeind. Tot ze iets zagen in de blik van de nieuwkomer. De glimlach bestierf hun op de lippen. Ze zegen terug op hun stoel. De man liet zijn schouders hangen. De nieuwkomer kwam aan hun tafeltje zitten en even zei niemand iets. Toen rechtte de man met het baardje zijn rug. Hij stak zijn kin naar voren en zei: 'Als het slecht nieuws is, vertel het dan maar. Laat ons niet in het ongewisse.'

Reacher bleef staan treuzelen bij de rij flessen op de balie alsof hij overwoog melk in zijn koffie te doen. Hij wilde horen welke kant dit gesprek opging.

De nieuwkomer begon: 'Vergeet niet wat ik gezegd heb. De futures-markt is zeg maar een soort storm op zee. Met je investering als scheepje dat de oceaan wil oversteken. Dan moet je rekening houden met stormvlagen. Verraderlijke stromingen. Onvoorspelbare getijden. Je kunt aan de grond lopen, je bodem openhalen aan de rotsen. Je kunt vertraging oplopen. Of in het ergste geval, zinken.'

Reacher zag de sjofel ogende oude man zijn hoofd schudden en zijn stoel achteruitschuiven alsof hij wilde opstaan. De vrouw tegenover hem legde haar hand op zijn arm om hem tegen te houden.

De man met de baard zei: 'Maar jij zei dat je wist hoe je tussen al die stormen door moest laveren. Je zei dat jij de beste was. Dat je binnen een etmaal voor winst kon zorgen. Dat je onze inleg misschien zelfs wel kon verdubbelen.'

De nieuwkomer zei: 'Klopt. Dat heb ik gezegd.'

'Dus wat wou je ons nou vertellen? Dat je ons geld kwijt bent?'

'Ik ben het niet kwíjt.'

'Wat dan?'

'Ik heb het niet verdubbeld.'

'Maar er is wel wat over?'

'Over?' grijnsde de man. 'Dat kun je wel zeggen. Want ik heb het niet verdubbeld. Ik heb het verdriedubbeld.'

De man met de baard was een hele tijd stil, en begon toen: 'Verdriedubbeld? Dat is dan dus...'

De nieuwkomer pakte zijn aktetas, zette hem op zijn schoot, maakte de sloten open en kiepte hem boven tafel om. Rolletjes bankbiljetten tuimelden eruit. Vijftien, welgeteld. Eentje rolde tegen een koffiekop aan. Twee rolden er op de vloer. 'Vijftienduizend dollar in nog geen etmaal. En dan is mijn commissie er al af. Ik zei het toch? Ik ben de beste.'

Reacher zag het sjofele echtpaar elkaar even aankijken. Zwijgend leken ze iets overeen te komen. Ze knikten allebei, bijna onzichtbaar. Toen gingen ze meer rechtop zitten en leunden iets voorover.

De man met het baardje staarde met open mond naar het geld. De vrouw naast hem sloeg met een kreet haar armen om hem heen, zo hard dat ze beiden bijna van hun stoel vielen. Ze krijsten. Ze juichten. Ze gaven elkaar high-fives. Iedereen zat naar ze te kijken, maar dat maakte ze zo te zien niets uit. De nieuwkomer glimlachte, zette zijn aktetas weer rechtop en klapte hem dicht. Hij stond op en was al halverwege de deur toen de man met de baard zag dat hij ervandoor ging.

'Wacht even,' zei hij. 'Ga je weg?'

'Waarom niet? Mijn werk zit erop. Geniet van je winst.'

'Nee. Jouw werk zit er niet op.' Hij begon de rolletjes geld bijeen te graaien. 'Neem maar weer mee. Investeer het opnieuw. Net als gisteravond.'

'Zeker weten?'

'Nou en of.'

'Ik kan niet beloven dat ik het weer verdriedubbel.'

'Maar verdubbelen kan wel?'

De nieuwkomer liep terug naar het tafeltje. 'Wie weet.'

Reacher ging naar zijn eigen tafel en zag de man met het baardje de rollen bankbiljetten bijeenvegen en de twee gevallen rollen oprapen. Hij zette de omgevallen beker overeind, schudde de man met de aktetas de hand, sloeg zijn arm om de schouders van de vrouw en liep met haar naar de deur. Ze huppelden bijna. De man die het laatst was binnengekomen zette zijn aktetas neer, opende hem en borg het geld erin op. Hij klapte hem dicht, draaide hem op slot en keek naar de deur.

De sjofele man hees zich overeind. Hij stak zijn hand op om de nieuwkomer naar hun tafeltje te wenken. De man keek even alsof hij dacht dat er iemand anders bedoeld werd, haalde zijn schouders op en liep op het echtpaar af. De mannen spraken kort, en daarna gingen beiden zitten. Reacher kon niet horen wat ze zeiden. Dat hoefde ook niet. Hij zag waarover het ging. En hij wist al wat er ging komen. Twee minuten later stak de oude man een graatmagere hand in zijn binnenzak en haalde wat geld tevoorschijn. Twee bundeltjes bankbiljetten. Dikker dan de rollen die even tevoren uit de aktetas waren gekomen. Misschien vijfduizend per bundel. Tienduizend in totaal. Waarschijnlijk alles wat ze bij elkaar hadden kunnen schrapen.

Na het versturen van zijn berichtje bleef Nathan Gilmour tien minuten met zijn telefoon in zijn hand zitten. Die piepte niet en trilde niet. Gilmour mikte hem weer op zijn bureau. Het toestel gleed over het glanzende bureaublad en kwam tot stilstand naast zijn toetsenbord. Als een soort babybroertje van de computermuis. Gilmour staarde ernaar. Dat was beter dan het uitzicht uit het raam of de aanblik van de verlepte bloemen, maar echt vrolijk werd hij er niet van. Nog steeds piepte de telefoon niet. Nog steeds trilde hij niet. Twintig minuten later pakte Gilmour hem weer op. Hij klapte hem open en keek naar het schermpje alsof daar ongemerkt een antwoord binnengeslopen kon zijn, maar het scherm was leeg. Gilmour begon boos te worden, alsof de telefoon het op hem voorzien had. Alsof hij opzettelijk een binnenkomend antwoord tegenhield. Hij kreeg zin het toestel tegen de muur te keilen tot het kapot op de grond lag en de restanten dan aan gruzelementen te trappen. Hij zat nog tegen zijn woede te vechten toen het schermpje oplichtte. Het langverwachte antwoord was er. Hij las: *Vandaag, twaalf uur*. Er stond een adres bij: niet ver uit de buurt, wist Gilmour. Waarschijnlijk een restaurant of een café, dacht hij, want de laatste zin luidde: *Kijk uit naar een man alleen. De grootste vent daar.*

2

De man die bij het bejaarde stel was komen zitten haalde een grote bruine envelop tevoorschijn, borg de twee nieuwe stapeltjes bankbiljetten erin op, stopte hem in zijn aktetas, schudde de oude man en diens vrouw de hand en liep naar de deur. Reacher dronk zijn mok leeg en ging achter hem aan. De man stak de straat over, langs een ander gerestaureerd pakhuis – ditmaal met een stel boetieks op de begane grond – en dook een steeg in. Reacher bleef even stilstaan en luisterde. Hij hoorde een portier dichtslaan en een motor aanslaan. Hij deed een stap naar voren en zag nog geen tien meter verderop een Toyota Camry staan. Zilverkleurig. Niet het allerlaatste model, dacht Reacher, hoewel hij dat niet zeker wist. Hij had niet veel met auto's.

Nathan Gilmour klapte zijn telefoon dicht, stak hem in zijn zak en nam even de tijd om in gedachten de logistiek door te nemen. Het kostte hem misschien een kwartier om naar de afspraak te komen. Hij kon het best gaan lopen. En als hij daar dan was, had hij tijd nodig om een gunstige plek te vinden en te verzinnen hoe en wanneer hij zijn boodschap kon afleveren. Het zou krap zijn, maar het was te doen. Hij haalde een notitieblok uit zijn bureaula en pakte een pen.

Reacher liep op de auto in de steeg af. De man met de aktetas zat achter het stuur. Het gesoigneerde echtpaar dat zogenaamd hun slag had geslagen op de futures-markt zat achterin. De man had nog steeds zijn baardje, maar het haar van de vrouw was niet meer zwart en niet meer lang. Ze had nu een korte blonde bob. De auto kwam in beweging. Reacher ging midden op de weg staan, zodat hij er niet langs kon. De bestuurder trapte op de rem. Hij toeterde. Reacher liep dichter naar de auto. Die begon weer te rijden. De voet van de bestuurder aarzelde boven het gaspedaal. Hij overwoog plankgas te geven, maar het doodrijden van een bemoeizieke onbekende maakte geen deel uit van zijn plannen. Zoiets trok de aandacht. Tenzij die gast hem wilde aanvallen; in dat geval was er wel iets voor te zeggen. Al was succes niet gegarandeerd. Het was een reus van een vent. Hij leek wel een bankkluis op poten. Zijn handen waren net kolenschoppen. Zijn armen waren dikker dan de benen van de meeste mensen. De bestuurder wist niet zeker of de auto het nog zou doen na een aanrijding met iemand van dit kaliber. Er kon behoorlijke schade ontstaan en de airbags zouden gegarandeerd afgaan. Dus nam hij geen risico en beperkte zich tot een tweede stoot op de claxon.

Reachers redenering was vergelijkbaar, maar hij was niets van plan waarbij hijzelf averij zou oplopen. Hij deed nog een stap naar voren en ramde de bal van zijn rechtervoet midden in de grille van de auto. Hoe het allemaal werkte interesseerde hem niet – tenslotte had hij niet veel met auto's – maar hij wist wel dat airbags waren ontwikkeld om zich op te blazen in het geval van een ongeluk, en hij nam aan dat een frontale botsing best vaak voorkwam. Er moest ergens een sensor zitten voor dat soort aanrijdingen. Hij had geen idee waar die zat, dus verkoos hij kracht boven precisie. Dat werkte. De auto werd meteen gevuld met een stel opbollende witte ballonnen. Reacher stapte razendsnel naar de kant van de bestuurder. De auto minderde vaart en bleef staan, en de airbags liepen bijna even snel leeg als ze opgeblazen waren. Reacher greep de portierhendel en rukte het portier open. Hij boog voorover de auto in en haalde de sleutel uit het contactslot.

Binnen hing nog een vage geur van explosieven. Waarschijnlijk het spul waardoor de airbags zo snel opgeblazen hadden kunnen worden. Het prikte in Reachers neus en mond, maar hij negeerde het gekriebel, greep de bestuurder bij zijn overhemd en trok hem naar buiten. De kleren van de man zaten onder een fijn, zilverig, glibberig soort stof. Hij leek wat daas door de belevenis. Reacher schopte het portier dicht, draaide de man om zijn as en zei dat hij zijn handen tegen de dakrail moest leggen. Even stond de man roerloos, te versuft om in beweging te komen, maar daarna gehoorzaamde hij.

Reacher opende het achterportier en sleurde de man met het baardje naar buiten. Die was zo slap als een ledenpop, maar toen Reacher hem losliet, viel hij niet op de grond. Hij draaide zich om en haalde tegelijkertijd met zijn rechterhand een stiletto uit zijn sok. Daarna kwam hij overeind en bleef in een vechtershouding staan, zijn gezicht vertrokken van woede.

Reacher gebaarde naar de stiletto en zei: ‘Laat vallen.’

De man draaide zijn pols naar links, en toen naar rechts, terwijl hij het mes rechtop hield en probeerde met het weerkaatste licht in Reachers ogen te schijnen.

Reacher zei: ‘Ik heb een vaste regel. Als iemand me met een mes te lijf wil, breek ik zijn arm. Als je het nú laat vallen, maak ik een uitzondering.’

De man haalde uit naar Reachers gezicht, maar hield zich op het laatste moment in. ‘Dat was een waarschuwing,’ zei hij. ‘Wegwezen of ik snij je hart uit je lijf.’

De bestuurder rechtte zijn rug en wilde zich omdraaien. Reacher stak zijn linkerarm uit, legde zijn hand op het achterhoofd van de man en ramde het naar voren als een basketbal. De brug van zijn neus klapte op de bovenrand van het portier. Zijn hoofd stuiterde op het metaal en hij viel plat op zijn rug op het asfalt, met weggedraaide ogen en hevig bloedend uit beide neusgaten.

Reacher keek weer naar de man met de baard en zei: ‘Dan ga je er dus van uit dat ik een hart heb.’

De man kwam op hem af en haalde weer uit, ditmaal naar Reachers lijf. Reacher kruiste zijn armen vlak boven de polsen, rechts over links, en stootte ze naar voren, waardoor de onderarm van de man klem kwam te zitten tussen Reachers handen. Daarna drukte Reacher het mes naar beneden, waar het geen kwaad kon. De man probeerde zich los te trekken, maar was te traag. Met zijn linkerhand greep Reacher de pols van de man en draaide die naar achteren, totdat de elleboog blokkeerde. En toen draaide hij nog even door.

De man slaakte een kreet van pijn. 'Stop!' Hij liet het mes los. 'Ik heb het laten vallen. Ik heb het laten vallen.'

'Te laat,' zei Reacher. Met zijn linkerhand bleef hij druk uitoefenen op de arm van de man, en hij bracht zijn rechtervuist als een moker omlaag, net onder de elleboog. Beide onderarmbotten versplinterden, en nog voordat hij een kreet kon slaken viel de man flauw van de pijn. Reacher dumpte het bewusteloze lichaam boven op dat van de andere man en bukte zich om op de achterbank van de auto te kunnen kijken. De vrouw bevond zich nog in de auto, maar ze zat niet meer. Ze stond over de leuning van de rechtervoorstoel gebogen en graaide naar de aktetas.

'Niet doen,' zei Reacher. 'Uitstappen. Aan deze kant.'

De vrouw haakte een vinger door het handvat van de aktetas, hees hem omhoog en plofte terug op haar plek. Daarna greep ze de tas in beide handen en hield hem als een schild tussen Reacher en zichzelf in.

'Uitstappen,' zei Reacher.

De vrouw bleef roerloos zitten.

'Als jij mij niks doet, doe ik jou niks. Maar als ik je naar buiten moet slepen, sta ik nergens voor in.'

De vrouw stak haar hand uit naar de portierhendel aan de andere kant van de auto.

'Als ik achter je aan moet, zul je het bezuren.'

De vrouw reikte verder.

'Dacht je dat je harder kon lopen dan ik? Misschien wel.

Maar harder dan een auto?' Reacher hield de sleutel omhoog die hij even tevoren uit het contactslot had gehaald.

De vrouw liet haar hand zakken en schoof langzaam over de achterbank naar Reachers kant van de auto. Ze liet de aktetas niet zakken. 'Wat wil je?' vroeg ze.

'Dat bejaarde echtpaar dat jullie geld gaf in de koffiebar. Wie zijn dat?' vroeg Reacher.

De vrouw haalde haar schouders op. 'Geen idee. Gewoon een stelletje zielige losers.'

'Hoeveel heb je van ze gekregen?'

'Tien mille.'

'Wanneer heb je gezegd dat ze hun winst krijgen?'

'Morgen. Zelfde tijd, zelfde plaats.'

'Behalve dan dat jullie niet komen opdagen. Er komt geen winst. En die oude mensen zijn al hun spaargeld kwijt.'

'Je meent het, Sherlock.'

'Hier met die aktetas.'

De vrouw hield de tas strak tegen haar borst. 'Nee.'

Reacher gebaarde naar de twee mannen die roerloos op de grond lagen. 'Wou jij daar soms bij komen te liggen?'

De vrouw gaf geen antwoord.

'Is bejaarden oplichten een baan met ziektekostenverzekering? Ik heb me laten vertellen dat een lang ziekenhuisverblijf best duur is.'

'Oké.' De vrouw gooide de aktetas op de grond. 'Maar als er iemand het ziekenhuis in gaat, ben jij dat. De gast voor wie wij werken, die licht je niet zomaar op. Dat komt je duur te staan.'

'De gast voor wie jullie werken? Wie is dat dan?'

De vrouw zweeg even. 'Dat zeg ik niet.'

'Doet er niet toe. Want ik steel niets van hem. Dat geld is niet van hem. Het is van die twee bejaarden en ik ga het ze teruggeven.'

'Dat meen je niet.'

'Let jij maar eens op.'

‘Waarom zou je dat doen? Je kunt het toch gewoon zelf houden?’

‘Als je dat moet vragen, begrijp je het antwoord ook niet. En nou wegwezen. Vertel je baas maar wat hier gebeurd is. En zorg ervoor dat ik jullie nooit meer zie.’

Op het moment dat Reacher de steeg uit liep, stapte Harvey Jones uit een taxi. Zijn bewegingen waren traag, en dat kwam niet alleen door zijn postuur. Jones was twee meter lang en woog ruim honderddertig kilo. Hij voelde zich terneergeslagen door het telefoontje van een halfuur geleden. Iemand had hem gebeld voor een klusje waarnaar hij nu op weg was. Jones was acteur. Althans, dat ambieerde hij. Maar of het nu door zijn lengte kwam of door zijn gewicht – de meeste acteurs waren graatmager, hij snapte niet waarom – of door gebrek aan geschikte scenario’s: hij had nog nooit een echt goede rol gekregen. Het enige werk dat hij kon krijgen was als *enforcer*: dan moest hij voor een zogeheten zakenman een stel straatcrimineeltjes de stuipen op het lijf jagen. De opdrachtgever was een gast die hij had ontmoet via een collega-acteur in ruste, nadat zijn laatste impresario hem had gedumpt. Hij praatte zichzelf aan dat hij goed bezig was. Moreel gezien was dreigen met klappen beter dan iemand echt een pak rammel geven. Om overtuigend over te komen moest je kunnen acteren. En het betaalde tenminste goed. Er moest tenslotte wel brood op de plank komen.

Toen Reacher de koffiebar weer binnenkwam, zat het bejaarde echtpaar nog aan hetzelfde tafeltje, maar ze zagen er een stuk minder grauw uit. Ze zaten meer rechtop, hand in hand, te lachen en te giechelen, en er stonden nu twee drankjes tussen hen in. Hoge, smalle glazen, breed uitlopend, vol opgeschuimde melk met laagjes espresso ertussen.

Reacher liep naar het tafeltje, ging op een van de onbezette stoelen zitten en plaatste de aktetas op zijn knieën. Even zei niemand iets, en daarna begon de oude man: 'Dit tafeltje is bezet. Zoek zelf maar een plek.'

'Ik ben zo weer weg,' zei Reacher. 'Ik kom alleen even iets zeggen.'

'Iets zeggen? Wie ben jij?'

De vrouw stootte haar echtgenoot aan en gebaarde naar de aktetas op Reachers schoot. Haar gelukzalige blik had plaatsgemaakt voor een niet-begrijpende uitdrukking.

Reacher zei: 'Jullie hebben geluk gehad.' Hij wrikte de twee sloten open, haalde de bruine envelop uit de aktetas en legde die op tafel.

'Is dat...?' Er verschenen diepe rimpels in het voorhoofd van de oude man.

'Dit is jullie geld. Stop het weg.'

'Ik snap het niet. Hoezo nu al?' De man pakte de envelop en keek erin. Zijn handen begonnen te beven. 'Wacht even. Waar is onze winst? Ze hadden beloofd...'

'Dat waren oplichters. Er is geen winst.'

'Jawel. Die komt nog. Die andere mensen... die kregen driemaal hun inleg terug. Wij hebben... Wat heb je gedaan? Hoe...? Wie ben jij? Je hebt alles verpest!'

Reacher stak zijn hand in de aktetas en haalde er een bundeltje bankbiljetten uit. Hij liet het op tafel vallen.

'Wat is dat?'

'De "winst" van dat andere stel. Hiervan zijn er nog veertien, precies hetzelfde. Ga je gang. Tel maar.'

De oude man keek een tijdje naar het bundeltje, alsof hij verwachtte dat het ieder moment uit eigen beweging kon weglopen, en toen pakte hij het voorzichtig beet. Er zaten drie elastiekjes omheen. Een in het midden en twee aan beide uiteinden. De man haakte zijn nagel om het linkerelastiekje en trok het los. Hij waaierde het bundeltje open. Bovenop zat een briefje van twintig dollar. Onderop zat een briefje van twintig. En daartussenin niets dan op maat geknipt krantenpapier.

Harvey Jones bleef even staan om op adem komen, pakte zijn telefoon en begon lopend aan de laatste paar honderd meter naar de afgesproken plek. Ze mochten niet zien dat hij per taxi was gearriveerd – een zwarte limousine met een chauffeur was een heel ander verhaal – en al lopend kon hij de instructies van zijn opdrachtgever nog een keer doornemen. Van lezen in een rijdende auto werd hij wagenziek. Volgens de instructies moest hij ene Gilmour zien te vinden; die wilde ergens over praten, en het was dringend. Waarom hij hem wilde spreken, was onduidelijk. Er waren twee mogelijkheden geopperd. Gilmour werd nerveus en wilde de brui geven aan wat hij ook aan het doen was. Of Gilmour was gek geworden en wilde opnieuw onderhandelen. In beide gevallen was het antwoord hetzelfde. Geen schijn van kans. Gilmour moest zijn klus afmaken en zich aan de afspraak houden. Anders liep het slecht met hem af. Hoe slecht het met hem af zou lopen, mocht Jones zelf bepalen. Hij moest improviseren. Zijn talent tonen, al bestond zijn publiek maar uit één man.

Jones stopte zijn telefoon in zijn zak en droomde even weg. Hij was op weg naar het Lyric Theatre in Manhattan, niet naar de een of andere yuppentent in hartje Baltimore. Hij was de invaller voor Sir Ian McKellen en stond op het punt de hele voorstelling te redden dankzij het meest geïnspireerde staaltje acteren in tijden, niet... Wacht even. Er was iets mis met zijn linkerarm. Een pijnscheut van zijn schouder tot aan zijn pols. Zijn vingers tintelden. Het leek wel of er een stalen band rond zijn borst zat. En of iemand die aandraaide. Hem insnoerde. Hij zakte door zijn benen en viel plat op zijn gezicht op de stoep. Hij zag kans zich op zijn rug te draaien. Maar had meteen spijt, want er viel een kluis op zijn borst, meteen gevolgd door een vrachtwagen. En daarna viel het doek. Voorgoed.

3

Het bejaarde echtpaar wankelde de koffiebar uit, volkomen beduusd en diep teleurgesteld, maar wel met hun geld weer veilig op zak. Reacher bleef zitten aan hun tafeltje met de twee amper aangeraakte koffieglazen. Hij schoof ze weg, zette de aktetas op de grond, wachtte even tot het echtpaar buiten was en stond toen op. Maar in plaats van naar de deur te lopen, ging hij weer in de rij bij de balie staan. Bij zijn eerste bezoek had hij maar twee koppen gedronken. Hij had zijn koffie-inname gestaakt om achter de man met de aktetas aan te gaan. Het was nog geen twaalf uur. Hij had meer dan genoeg tijd. Dus bestelde hij nog een koffie en nam die mee naar zijn oorspronkelijke tafeltje, dat nog vrij was, met achtergelaten krant en al.

Twee afzonderlijke klanten en de groep van zes vertrokken terwijl hij zijn koffie dronk, maar er kwamen geen nieuwe binnen. Niemand besteedde overmatige aandacht aan mensen aan andere tafeltjes. Zo te zien werd er verder niemand opgelicht. Het enige min of meer vreemde was dat hij een paar maal een man door het raam zag turen zonder binnen te komen.

Reacher dronk zijn mok leeg, pakte de krant en wierp een blik op het artikel op de voorpagina. Het was een demagogisch stuk over een crisis die broeide aan de grens tussen Turkije en Armenië. De strekking was dat een separatistische factie uit een kleine regio in Armenië Iran hielp met het verrijken van uranium voor kernwapens, in ruil voor hulp bij hun eigen territoriale claims. Uit die groep was een klokkenluider ontsnapt, en die had videobeelden van werkende kerncentrifuges naar buiten gesmokkeld. Er waren clips online gezet. Experts hadden hun mening gegeven. In het Westen groeide de verontwaardiging. Diplomaten begonnen druk uit te oefenen op de separatisten om hier onmiddellijk mee op te houden. De separatisten ontkenden elke betrokkenheid. Onderhandelingen waren vastgelopen, dus er werd gesproken over een mogelijke door de VS geleide invasie. Er waren nog geen troepen gemobiliseerd, maar er waren meldingen over een particuliere militie met manschappen aan de Turkse kant van de Armeense grens, klaar om snel in te grijpen zodra dat nodig bleek.

Reacher sloeg de pagina om. Hij hield niet van particuliere milities. Het idee van oorlogvoeren uit winstbejag stond hem niet aan. Het volgende artikel waar zijn oog op viel, ging over de gevaren van sociale media. Daar had Reacher geen ervaring mee en nog minder belangstelling voor, dus legde hij de krant weg en ging een tweede mok koffie halen.

Reacher dronk zijn tweede mok leeg, nam een derde en ging daarna op weg naar de deur. Net toen hij naar buiten liep, had de man die door het raam had staan kijken eindelijk besloten om binnen te komen. Hij stapte de drempel over op het moment dat Reacher die bereikte. De man stak beide handen op en deinsde achteruit alsof hij probeerde ruimte te maken. Terwijl hun bovenlichamen elkaar net raakten, gleed zijn hand even over Reachers schouder. Een klassieke zakkenrollersmanoeuvre. Een onschuldige aanraking ter afleiding van een verdacht gebaar. Reacher hield de man in het oog voor het geval hij een sprint zou trekken naar een onzichtbare achteruitgang, en klopte op zijn zakken om te controleren of alles er nog was. Hij voelde zijn tandenborstel. Zijn verlopen paspoort. Zijn bankpas. En een bescheiden bundeltje bankbiljetten. Er ontbrak niets. Loos alarm. Reacher liep door.

Reacher had één taak te volbrengen – een jas kopen – en daarvoor had hij de hele middag, dus nam hij de tijd. Hij zag een paar honderd meter van hem vandaan een menigte voetgangers op een kluitje op de stoep staan. Toen hij daarnet uit de steeg was teruggekomen, was daar nog niemand geweest, dus bleef hij even staan kijken wat hun aandacht had getrokken. Midden op straat stond een ambulance, geflankeerd door twee dwars op de weg geplaatste politieauto's om het verkeer te blokkeren. Een paar ambulancemedewerkers was aan het zwoegen met een brancard waar iemand op lag. Ze probeerden hem in hun voertuig te hijsen en hadden het er zwaar mee, maar ze maakten geen haast. Er lag iemand op, onder een deken. Grotendeels bedekt. Aan de ene kant stak een stel schuiten van schoenen onder de deken uit, en aan de andere kant een bos keurig verzorgd haar. Aan de zijkant bungelde een mannenarm in een ruimvallende zwarte mouw. De vingertoppen raakten bijna het asfalt. Reacher bleef kijken tot de brancard eindelijk in de ziekenwagen was geschoven en de deuren dicht waren. Daarna liepen de mannen naar de ambulancecabine, stapten in en reden weg. Langzaam. Zonder zwaailicht en zonder sirene. Dat betekende dat het einde oefening was voor de man op de brancard, dacht Reacher. Hij vroeg zich af wat er gebeurd was. Hij had geen schoten gehoord toen hij in de koffiebar zat. Geen piepende banden waaruit je kon opmaken dat de man was aangereden. Niets wat wees op een ongeluk. En de agenten op de stoep stonden er relaxed bij, dus hij nam aan dat het een onschuldig ongeluk geweest moest zijn. De willekeur van het lot, dat op de meest onverwachte momenten toesloeg.

De toeschouwers begonnen weg te lopen en ook Reacher kwam in beweging. Hij zette koers naar het centrum, maar zigzagde hier en daar om naar een interessant gebouw te kijken of om niet te hoeven wachten bij een druk kruispunt. Hij wilde niet te veel uitgeven aan de jas; omdat mode hem niet boeide, maar vooral ook omdat hij kleren nooit lang bewaarde. Hij kocht overhemden, broeken en ondergoed, droeg die een dag of twee, drie, gooide ze dan weg en haalde iets nieuws. Een jas kon in principe langer mee, maar hij wist niet hoelang hij hem nodig zou hebben. Misschien zat hij morgen wel aan het strand. Of in de woestijn. Dus meed hij straten met dure winkels en belandde uiteindelijk in een ijzerwarenhandel, een familiebedrijfje. Binnen zag hij diverse werkmansjassen hangen. Beige of bruin. Met een voering van nepschapenvacht of wol. Hij vond er een met mouwen die bijna de juiste lengte hadden en liep ermee naar de kassa. Omdat de btw per staat verschilde en dus niet op de prijskaartjes vermeld stond, rekende hij snel uit wat er hier nog aan btw bij kwam en pakte zijn geld om direct te kunnen betalen als hij aan de beurt was. Maar plotseling verstarde hij en stapte uit de rij. Hij merkte dat hij in de koffiebar één ding goed gezien had: er ontbrak niets uit zijn zak. Maar nu bleek er iets heel anders aan de hand te zijn. Er zat iets nieuws in. Iets wat er niet had moeten zitten en wat er niet gezeten had toen hij de tweede keer afrekende voor zijn koffie. Een stukje papier, aan twee kanten slordig afgescheurd en tot een vierkantje gevouwen. Reacher vouwde het open. Midden op het briefje stond een boodschap in vette hoofdletters:

MOET VERDWIJNEN
LEVEN IN GEVAAR
HULP NODIG!
LEEGSTAAND PAKHUIS, HOEK ARGYLE STREET EN HORSEFERRY ROAD
MIDDERNACHT VANDAAG
KOM ALLEEN
BRENG MEE WAT IK TEGOED HEB

En onderaan, in dunnere, onvastere letters, als een soort nagekomen gedachte:

ALSJEBLIEFT

4

Na Reachers vertrek bleef Nathan nog een halfuur in de koffiebar. Hij ging in de rij staan, keek om de haverklap over zijn schouder, bestelde een cappuccino en liep ermee naar de tafel waar Reacher had gezeten. Niet omdat hij Reacher stalkte – hij had nog steeds geen idee wie Reacher was – maar omdat die tafel het beste zicht bood op de ingang. Gilmour wist vrijwel zeker dat hij niet was gevolgd, maar in dit soort situaties was voorzichtigheid geboden. Hij moest het zeker weten, dus hij hield de deur in de gaten terwijl hij slokjes van zijn cappuccino nam. Hij nam er de tijd voor, dronk zijn kop voor een kwart leeg. Voor de helft. Toen hij ervan overtuigd was dat niemand op hem lette, pakte hij zijn telefoon – die waarmee hij het sms'je had verstuurd – en schakelde hem uit. Onder de tafel, uit het zicht, haalde hij de achterkant eraf en verwijderde de batterij. Hij had contact gelegd met de persoon die hij geacht werd te vinden. De grootste kerel in de zaak. Daar twijfelde hij niet aan. Dus hoefde hij verder geen berichtjes meer te sturen of te ontvangen. En ook al had Gilmour geen reden om te denken dat degene die hem hierheen had gestuurd in staat was zijn telefoon te tracken, hij zag geen noodzaak het risico te nemen.

Het briefje dat Reacher in zijn zak had gevonden was niet voor hem bedoeld, dat was wel duidelijk. De man in de koffiebar had het bij de verkeerde persoon achtergelaten. 'Breng mee wat ik tegoed heb' impliceerde dat de ontvanger op de hoogte was van de situatie van deze man, en dat was Reacher niet. Reacher had geen idee hoe de man hem had kunnen aanzien voor iemand die er wel van wist, maar hij vermoedde dat er een dringender vraag beantwoord moest worden. Namelijk: wat moest hij met het briefje? Hij kende de man die het in zijn zak had gestopt niet en was hem niets verschuldigd. Hij had er niet om gevraagd ergens bij betrokken te worden. Niets kon hem er dus van weerhouden het briefje in de vuilnisbak te gooien en zijn weg te vervolgen.

Alleen...

Het briefje duidde er wel op dat de man serieus in de problemen zat. Als hij op deze manier wilde laten weten dat hij hulp nodig had, leek het Reacher alleen maar juist om hem te laten weten dat het briefje bij de verkeerde terecht was gekomen. Als de rollen omgedraaid waren, zou hij ook willen dat iemand anders dat voor hem deed. Bovendien kon het niet al te moeilijk zijn om het briefje terug te geven. Het zou niet veel tijd kosten en hij zou alsnog aanwezig kunnen zijn bij het optreden van de band waarvoor hij hierheen was gekomen. En, het belangrijkste nog, het zou zijn plan om Baltimore zo snel mogelijk te verlaten niet in de weg staan.

Alleen...

Een verlaten pakhuis midden in de nacht kon een slimme plek zijn voor een ontmoeting. Vooral voor iemand die in gevaar verkeerde, die onder de radar wilde blijven. Maar zo'n pakhuis kon ook de ideale plek zijn voor een hinderlaag. Het was dus het soort locatie dat Reacher gewoonlijk vermeed, ook al was hijzelf niet het beoogde slachtoffer.

Reacher bestudeerde de gescheurde randen van het papier waarop het bericht was geschreven. Hij bekeek het van beide kanten, zocht naar sporen van een briefhoofd of een adres dat hem kon vertellen waar het papier – en daarmee dus de man – vandaan kwam, maar vond niets. Hij hield het stukje papier omhoog naar de plafondlampen in de ijzerwarenhandel en zocht naar een watermerk. Ook dat vond hij niet. Toen legde hij het plat op zijn hand en keek er van opzij overheen, in de hoop een afdruk te zien van wat er op het vorige vel papier was geschreven, maar het papier was helemaal glad. Het bevatte geen aanwijzingen. Niets wat Reacher kon vertellen waar hij de man vóór de afspraak in het pakhuis kon vinden. Dus had hij nog steeds dezelfde twee opties als voorheen. Het briefje weggooien, of proberen het terug te bezorgen en het risico nemen dat hij in een val liep.

Het slimste zou zijn om gewoon weg te gaan, dat wist Reacher. Er stond voor hem niets op het spel en hij was niet verplicht een volstrekt onbekende man te helpen. Maar hij was nieuwsgierig van aard. Hij vroeg zich ongewild af wat de man gedaan zou hebben waardoor hij nu voor zijn leven vreesde. Waar hij de vingervlugheid had ontwikkeld om het briefje ongemerkt in Reachers zak te steken. En bovendien werd zijn blik telkens weer naar het laatste gekrabbelde woord onderaan getrokken. *Alsjeblieft*. De manier waarop het was geschreven raakte iets in hem. Het liet de balans doorslaan van een valstrik naar een oprechte smeekbede. Niet iets wat Reacher gemakkelijk naast zich neer kon leggen.

Reacher vouwde het briefje dicht en stopte het terug in zijn zak. Hij ging ervan uit dat het in een verlaten pakhuis donker zou zijn, dus ging hij op zoek naar zaklampen. Hij koos er eentje die in zijn zak paste, liep terug naar de kassa, rekende af en vroeg de man achter de kassa de weg naar Argyle Street en Horseferry Road. Daarna verliet hij de winkel en ging hij, doelbewuster dan eerst, op weg. Hij had nog tijd voor het concert begon, dus het kon geen kwaad om bij het adres op het briefje langs te gaan en de boel alvast te gaan bekijken. Om het risiconiveau in te schatten en daarna een beslissing te nemen.

Nathan Gilmours volgende bestemming was een klein appartement op de tweede verdieping van een eenvoudig, niet gerestaureerd gebouw zonder lift. Het was nog geen halve kilometer van de koffiebar vandaan, maar hij deed er twee uur over om er te komen. Hij begon lopend. Hij slenterde een paar zijstraten voorbij, stak op willekeurige plekken de weg over en keek in de weerspiegeling van de etalageruiten of hij gevolgd werd. Dat leek niet het geval te zijn. Hij schoot een steegje in, drukte zijn rug tegen de bakstenen muur en wachtte af of iemand hem achternakwam. Dat gebeurde niet. Er keek zelfs niemand zijn kant op. Hij kwam het steegje weer uit, hield een passerende taxi aan en gaf de chauffeur de naam van een bar. Het was een rit van tien minuten. Gilmour betaalde contant, ging de bar binnen en liep meteen door naar een achteruitgang, die uitkwam op een ander steegje. Hij haastte zich naar de volgende straat en liep nog een heel eind door. Toen hield hij weer een taxi aan, en nu vroeg hij de chauffeur hem naar een autoverhuurbedrijf te brengen. Hij gebruikte een rijbewijs van Delaware met een valse naam en een bundeltje contanten om een Chevy Malibu te huren voor een week. De auto was middelgroot, had geen opvallende kenmerken en een nietszeggende zilverkleur. In Gilmours ogen was hij buitengewoon saai. Maar dat was juist de bedoeling. Daardoor was hij op de weg vrijwel onzichtbaar.

Gilmour parkeerde een straat van het appartementencomplex af, bleef nog tien minuten in de auto zitten en deed alsof hij op zijn telefoon keek. Toen hij zeker wist dat niemand hem was gevolgd, liep hij naar de ingang van het gebouw, ging naar binnen en nam de trap naar de tweede verdieping. Daar waren twee appartementen en geen van beide had een huisnummer op de deur. Er was absoluut niets waaraan hij te identificeren viel. Zo had Gilmour het graag. Hij had geen idee wat zijn buren ervan vonden. Die had hij nog nooit ontmoet. Ook dat beviel hem prima.

Gilmour draaide de sleutel om in het slot, dat stroef was

door ouderdom en gebrek aan onderhoud, duwde de deur open en stapte een smalle gang in. Het was donker in het appartement, het rook er muf en overal lag stof. Gilmour knikte. Dat betekende dat er hoogstwaarschijnlijk niemand binnen had rondgesnuffeld. In elk geval niet kort geleden. Hij controleerde of zijn vluchttas op de gebruikelijke plek op de vloer stond en liep de woonkamer in. Die had één raam, en dan ook nog zonder behoorlijk uitzicht – je keek uit op de afbrokkelende stenen van de zijmuur van het volgende gebouw – maar dat maakte Gilmour niet uit omdat hij de gordijnen altijd dicht liet. Hij deed het licht aan. In een hoek was een kleine kitchenette, wat voldoende was voor iemand die in de keuken niet verder kwam dan het zetten van koffie en het opwarmen van diepvriesgerechten in een stokoude magnetron. Er stond een eettafel met twee stoelen. En een zwarte leren bank met scheuren in twee van de drie kussens. Gilmour ging zitten op het ene kussen dat niet kapot was en wilde de afstandsbediening van de tv pakken, maar deed het niet. Voor het eerst sinds hij de koffiebar had verlaten, voelde hij zich veilig. Hij wist dat hij niet terug kon naar kantoor en ook niet naar huis. Maar deze plek – hoe kaal en onverzorgd ook – was veilig. Hij huurde het appartement nu een jaar, sinds hem duidelijk was geworden dat een schuilplaats niet langer een luxe was. Hij had contant betaald, zo ver vooruit als hij zich kon veroorloven, had een valse naam gebruikt en gezorgd dat niemand anders ervan wist. Hij had er maar één keer per ongeluk iets over gezegd, tegen één persoon. Een vrouw. Dat was in een heel bijzondere situatie geweest, dus hij maakte zich geen zorgen dat zij er met iemand over zou praten. Als ze zich de opmerking al herinnerde, of het belang ervan besefte, dan zou ze toch haar mond erover houden.

Zack Weaver keek voor de zoveelste keer die middag op zijn telefoon. Had hij bereik? Ja, nog steeds. Had hij een berichtje van Harvey Jones? Nee, nog steeds niet.

Weaver dwong zichzelf op te houden met ijsberen. Hij was in de kamer van zijn huis in Fells Point die hij als kantoor gebruikte, een heel andere wereld dan het appartement van Gilmour. Hij liep de kamer door, plofte neer in de versleten leren relaxfauteuil in de hoek bij de deur en legde zijn telefoon op de armleuning, zodat hij het schermpje kon zien.

De woede die Weavers bloed had doen koken sinds Jones niet op tijd iets had laten weten, begon te zakken en plaats te maken voor angst. Hij had Jones een simpele klus gegeven: Gilmour even wat angst aanjagen om hem tot rede te brengen. Ervoor te zorgen dat hij stopte met die *911-noodgeval*-onzin en zich aan zijn deel van de afspraak hield. En Gilmour was zo paranoïde en geschift dat een padvinder in een halloweenkostuum die klus nog kon klaren, laat staan een reus als Jones.

Eerst dacht Weaver dat Jones het had geregeld en daarna was gaan doen wat werkloze acteurs nou eenmaal met hun tijd doen en gewoon was vergeten zijn verslag te sturen. Dus had Weaver Jones een berichtje gestuurd. Een hele reeks berichtjes, het ene na het andere. Een dozijn in totaal. Eén had Jones nog over het hoofd kunnen zien. Maar twaalf? Dat leek hem onwaarschijnlijk. Er moest iets anders aan de hand zijn.

Weaver wist dat Gilmour in het leger had gezeten. Als hij geschrokken was van Jones – en Weaver had Jones voor de klus uitgekozen omdat die er zo angstaanjagend uitzag – had hij wellicht te heftig gereageerd, was hij met Jones op de vuist gegaan en had hij hem misschien wel doodgeslagen. Of als Gilmour in het openbaar een scène had getrapt, waren ze misschien allebei gearresteerd. En dat was nog erger. Ze zouden namelijk geen van beiden lang hun mond houden.

Weaver liep terug naar zijn bureau, startte zijn laptop op en ging naar de website van het lokale nieuws. Zijn vraag werd meteen beantwoord. Het laatste artikel ging over een man die een paar minuten voor twaalf die middag op een trottoir in de stad in elkaar was gezakt en was overleden. Vermoedelijk aan een hartinfarct. Geen misdrijf, dus. Er werd geen andere betrokkene genoemd, dat was positief. Er werd ook geen naam vermeld – waarschijnlijk moest de familie eerst worden ingelicht – maar de tijd klopte en de locatie was maar één straat van de koffiebar waar Jones Gilmour had zullen ontmoeten. Weaver ging naar sociale media en keek welke hashtags trending waren. Hij klikte op eentje die relevant leek en er verscheen een foto. Die was onduidelijk en bewogen – duidelijk met een smartphone gemaakt, waarschijnlijk door iemand in een onrustige menigte – en toonde een paar ambulanceverpleegkundigen die het lichaam van een man aan de rand van het trottoir op een brancard probeerden te hijsen. Het was een log lichaam. De man was een reus. Zijn gezicht stond niet op de foto, maar gezien zijn lengte en omvang bestond er voor Weaver geen enkele twijfel. Het was Jones. De enige vraag die restte, was of hij al in de koffiebar was geweest en Gilmour had gesproken, of dat hij nog naar hem op weg was geweest. Als hij alweer op de terugweg was, bestond er geen probleem. Dan had hij de boodschap overgebracht. Maar als hij nog op weg was geweest naar Gilmour, zou die denken dat degene op wie hij wachtte niet was komen opdagen. En dan was het foute boel. Volgens de nieuwswebsite was Jones een paar minuten voor twaalf in elkaar gezakt. Dat was zorgwekkend, want de afspraak met Gilmour was om twaalf uur. Zorgwekkend, maar nog niet per se slecht. De tijd was niet exact genoeg vermeld om een eenduidige conclusie te trekken. Dus ging Weaver naar de website van de *Sun*, waar hij ongeveer dezelfde versie van het artikel vond. Ook de krant noemde de naam van het slachtoffer niet, maar vermeldde wel het tijdstip van het incident: 11.48 uur. Ook de tijdsaanduiding op de foto bij het artikel meldde dezelfde tijd. 11.48. Twaalf minuten voor de ontmoeting zou plaatsvinden. Een ruime marge. Niet wat Weaver wilde zien.

Weaver zette de telefoon uit die hij had gebruikt om Jones berichten te sturen en haalde de batterij eruit. Hij moest de telefoon zo snel mogelijk vernietigen, maar in de tussentijd wilde hij niet dat de politie hem kon opsporen als ze besloten dat Jones' dood verdacht was. Daarna pakte hij de telefoon die hij gebruikte om met Gilmour te communiceren en belde zijn nummer. Hij kreeg meteen de voicemail, hing op zonder iets in te spreken en tikte in plaats daarvan een berichtje:

Mijn mannetje heeft op weg naar jou een ongeluk gehad.
Geen opzet!
Ik wil nog steeds helpen. Morgen zelfde plaats en tijd?
Laat maar weten...

Weaver verstuurde het berichtje en wachtte op antwoord. Dat kwam niet. Vijf minuten kropen voorbij. Gilmour reageerde nog steeds niet, dus haalde Weaver een derde telefoon tevoorschijn en tikte weer een berichtje. Het antwoord kwam meteen: *Snel. Ik heb over twee minuten een cliënt.*

Weaver belde en zei: 'Nathan Gilmour. Als hij dacht dat hij belazerd werd, wat zou hij dan doen?'

'Dat ligt eraan. Waarom zou hij dat denken?'

'Ik had iemand naar hem toe gestuurd, maar die is niet komen opdagen voor de afspraak. Zo te zien heeft hij een hartinfarct gehad. Hij is vlak bij de afgesproken plek dood neergevallen op het trottoir, twaalf minuten voor het tijdstip van de afspraak. Ik heb geprobeerd Gilmour te bereiken om het uit te leggen, maar ik krijg hem niet te pakken.'

'Dan slaat hij op de vlucht, als hij dat al niet heeft gedaan.'

'Weet je het zeker?'

'Ik herinner me dat hij zo gespannen was als een veer. En hij is al ergens van geschrokken, anders had hij je dat sos-berichtje niet gestuurd. Als hij denkt dat je hem in de steek hebt gelaten of bedrogen, zal hij 'm zeker smeren.'

'Zonder zijn geld? Denk je niet dat hij nog een dag zou

blijven als hij dan de kans had het te krijgen?'

'Misschien. Het zou kunnen. Maar een type als hij kan zomaar de zenuwen krijgen. Dus wacht niet tot morgen en ga vandaag achter hem aan. Nu meteen. En Zack? Geen acteurs meer, oké? Pak het deze keer goed aan. Dat zal wat meer kosten, maar je kunt het je niet veroorloven dit te verpesten. We hebben nog steeds updates van Gilmour nodig. Als het fout gaat met die klus omdat de cliënt niet de nieuwste informatie heeft...'

'Duidelijk. Dus waar zou Gilmour zich verschuilen?'

Het scherm werd zwart, maar even later verscheen er een berichtje: *Hij heeft een safehouse. Een klein flatje waarvoor hij contant betaalt. Hij denkt dat niemand ervan weet. Ik stuur je zo het adres.*

5

Nathan Gilmour koos voor de twintigste keer in twee minuten een andere tv-zender. Hij kon niets, maar dan ook niets vinden wat hem interesseerde. Of waaraan hij zich niet ergerde. Hij wilde geen sport. Geen drama. Geen kookprogramma's. En al helemaal geen verbouwingsprogramma's. Het enige voordeel was dat hij niet betaalde voor de bagger die het kabelbedrijf hem voorschotelde. De eerste week dat hij het appartement huurde, had hij het systeem van het gebouw gehackt. Zijn belangrijkste motivatie was dat hij zijn naam of creditcard in geen enkele zakelijke database gekoppeld wilde zien aan dit adres, maar dat hij wat geld kon uitsparen, was ook mooi meegenomen. Vooral omdat hij destijds helemaal blut was geweest. En omdat de geboden programma's nog steeds waardeloos waren.

Gilmour hield het nog vijf minuten vol en zette toen de tv en het kabelkastje uit. Hij stond op van de bank, trok zwarte kleren aan, pakte zijn vluchttas en liep naar de deur. Hij wist dat hij zich niet moest aanstellen en hier moest blijven. Hij zou hier uit het zicht veiliger zijn dan buiten op straat. Daar twijfelde hij niet aan. Maar hij bedacht dat het geen zin had om lichamelijk veilig te zijn als hij daardoor zijn verstand verloor. Hij besloot om – als tenminste niemand het gebouw of zijn huurauto in de gaten hield – rond te gaan rijden tot het tijd was voor de afspraak met de reus uit de koffiebar. Hij had geen bepaalde route in gedachten. Geen specifieke bestemming. Hij hunkerde gewoon naar het gevoel in beweging te zijn. Dat gevoel deed hem denken aan iets wat een vriendin ooit had gezegd. Dat ze niet stil kon blijven zitten wanneer ze gestrest was. Dan moest ze constant in beweging blijven, als een haai. Hij had het toen overdreven dramatisch gevonden, maar nu begreep hij wat ze bedoelde. De komende paar uur zou ook hij een haai zijn. Als het verkeer meewerkte. En als niemand hem om zeep hielp.

Het kostte Reacher een halfuur om van de ijzerwarenhandel naar het verlaten pakhuis te lopen. Het stond op een hoekperceel met een hoop parkeerhavens ervoor – allemaal leeg, afgezien van het onkruid dat in de scheuren in het asfalt groeide – en vier laadperrons verdeeld over de linkermuur. De voorgevel van het gebouw zag er verrassend indrukwekkend uit. Die was drie verdiepingen hoog, helemaal opgetrokken uit natuursteen en rode baksteen en met zelfs wat gebrandschilderd glas in de ramen op de bovenste verdiepingen. Het had een bioscoop kunnen zijn, dacht Reacher. Of een museum of concertzaal. Hij vermoedde dat het gebouwd was in de periode vóór de huidige net-op-tijd-logistiek, in de tijden dat er nog massa's koopwaar via de haven het land binnenstroomden en de mensen dachten dat het een goed idee was om een hoop waardevolle goederen op voorraad te hebben. Reacher zocht naar beveiligingscamera's. Hij zag er geen, dus hij probeerde de hoofdingang. De deur zat stevig op slot. De ramen op de begane grond waren allemaal dichtgetimmerd. Vanaf deze kant kwam hij niet binnen. Niet zonder een moker of een koevoet. De achterkant van het gebouw was esthetisch gezien een heel ander verhaal. Die paste helemaal niet bij de voorkant. De muren waren van betonnen stapelblokken. De beige verf die erop zat, bladderde in lange repen af. De laaddokken waren afgesloten met gebutste stalen rolluiken en het licht hellende dak leek bedekt met verroeste ijzeren platen. Het gebouw moest zijn aangepast toen vrachtcontainers standaardafmetingen kregen, dacht Reacher. De opslagruimte was waarschijnlijk zo goedkoop mogelijk herbouwd, maar de voorgevel was blijven staan omdat die nog functioneel was. Of omdat de eigenaren hem mooi vonden, hem van de gemeente moesten laten zoals hij was, of het geld er niet voor overhadden om die te vervangen.

Reacher liep langs de zijkant van het gebouw. Er zaten geen ramen in, en er zaten hangsloten op de rolluiken van de laaddokken. De achterste drie sloten, vanaf de weg gezien, waren helemaal verroest, maar het slot het dichtst bij de voorkant van het gebouw was nieuwer. Het zag er stevig uit en blonk nog steeds. Dat werd zo te zien nog wel gebruikt. Als het open was, zou dit de voor de hand liggende ingang zijn. Reacher vermoedde dat de man in de koffiebar de sleutel had. Hij was waarschijnlijk van plan vroeg hier te zijn, het rolluik een stukje open te laten staan, alvast naar binnen te gaan en een veilige plek te kiezen.

Reacher keerde terug naar de voorkant van het gebouw en liep naar rechts. Door de manier waarop het gebouw vastzat aan dat ernaast, was er een soort nis ontstaan van een meter twintig breed bij negentig centimeter diep. Een donkerblauw geverfde metalen regenpijp liep van het dak naar de grond en werd door stevige ijzeren klemmen op z'n plaats gehouden. Hij was ongeveer acht centimeter in doorsnee en maakte een bocht om een richel met een soort sierlijst heen, net onder de eerste verdieping. Boven de richel was een raam waarin geen glas meer zat.

Reacher testte de regenpijp. Die voelde stevig aan. Hij pakte hem met beide handen op borsthoogte beet, strekte zijn armen, trok zijn rechterbeen op en zette zijn voet plat tegen de muur. De pijp hield hem. Reacher leunde achterover en zette zijn linkervoet tegen de muur, ongeveer een halve meter boven zijn rechtervoet. Meteen schoot de onderste klem los en brak de pijp. Reacher viel naar achteren en kwam neer op de hak van zijn voet met een paar meter regenpijp in zijn hand. Hij legde hem zo stil mogelijk neer en drukte zich toen met zijn rug tegen de zijwand van de nis. Hij zette eerst zijn rechtervoet tegen de wand ertegenover en daarna zijn linkervoet en drukte zich op tot hij boven de grond hing. Het was alsof hij op een onzichtbare stoel zat. Hij liet zijn armen zakken en duwde met zijn handpalmen tegen de ruwe bakstenen om de druk op zijn benen te verminderen. Vervolgens zette hij eerst zijn rechter- en daarna zijn linkervoet dertig centimeter hoger. Daarna verminderde hij even de druk op zijn benen door zich met zijn handen af te zetten en schoof zo zijn rug langs de muur omhoog tot zijn benen weer parallel met de grond waren. Hij ademde in en herhaalde het proces: rechtervoet omhoog, linkervoet omhoog, druk verlichten, met beide handen duwen. Dit deed hij nog een keer of twaalf, tot zijn middel zich ter hoogte van de richel onder het raam bevond. Toen duwde hij zich naar voren door zich met zijn handen af te zetten tegen de muur en daarna beide armen naar voren te zwaaien als een zwemmer die het water in duikt. Hij landde met zijn onderarmen plat op de richel, wachtte even tot hij op adem was gekomen, drukte zich op zijn handen op en wurmde zich met zijn hoofd naar voren door het kapotte raam naar binnen.

Het klopje op de deur van het kantoor boven zijn bar in Harbor East was zo zacht dat Dominic Kelleher zich afvroeg of hij het zich had verbeeld. Hij luisterde even, meende op de gang iemand te horen bewegen en vroeg: 'Wie is daar?'

Een vrouwenstem antwoordde: 'Ik ben het, Mia.'

Kelleher sloot zijn laptop, raapte de papieren die op zijn bureau lagen bij elkaar, gooide ze in de bovenste la en zei toen: 'Mia? Dat zou tijd worden. Kom binnen.'

De deur ging langzaam open en de vrouw die het bejaarde echtpaar in de koffiebar had willen kaalplukken kwam de kamer binnen. Ze deed de deur achter zich dicht, schuifelde naar voren en bleef midden op een stoffig, tot op de draad versleten vloerkleed voor Kellehers bureau staan. Ze droeg nu een kastanjebruine pruik en keek naar haar voeten. Voor het raam achter Kelleher hing een rolgordijn naar beneden. Drie oude dossierkasten stonden naast elkaar tegen de linkerwand en daar tegenover stonden twee leren leunstoelen, met ertussenin een houten tafeltje met een asbak in het midden. Er hing een zware geur van sigaren in het kleine kantoor.

'Ben je in je eentje?' vroeg Kelleher.

Mia knikte.

'Waar zijn de anderen?'

'In het ziekenhuis. Mick heeft een hersenschudding. Normans arm is lelijk gebroken. Ze hebben moeite om die goed te zetten. Hij moet misschien geopereerd worden.'

'Zijn jullie aangevallen?'

Mia knikte weer.

'Door wie?'

Mia haalde haar schouders op. 'Een of andere kerel.'

'In zijn eentje?'

'Ja.'

'Hebben jullie het met z'n drieën afgelegd tegen een man alleen?'

'Je had hem moeten zien. Hij was een reus. En krankzinnig. Hij leek wel een psychopaat en zag eruit als een neanderthaler.'

'Had je hem ooit eerder gezien?'

'Nee.'

'Ooit contact met hem gehad?'

'Nee.'

'Waarom lig jij dan niet ook in het ziekenhuis?'

'Ik moest jou precies vertellen wat er gebeurd was, zei hij. En dat je ervoor moest zorgen dat niemand van ons ooit nog zijn pad kruist.'

Kelleher trok zijn bovenlip op in een sneer. 'Nou, we gaan wel degelijk zijn pad kruisen. Daar kun je van op aan. Niemand steelt tien mille uit mijn zak en komt ermee weg.'

'Dat heb ik ook tegen hem gezegd. Hij zei dat hij het geld niet had gestolen. Hij zou het teruggeven aan de idioten die we het afhandig hadden gemaakt.'

'Ga weg. Wie doet dat nou? Echt niet. Hij heeft het zelf gehouden. De vraag is alleen voor wie hij werkt. Dat moeten we te weten zien te komen. Want dit moet nu meteen in de kiem worden gesmoord.'

'Hij zei dat hij voor niemand werkte.'

'Nog meer flauwekul. Oké. Ik zal je vertellen wat we gaan doen. Ik ga wat telefoontjes plegen. Eens kijken of iemand wil toegeven dat hij die vent heeft ingehuurd. Of een idee heeft wie dat kan hebben gedaan. Of zelfs klappen van hem heeft gekregen. Zorg jij dat iedereen op straat die we kennen het te horen krijgt. Verspreid het signalement van die gast. Als iemand hem ziet, wil ik het weten. Het liefst gisteren.'

Reacher raakte de grond het eerst met zijn schouder, rolde door en sprong overeind. De ruimte waarin hij terecht was gekomen, was leeg. Er stond geen meubilair en de vloerplanken waren kaal. Er hing niets aan de muren; geen gordijnen voor de drie intacte ramen aan de straatkant. Geen deur in het kozijn. Er lag alleen overal een dikke laag stof en in een hoek wat duivenpoep.

De deuropening leidde naar een soort galerij, die de hele breedte van het gebouw besloeg. De galerij bood aan de ene kant toegang tot vier kamers – waarschijnlijk kantoren – en aan de andere kant zicht op de hele opslagruimte beneden. In het midden was een bordestrap, die op de eerste verdieping in tegengestelde richting doorliep naar de volgende.

Reacher inspecteerde de andere kamers op dezelfde verdieping. Ook die waren allemaal leeg. Compleet gestript. Zelfs de radiatoren waren er uitgehaald, te zien aan de koperen leidingbuizen die een decimeter boven de vloer waren afgezaagd. Hij nam de trap naar de tweede verdieping. Die was in twee bredere, rechthoekige ruimtes verdeeld. Oorspronkelijk bedoeld als dossier- of archiefruimtes, vermoedde Reacher, gezien de leeftijd van het gebouw. Daarna liep hij de trap af naar het pakhuis zelf. Er lagen nu geen goederen. De vloer was een raster van krassen en slijtageplekken, gemaakt door pallets en containers die in de loop van tientallen jaren – niet altijd even voorzichtig – naar binnen en naar buiten waren gesjouwd. De vormen waren nauwelijks zichtbaar in het zwakke licht dat via de lege kantoren naar binnen viel.

Reacher nam de hele ruimte in zich op, berekende hoeken en mogelijkheden en ging toen zo staan dat de trap zich tussen hem en het eerste laaddok bevond. Het laaddok met het slot dat nog werd gebruikt. Hij knikte. De trap bood goede dekking en daarachter was het donker; hij zou dus geen schaduw creëren. Als hij zelf een geheime ontmoeting zou plannen, zou hij daar wachten, en de man die het briefje in zijn zak had gestopt waarschijnlijk ook, dacht hij. Dan waren er nog maar twee vragen. Wat voor wapen zou de man bij zich hebben? En hoe nerveus zou zijn vinger om de trekker liggen?

Reacher liep onder het overstek dat door de kantoren op de eerste verdieping werd gevormd naar de hoofdingang. Die werd dichtgehouden door drie dikke planken op massieve metalen beugels. Reacher pakte de bovenste plank vast. Die was zwaar. Het hout was hard en glansde. Door jarenlange blootstelling aan vervuilde stadslucht voelde het eerder aan als ijzer, en de tijd had hem stevig op zijn plek gedrukt. Hij probeerde hem aan het ene uiteinde omhoog te duwen, maar de plank kwam geen centimeter van z'n plaats, dus probeerde hij de middelste. Die zat ook klem, maar er zat wel beweging in. Een klein beetje. Reacher bleef duwen en sjorren. Hij kreeg de plank nog een paar centimeter omhoog. En toen nog een paar. Daarna kwam hij links los uit de beugel. Reacher wist hem ook aan de andere kant los te krijgen. Hij legde de plank neer en richtte zijn aandacht op de onderste.

Die schoot veel gemakkelijker los, eerst de ene kant en toen de andere. Reacher draaide de plank om, zette het ene uiteinde op de grond en duwde hem toen schuin omhoog tot het andere uiteinde tegen de onderkant van de bovenste plank rustte. Hij zakte iets door zijn knieën, zette zijn schouders eronder en probeerde zijn benen te strekken. Er gebeurde niets. Hij bleef nog zo'n twintig seconden duwen en opeens gaf de beugel de strijd op. De linkerkant van de plank schoot omhoog. Reacher liep naar de rechterkant en gebruikte ook daar de losse plank als hefboom. De plank kreunde op de beugel, schoof iets omhoog, kwam toen helemaal los en schoot de lucht in. Reacher stapte achteruit, liet de plank op de grond kletteren en legde toen alle drie de planken rechts van het deurkozijn op elkaar. Hij moest zeker weten dat hij er in het donker niet over zou struikelen. Daarna trok hij de oude deur op een kier open, overtuigde zich ervan dat niemand hem zag, stapte toen naar buiten, deed de deur dicht en liep terug naar het centrum van de stad.

6

Toen Morgan Strickland de Kinsella-kalksteengroeve kocht, ruim dertig kilometer buiten de stad gelegen, werd hij voor gek verklaard. Uit bodemonderzoek bleek dat de mijn praktisch uitgeput was. En zelfs al was er nog iets van kalksteen te vinden geweest: niemand had daar nog behoefte aan. Je kon het aan de straatstenen niet kwijt. De vraag was de afgelopen paar jaar drastisch gekelderd en daar zou volgens de experts geen verandering in komen. Ze verwachtten dat de lange neerwaartse spiraal zou doorgaan tot de uiteindelijke, onvermijdelijke instorting van de hele branche. Maar dat maakte Strickland niets uit. Hij was niet van plan wat dan ook te delven. En hij was niet van zins grondstoffen te gaan verkopen. Hem interesseerde iets heel anders: de enorme ruimte, zo'n veertig hectare groot, die was ontstaan nadat de kalksteen was afgegraven.

Afgezien van de oprit lag de hele grot ruim twintig meter onder de grond. Door de manier van delven was er een reeks identiek gevormde open ruimtes ontstaan tussen ronde zuilen die de zoldering ondersteunden. Deze gigantische pilaren hadden een doorsnede van bijna vijf meter. Dikker dan noodzakelijk. Dikker dan ze zouden zijn als het hele project met AutoCAD was ontwikkeld. Hun enorme omvang en massa beschermde de grot tegen de gevolgen van natuurrampen. En van door mensen veroorzaakte rampen. De grot was aan alle kanten omgeven door de laatste resterende kalksteenlagen, zes keer zo sterk als beton. Er heerste een van nature stabiele temperatuur van twintig graden, dus dat scheelde in de kosten omdat er geen verwarming nodig was. En het was er kurkdroog, waardoor auto's en apparatuur, wapens en munitie eindeloos konden worden opgeslagen zonder in kwaliteit achteruit te gaan. Maar voor Strickland was de grot niet zomaar een ondergrondse opslagruimte. Hij zag er veel meer in: de kans om iets te bouwen dat geen enkele andere particuliere militie bezat. Of kon bezitten. Een state-of-the-art trainings- en beoordelingsfaciliteit die volstrekt onvatbaar was voor infiltratie of spionage. Of sabotage. Al met al was dit grottencomplex de ideale basis voor zijn bedrijf, Strickland Security Solutions. Momenteel de op zes na grootste particuliere militie in de VS. Maar heel binnenkort de allergrootste, als Strickland zijn zin kreeg. En nu al de lucratiefste.

Op het moment dat Reacher weer terugging naar het centrum, liep Strickland door een gedeelte waar het meestal wemelde van de gepantserde auto's. Hij was op weg naar een ommuurde ruimte achteraan een laaddok. In naam was dit zijn kantoor, maar als hij aan het werk was, kwam het vaak genoeg voor dat hij daar bleef slapen. Hij viste een sleutel uit zijn zak, maar voordat hij het slot kon openen, hoorde hij voetstappen aankomen. Twee paar. In een stevig tempo. Hij trok het lapje voor zijn linkeroogkas recht – dat oog had hij samen met zijn linkerarm verloren toen er in 2003 in Irak een bermbom afging – en draaide zich om. Hij zag twee mannen. Steve McClaren, de algemeen manager, lang en mager met een gladgeschoren hoofd. En David Moyes, adjunct-directeur Werving & Selectie, die uiterlijk zijn tegenbeeld was: kort, gezet, met grijs haar en dito ruige baard.

Strickland wachtte tot ze zo dichtbij waren dat ze elkaar de hand konden schudden en zei toen: 'Steve, alles geregeld?'

McClaren knikte. 'Alles en iedereen op z'n plek in Turkije.

Onze basis ligt op ruim een kilometer van de grens met Armenië. Maar de faciliteiten zijn er niet best, er wordt geklaagd. Ik hoop dat we heel binnenkort groen licht krijgen. Dan kunnen we meteen van start.'

'Uitstekend. Verder nog iets?'

Moyes schraapte zijn keel en zei: 'Ik wil niet moeilijk doen, maar persoonlijk hoop ik dat dat groene licht nog even uitblijft. Afgezien van problemen met de accommodatie blijken we op twee cruciale gebieden aanvoerproblemen te hebben.'

Er verschenen diepe rimpels in Stricklands voorhoofd. 'Wat voor gebieden?' vroeg hij.

'Die upgrades die je bij de laatste strategiebespreking had goedgekeurd. Betere vesten voor de soldaten en pantsering voor de humvees.'

McClaren keek Moyes aan en vroeg: 'Ho even... hebben we die dan nog niet? Waarom hoor ik dat nu pas? Mij was verteld dat alles al vóór de mobilisatie geleverd was.'

'Twee zendingen zijn op tijd geleverd, ja,' zei Moyes. 'En de bestelnummers klopten. Maar toen we de inhoud gingen controleren, bleek de helft van de vesten en een derde van de humveekits te ontbreken. Mijn mannen zitten de leveranciers achter hun vodden, maar tot nu toe worden ze van het kastje naar de muur gestuurd.'

McClarens gezicht was vuurrood. 'Dat kán niet. We weten allemaal hoe het drie maanden geleden in Haïti is gegaan. Vierentwintig man heeft dat ons gekost. En met betere uitrusting hadden we minstens twintig van die doden kunnen voorkomen. Als dit nou weer om geld gaat...'

Strickland ging tussen hen in staan. Hoofdschuddend zei hij: 'Nee, het gaat niet om geld.' Hij gebaarde naar het lapje voor zijn oog en zijn lege mouw. 'Ik ben wel de laatste die zich druk maakt over de kosten van veiligheidsuitrusting. Ik heb die inkooporders getekend zodra ze op mijn bureau lagen. Laat dit maar aan mij over. Dit is mijn pakkie-an. En Steve, hoe is het intussen met de jongste groep rekruten? Zijn ze klaar voor hun eindoefening? Dat zal wel moeten, als we ze ditmaal willen mobiliseren.'

McClaren schudde zijn hoofd. 'Morgenochtend om tien uur is de eindoefening, zoals gepland. Of ze er klaar voor zijn is een heel ander verhaal. Waar heb je dat stelletje sukkels vandaan? Veteranen, hadden ze me beloofd. Geen losers.'

'Voor zover ik begrepen heb, zijn ze allemaal de basistraining doorgekomen.'

'Doorgekomen? Bedoel je dat ze alle lessen bijgewoond hebben, of dat ze ook echt geslaagd zijn? Of hebben ze ons afgescheept met een stel minkukels?'

'Ik zal je wat zeggen. Sommigen van die jongens zijn tot nu toe niet direct succesvol geweest. Maar dat betekent niet dat daar geen verandering in kan komen. Misschien waren die hobbels op hun pad niet hun eigen schuld. Misschien heeft het leger steken laten vallen. Misschien lukte het niet tijdens de opleiding. Dat betekent dat wij een zoveelste kans krijgen om te bewijzen dat we beter zijn. Dus ik hoop dat er heel veel door de eindoefening komen. Ik hoop dat het merendeel het haalt.'

'Ik laat ze alleen slagen als ze goed genoeg zijn.'

'Dat verwacht ik ook van je. Maar probeer er onbevooroordeeld in te staan. Vergeet niet: we hebben zelf ook allemaal ooit in die positie verkeerd.'

'Klopt. Maar wij konden tenminste onze eigen veters strikken.'

De band waarvoor Reacher naar Baltimore was gekomen, bleek nog beter dan in zijn herinnering. De stem van de zanger leek wel uit een andere dimensie te komen. Zacht en krachtig, zelfverzekerd en kwetsbaar, alles tegelijk. De gitaar jankte en scheurde en Reacher voelde de bas en het slagwerk daveren in zijn borstkas. Toen de set afgelopen was, voor zijn gevoel al na vijf minuten, had Reacher geen zin om meteen op te stappen. Hij wachtte op de volgende band, die meer mainstream en minder blues-achtig was. Maar goed genoeg. Om één minuut over tien waren zij klaar, en meteen ging de crew aan de slag om het podium klaar te maken voor de hoofdact. Reacher bleef nog even staan kijken en verdween toen, met spijt in het hart. Hij liep tussen de menigte door het park uit en ging op weg naar het pakhuis. Volgens het briefje werd hij om middernacht verwacht, dus wilde hij er uiterlijk om elf uur zijn.

Twee andere bezoekers vertrokken vlak voor Reacher. Een man en een vrouw, keurig gekleed, ergens achter in de dertig. Een stel. Althans, in theorie. Misschien waren ze dat aan het begin van de avond geweest, dacht Reacher. Of ze tegen de ochtend nog samen zouden zijn, was de vraag. Ze liepen snel, met stijve ruggen, naar buiten priemende ellebogen en grote, driftige passen. Ze keken elkaar niet aan, zeiden geen stom woord en bewaarden zo veel mogelijk afstand. Toen ze de hoofdstraat bereikten, sprintte de vrouw het trottoir af en rende naar de eerste taxi in de rij. Ze gaf een ruk aan het achterportier, sprong de auto in en trok het portier dicht voordat de man haar had ingehaald. Hij bleef in zijn eentje midden op straat staan. Reacher verwachtte dat hij dat zou opvatten als teken dat hij even afstand moest nemen om na te denken over zijn prioriteiten, maar na een tijdje liep hij om de auto heen, opende het andere portier en ging naast de vrouw zitten. Reacher slenterde erlangs en zag het stel met strak over elkaar geslagen armen boos ieder een kant uit staren.

Reacher ving de blik op van de chauffeur van de volgende taxi in de rij. Even dacht hij dat die hem een rit wilde verkopen, maar nee: de man keek plotseling naar beneden en begon met zijn telefoon te spelen. Reacher was niet echt verbaasd. Hij was eraan gewend dat chauffeurs hem uit de weg gingen. Door hoe hij eruitzag, nam hij aan, in combinatie met het onophoudelijke dieet van gruwelverhalen dat mensen via de pers en online voorgeschoteld kregen. Het overkwam hem wel vaker, maar meestal als hij probeerde te liften. Maar goed, nu waren het dus ook al taxi's. Een zoveelste verandering in het weefsel van de samenleving, dacht Reacher. Een zoveelste draad die losraakte. Misschien lag het aan de sociale media. Misschien zat er dan toch iets in het artikel dat hij in de koffiebar had gelezen.

Reacher had de volgende taxi kunnen proberen, maar besloot er niet eens aan te beginnen. Hij vond het prettig om 's nachts door een stad te lopen. Al die geluiden. De ritmes. De duisternis. Gezien zijn lengte en bouw was Reacher niet iemand die gemakkelijk opging in een menigte, dus alleen in het donker genoot hij een zekere mate van anonimiteit. Hij liep voorbij de rest van de taxi's – tien in totaal – en ging verder. Het was nog druk op straat; voornamelijk auto's, wat bestelbusjes, een vuilniswagen die een dikke pluim uitlaatgassen ophoestte, en een eenzame patrouillewagen van de politie. Maar de trottoirs waren zo goed als verlaten. Hij zag maar een tiental voetgangers. Sommigen haastten zich met gebogen hoofd over de stoep. Een stelletje slenterde hand in hand. Eén man was duidelijk dronken. Maar geen van hen besteedde veel aandacht aan hem. Onderweg zag hij nog een aantal taxi's, met verschillende nummerborden, maar wel allemaal van hetzelfde bedrijf als de chauffeur die hem genegeerd had. Rides-R-Us. Sommige taxi's kwamen hem tegemoet, andere reden van hem weg. En nooit zat er een passagier in de auto. Reacher vroeg zich af hoe zo'n onderneming zich staande kon houden als het personeel zo werkschuw leek. Hij nam aan dat er iets anders speelde, zoals een taxibedrijf waarover hij had gelezen, waarvan de eigenaar tot de ontdekking was gekomen dat drugstransport aanzienlijk winstgevender was dan mensen rondrijden.

Reacher sloeg af naar Argyle Street. Daar reed geen verkeer. Er stonden geen auto's geparkeerd. De trottoirs waren verlaten, voor zover hij in het donker kon zien. Alle lantaarns waren kapot en er brandde geen licht achter de ramen van de gebouwen. Hij ging op weg naar het pakhuis en hoorde plotseling achter zich banden over het ruwe asfalt schuren, samen met het lawaai van een zware motor die te veel toeren maakte. Hij hield zijn pas in en keek over zijn schouder. Er kwam een auto aan. Ook weer een taxi. Van hetzelfde bedrijf als daarnet. Zonder passagiers. Hier was duidelijk iets verdachts gaande. Maar het feit dat dit hem al op zijn hele route overkwam, kon geen toeval zijn, dacht Reacher. Hij stapte van de stoep af en stak zijn hand op alsof hij de taxi wilde aanhouden. De auto minderde vaart. De chauffeur keek Reacher aan, gaf toen plankgas en reed met een boogje om hem heen. Hij reed een meter of vijftig door, koerste toen naar de stoeprand en kwam tot stilstand.

Reacher kwam in de verleiding rechtsomkeert te maken en koers te zetten naar een drukkere straat, op zoek naar een plek waar hij de volgende passagierloze taxi van Rides-R-Us kon aanhouden voordat die ervandoor ging, zodat hij de chauffeur aan de tand kon voelen. Maar hij wist dat daar geen tijd voor was. Het taximysterie was intrigerend, maar belangrijker was dat hij zich eerder in het pakhuis installeerde dan de man die hem daar had uitgenodigd. Dus bleef Reacher midden op straat staan, duidelijk zichtbaar voor wie er ook maar keek, en liep daarna door tot halverwege het volgende gebouw. Hij begaf zich naar de voordeur alsof dat zijn bestemming was en liep door tot hij was opgelost in de schaduw. Zijn blik bleef op de taxi met stationair draaiende motor gevestigd. Die bleef daar nog een minuut staan. Twee minuten. Toen gingen de remlichten uit en reed hij weg. Zodra hij uit het zicht verdwenen was, liep Reacher terug naar het pakhuis. Hij vond de deur, rukte die open, stapte erdoorheen, drukte hem weer zo ver mogelijk dicht zonder geluid te maken, dook opzij en liep zachtjes achteruit tot hij de muur tegen zijn schouderbladen voelde. Binnen was het aardedonker. Doodstil. De lucht was bedompt. Reacher bleef twee minuten roerloos staan. Drie. Toen duwde hij met zijn schouder de deur helemaal dicht, pakte zijn zaklamp, nam die tussen zijn tanden en draaide zich om naar de planken die hij eerder die dag had opgestapeld. Hij sjorde ze een voor een terug op hun plek op de beugels. Daarna liep hij een rondje door de opslagruimte. Het licht van zijn zaklamp was te zwak om helemaal in de duisternis door te dringen, dus ging hij ook deels op zijn gevoel af. Voor zover hij het kon beoordelen was er niemand aanwezig. Hij liep de trap op naar de tweede verdieping en keek in de archiefruimtes. Ook daar was niemand. Hij keek in de kantoortjes op de eerste verdieping. Niemand. Tot slot koos hij een plek rechts achteraan op de galerij, niet ver van de plek waar hij eerder die dag naar binnen was geklommen. De enige manier om het gebouw binnen te komen was nu weer het kapotte raam in het kantoortje daarnaast. Wie daardoor binnenkwam, moest eerst langs hem. En vanwaar hij zat kon hij prima zien of iemand het rolluik van het eerste laaddok opende.

Volgens de klok in Reachers hoofd was het acht minuten voor elf. Dan had hij dus nog achtenzestig minuten tot de afspraak, tenzij de man die het briefje in zijn zak had gestopt uit pure voorzorg eerder kwam opdagen. Of langer, als de man laks was, of ongeorganiseerd, of als hij een dubieus spelletje speelde. Reacher vond alles goed. Wachten was een van zijn talenten. Het was een vaardigheid die hij zich in het leger eigen had gemaakt, maar ook voor die tijd al had dit bij zijn temperament gepast. Hij wist allang dat hij van nature in twee standen kon staan: gewelddadige, explosieve actie of stille, bijna comateuze rust.

7

De man die het briefje in zijn zak had gestopt bleek het zekere voor het onzekere te nemen.

Een kwartier voor de afgesproken tijd hoorde Reacher beneden en aan de andere kant van de trap iets schrapen. Er morrelde iemand aan het slot op het rolluik van het laaddok. Het geluid hield op en onderaan de ingang verscheen een smalle streep licht. Met horten en stoten werd die streep breder, en bij elke ruk klonk er een schril metalig geknars. De streep werd vijfentwintig centimeter breed. Een halve meter. Een meter. Er kwam iemand gebukt onder het rolluik door en duwde het daarna weer grotendeels dicht. Reacher hoorde iets ritselen, en daarna een zachte plof. Er klikte een zaklamp aan, en bij het schijnsel daarvan zag Reacher een man, van top tot teen in het zwart, over een rugzak heen gebogen staan die hij voor zich op de grond had gezet. Hij haalde er een pistool uit – een fors exemplaar, een 1911 misschien – en stak dat achter in de band van zijn broek, deed de rugzak weer dicht en slingerde die over zijn schouders. Reacher ving een glimp op van het gezicht van de man. Hij herkende hem. Het was de man die hem die middag net na twaalven in de koffiebar rakelings gepasseerd was.

De man trok met zijn rechterhand zijn pistool van achter zijn rug. Met zijn andere hand pakte hij de zaklamp, klemde die onder het wapen en liep langzaam door de hele opslagruimte van het pakhuis. Hij nam er de tijd voor en inspecteerde elke centimeter van de vloer. De lichtbundel en de loop van het wapen bestreken samen, perfect synchroon, de ruimte. Hij inspecteerde de muren tot drie meter hoog. Maar meer niet. In de schaduw, op het balkon, glimlachte Reacher even. Lang geleden, bij de training Ontsnappen en Ontwijken, had hij geleerd dat je, als je je schuil moest houden, de hoogte moest opzoeken. Mensen kijken nooit omhoog. Niemand weet waarom. Zo zit de mens nou eenmaal in elkaar. In eerste instantie had hij het raar gevonden, maar in de loop der jaren was keer op keer gebleken dat het klopte.

De man was klaar met zijn inspectieronde, maar in plaats van een plek te kiezen achter de trap, zoals Reacher had verwacht, liep hij zonder aarzelen de ruimte door. Hij zette zijn voet op de onderste tree van de trap en liep een eindje naar boven. Het oude hout kraakte en kreunde. De man nam nog twee treden. Vier. Reacher haalde het briefje dat hij van de man had gekregen uit zijn zak om zich te kunnen identificeren als vriend wanneer de lichtstraal van de zaklamp hem vond. De man liep nog vier treden op. Rustig, ongehaast. Het hout knerpte. Toen bleef de man staan. Hij dook iets in elkaar. Er klonk een luider gekraak, de zaklamp floepte uit en de man verdween in het aardedonker.

Reacher stak het briefje weer in zijn zak en luisterde met gespitste oren. Hij tuurde de duisternis in. Niets te horen. Niets te zien. Er verstreken vijf minuten. Zes. Daarna hoorde hij weer iets krabbelen. Beneden, een heel eind naar rechts. Geen metaal deze keer. Eerder scherpe klauwtjes op beton. De lamp floepte weer aan. De lichtbundel schoot heen en weer over de vloer aan de andere kant van het pakhuis. Daar bewoog iets. Een rat, haastig op weg naar een verre uithoek. De loop van het pistool vlamde even. De knal van het schot echode door de ruimte. Een afgeschoten kogel ketste af op de harde grond. Een lege patroonhuls vloog tegen de trapleuning en kletterde op de vloer, en Reacher rook iets als verschroeid haar.

De man liet zijn zaklamp nog vijf seconden aan. Het licht beefde nu iets, maar toch zag Reacher beneden wat bloed en een paar plukjes vacht tegen de achtermuur. Meer was er niet over van de rat. De man zelf zat op een van de hoogste traptreden. Zijn rugzak stond naast hem. Zijn rechtervoet stond stevig twee treden lager en hij had zijn benen over elkaar zodat hij zijn rechteronderarm op zijn linkerdij kon steunen. Zijn bovenlichaam was naar links gedraaid, zodat hij uitzicht had op het luik van het laaddok. Na een diepe zucht knipte hij het licht uit en ging weer zitten wachten.

Reacher wist nu waar de man zat en bovendien was hij iets te weten gekomen waar hij wat aan had: de man die hij in de gaten hield, was tactisch heel goed. Het was een goede zet om het rolluik van het laaddok zo ver dicht te schuiven. Als er iemand naar binnen wilde, zou die over de grond moeten rollen, dus zelfs als diegene bewapend was, zou hij op dat moment kwetsbaar zijn en zich niet kunnen verdedigen. Tenzij hij het luik hoger optrok, maar dat zou herrie maken, zodat de kans op een verrassingsaanval verkeken was. En deze man was een prima scherpschutter. Zijn reacties waren snel. Maar hij was gespannen als een veer. Hij had grote moeite gedaan om een ontmoeting te regelen waarbij hij de overhand had, en daarna had hij zijn complete voordeel vergooid met dat pistoolschot. Als er iemand op weg was naar het pakhuis of het in de gaten hield, zou die de knal gehoord hebben. En hij had niet eens geschoten omdat hij in gevaar verkeerde, maar omdat hij geschrokken was van een rat. Reacher zat tien keer dichterbij dan dat knaagdier. Hij was honderd keer zo groot. En heel wat gevaarlijker. Als hij zich liet zien, kon hij er dan op vertrouwen dat de man hem zou herkennen? Dat hij zou beseffen waarom Reacher daar was? De man had hem maar eenmaal gezien, heel even, in de koffiebar. En toen was hij niet gestrest geweest. Nu was hij één brok zenuwen. Zou hij zich kunnen inhouden? Kon Reacher daarop rekenen? Hij dacht van niet. Hij wilde best helpen, maar was er intussen van overtuigd dat daar meer na- dan voordelen aan kleefden. Dus trok hij een ander plan. Hij zou gewoon blijven zitten, veilig in het donker, en wachten tot de man doorkreeg dat de afspraak niet doorging. Dan zou hij weggaan en kon Reacher naar het Greyhound-station. Hij had gedaan waarvoor hij naar Baltimore was gekomen, en hij zag geen reden om nog langer te blijven.

Morgan Strickland zat al ruim een uur in zijn eentje in zijn kantoor. Hij zat onderuitgezakt in zijn krakende stoel met zijn voeten op het metalen bureau en zijn blik op het computerscherm gericht. Hij keek naar de laatste paar monteurs die bezig waren in de ruimte waar de rekruten de volgende ochtend hun eindoefening hadden. Hij zou wachten tot ze weg waren en dan zijn plan uitvoeren. Niet dat dat strikt noodzakelijk was. Hij was tenslotte wel de baas en had het volste recht de controleruimte binnen te gaan wanneer hij daar zin in had. Hij had geen reden nodig, geen excuus. Maar in de loop der jaren had hij geleerd dat het soms zin had voorzichtig te zijn.

De monteurs waren grondig, dat viel niet te ontkennen. Normaal gesproken zou Strickland dat toegejuicht hebben, maar die avond wilde hij maar één ding: dat ze zouden opschieten. Hij zou blij zijn als ze opgeduveld waren. Toen de kust eindelijk veilig was, kwam hij overeind en strekte zijn rug zoals hij twintig jaar tevoren geleerd had. Hij deed een stap in de richting van de deur, maar bleef plotseling staan. Zijn telefoon ging over. De beltoon was 'Enter Sandman' van Metallica, wat betekende dat de beller op zijn lijst met bijzondere contactpersonen stond. Het was iemand die ook het zekere voor het onzekere nam, zag hij. Hoewel de beller, Mark Hewson, naar Stricklands mening de neiging had zijn voorzichtigheid te overdrijven en te laten ontaarden in lafheid. Zeker sinds hij in het Pentagon zat.

Strickland nam op: 'Mark. Heb je al getekend?'

Aan de andere kant van de lijn bleef het even stil, en toen antwoordde Hewson: 'Als het aan mij lag, had ik getekend. Dat weet je, Morgan. Maar zo eenvoudig is het niet. Defensie is net een mammoettanker. Het duurt even voor die van koers veranderd is.'

'Hoe vaak moeten we het hier nog over hebben? Het is simpel. Stel jezelf de vraag wat je wilt. Promotie en roem? Of de rest van je carrière op je reet in een kantoorhokje zitten?'

'Ik zit niet in een hokje. Ik heb...'

'Even concentreren, Mark. Wie niet waagt, die niet wint. Dat weet je. Jij hebt de kans de loop van de geschiedenis te veranderen. Wat ik voorstel is zeker weten de beste oplossing. De VS kunnen zich niet permitteren in alle oorlogen te blijven vechten. Mijn manier is de toekomst. Dat kunnen we bewijzen.'

'Weet ik. Ik ben helemaal voor. Maar ik moet mensen mee zien te krijgen. Mensen die tijd nodig hebben om aan nieuwe ideeën te wennen.'

'Rot op met zulke lui. Als jullie – als *wij* – winnen, is dat het enige wat ertoe doet. Je kent toch dat gezegde dat je beter vergiffenis kunt vragen dan toestemming? Nou, dat is gelul, want als je wint heb je geen van beide nodig.'

'Weet ik. Snap ik. Maar ik heb hier te maken met dingen die voor jou geen gevolgen hebben. Die hele Armenië-toestand is één groot pr-mijnenveld.'

'Wat nou pr-mijnenveld? Denk jij dat het volk liever Iran zal steunen dan de kant die wij kiezen?'

'Nee. Maar denk even aan de Golfoorlog. Een smet op het blazoen van een complete generatie. Niet vanwege de slachtoffers. Niet vanwege het geld. Maar vanwege dat gezouwehoer over massavernietigingswapens. Een niet-bestaand gevaar, gebruikt om de invasie goed te praten. Ik kan me niet permitteren nogmaals zo'n blunder te begaan. Niet als ik dit in mijn eentje moet doen.'

'Je maakt je zorgen om niks. Om te beginnen is het niet

eens een echte invasie. Het is… laten we zeggen een bijzondere militaire operatie. Een soort experiment waarin we bewijzen dat wij een klus kunnen klaren zonder dat het leger ons voor de voeten loopt. Dat wij het beter doen. En daarbij: ditmaal dreigt er wel degelijk gevaar, dus valt er niets goed te praten.'

'Weet je zeker dat het allemaal door de beugel kan? Want het leger wil er niet aan en ik zeg je eerlijk: daar word ik nerveus van.'

'Het leger wil er niet aan? Godzalmekraken. Ze willen er niet aan omdat ze het niet zelf hebben bedacht, dat is duidelijk. Kom op, Mark. Jij hebt de rapporten ook gezien. Je hebt de beelden bekeken. We hebben ooggetuigenverslagen. Het nieuws stond er bol van. Internet. Sociale media.'

'Zie jij op de een of andere manier kans het verhaal nog wat aan te dikken?'

'Het hoeft niet aangedikt, maar voor jou wil ik dat best doen. De getuige is over een paar dagen in Baltimore. Ik regel een afspraak met mijn pr-mannetje. Ze kunnen nog een video opnemen. Verklaringen tegenover de pers. We kunnen het zo groot opblazen als je maar wilt. Maar intussen moet jij niet uit het oog verliezen wat voor voordelen het heeft als wij er als eersten op afgaan. Wij zijn sneller dan het leger. Goedkoper. We hebben minder regels en voorschriften. Er is minder toezicht om ons te weerhouden van wat nodig is. En minder rapportage-eisen. Zoals dat gezanik over dodelijke slachtoffers. Dat betekent dat we hoe dan ook winnen. Sowieso hebben we de mediaslag al gewonnen, en wat is er tegenwoordig nou belangrijker?'

'Daar zit wat in.'

'En dat is dan alleen nog maar het évolutionaire gedoe. Maar dat valt in het niet bij de révolutionaire ideeën die ik heb. Moet je horen. Tot nu toe heeft oorlog altijd geld gekost. Denk je eens in dat jij de geschiedenis in zou gaan als de gast die winst maakt met oorlog.'

'Dat... zou wel iets zijn, ja.'

'Weet je nog van die gloednieuwe bodycams uit onze demo? En de aandelen in het bedrijf dat die dingen maakt, die in een trust voor jou zitten? Die gaan het verschil uitmaken. De winstkansen zijn gigantisch. Grenzeloos. Stel je voor: mensen die betalen om beelden te streamen van gevechten op het moment dat die geleverd worden, in realtime, tegen extra betaling al naar gelang het gevarenniveau. Ze kunnen zelf kiezen welke soldaat ze volgen. Stemmen over een strategie. Wedden om de resultaten van afzonderlijke acties of grootschalige conflicten. We kunnen virtuele deelname verkopen aan gewone burgers, niet alleen aan journalisten. Dat kunnen we dan "gedemocratiseerde oorlogsverslaggeving" noemen. We kunnen zorgen dat mensen screendumps kunnen maken en op hun socials posten, zodat de hele toestand zichzelf verkoopt.'

'Mensen zijn inderdaad nogal gemakzuchtig.'

'En niet te vergeten de sponsors. Speciaal gemaakte patches op uniforms, zoiets als Europese voetbalspelers dragen, of autocoureurs. Logo's op pantserwagens. Wapens. "Overwinning in Helmand; dit programma wordt u aangeboden door Sig Sauer."'

'Dat gaat misschien een beetje te ver.'

'Je moet gróót denken, Mark. Ranglijsten. Voor onderaannemers, of voor wapenmerken. En wat dacht je hiervan: gender. Je kunt voorgoed een einde maken aan discussie over "Mogen vrouwen aan het front vechten" door met echte gegevens aan te komen...'

'Echte gegevens zijn goed, lijkt me.'

'En nog een optie: competities. Met prijzen als *Vlieg een dag met een gevechtsdrone*.'

'Morgan, je moet me één ding beloven. Doe het rustig aan. Stap voor stap. Als dit soort ideeën bij de verkeerde types belanden, dan...'

Er klonk een harde dreun, en de verbinding viel weg. Meteen werd het aardedonker in Stricklands kantoor. Stroomstoring. De kabel naar het lokale laagspanningsstation was doorgebrand. Dat gebeurde de laatste tijd steeds vaker, en het maakte Strickland razend. In de ontwikkelingslanden waar hij gediend had, waar vrijwel geen moderne infrastructuur bestond, of in steden in oorlogsgebieden waar de complete nutsvoorzieningen aan gort gebombardeerd waren, daar kon hij het begrijpen. Maar hier, waar je geen extreme weersomstandigheden had? Geen zwermen vijandelijke drones die het voorzien hadden op het stroomnet? Hiervoor was geen enkel excuus, wat hem betrof. Maar hij kon er niets aan veranderen, dus zette hij zijn ergernis van zich af, telde tot vijf en luisterde naar het noodaggregaat dat aansloeg. Hij had bij de aanleg steen en been geklaagd over de kosten en had het aggregaat bijna uit de plannen geschrapt, maar nu was hij blij dat hij dat niet had gedaan. De verlichting floepte weer aan. Zijn computer gonsde en sputterde. De signaalversterker in de grot kreeg weer bereik en de streepjes op zijn telefoon sprongen naar vijf van de vijf. Hij vroeg zich af of hij zou terugbellen, maar besloot dat niet te doen. Als Hewson naar hem had geluisterd, was het bericht intussen wel duidelijk. Zo niet, dan was dat een probleem voor een andere keer.

8

De man op de trap hield het nog ongeveer een halfuur vol eer hij het onvermijdelijke accepteerde. Er kwam niemand. Hij knipte zijn zaklamp weer aan, maar zette hem deze keer rechtop op de tree waarop hij zat, zodat het licht naar boven scheen. Hij legde zijn pistool ernaast, zette zijn voeten tegen elkaar, sloeg zijn armen om zijn hoofd en begon langzaam van voren naar achteren te wiegen. Reacher meende hem te horen kreunen. Hij dacht weer aan het laatste woord op het briefje – *Alsjeblieft* – en opeens leek de man, zonder wapen in zijn hand, helemaal niet meer zo bedreigend.

Reacher bleef in de schaduw en zei: 'Sta op. Handen achter je hoofd.'

De man rechtte zijn rug en hield op met wiegen, maar bleef zitten.

'Opstaan,' zei Reacher met meer nadruk.

De man ging staan en vroeg: 'Wie...?'

'Handen omhoog,' zei Reacher.

De man hief zijn handen tot borsthoogte. Zijn handpalmen wezen naar voren en zijn vingers trilden licht. Hij draaide zich schuifelend om tot hij de bovenkant van de trap kon zien. Zijn ogen schoten heen en weer langs de hele balustrade van de galerij en na een korte pauze zei hij: 'Waar ben je? Laat je zien.'

'Schop met je linkervoet – denk erom, je linkervoet – het pistool weg, helemaal tot onderaan de trap,' zei Reacher.

De man verplaatste zijn linkervoet. Hij raakte met zijn teen de kolf van het pistool, maar stopte toen en zei: 'Wacht eens even. Laten we even wat dingen doornemen. Dit is een behoorlijk afgelegen plek. Er valt hier niets te stelen en er is ook niets wat toeristen trekt. We zouden hier allebei toevallig aanwezig kunnen zijn, maar dat geloof ik niet. Je bent hier omdat je mijn briefje hebt gevonden. Heb ik gelijk?'

Reacher stapte naar voren, het zwakke licht in.

'Oké, mooi. Dan nu de belangrijkste vraag: heb je mijn geld meegebracht?'

Reacher liep naar de bovenste tree van de trap, zodat hij dichtbij genoeg was om te reageren als de man naar zijn pistool greep. 'Geen geld,' zei hij.

'Dan heb je je tijd verspild door hierheen te komen. Als je me had willen neerschieten, had je dat al gedaan. Bovendien kan het me niet schelen hoe groot je bent. Ik blijf hier niet, wat jij ook zegt of doet. Zeg maar tegen je baas dat hij nooit meer iets van me hoort. Hij kan naar zijn updates fluiten.' De man had zich al half omgedraaid, maar keek toen weer naar Reacher. 'En zeg tegen hem dat hij een klootzak is.'

Reacher kwam een tree omlaag. 'De meeste bazen zijn klootzakken. Maar ik ben hier niet om je te bedreigen. Ik kom je je briefje teruggeven.'

'Teruggeven? Waarom?'

'Je hebt het bij vergissing in mijn zak gestopt. Ik maakte eruit op dat je kennelijk in de problemen zat en misschien wel zou willen weten dat je boodschap bij de verkeerde terecht was gekomen.'

'Vergissing? Nee. Er was me verteld dat ik bij de grootste kerel in de zaak moest zijn. Dat was jij. Ik heb iedereen goed bekeken. Er was geen twijfel mogelijk.'

Reacher dacht even na en herinnerde zich toen wat hij na zijn vertrek uit de koffiebar had gezien. 'Uit welke richting kwam je?' vroeg hij.

'Het oosten. Waarom?'

'Een eindje verder naar het westen was een man overleden. Ongeveer rond de tijd dat jij aankwam. Het leek een hartinfarct. Ik zag dat hij in een ambulance werd geschoven. Hij was nog forser dan ik. Misschien was hij op weg naar jou in elkaar gezakt.'

De man schudde zijn hoofd. 'Dat kan niet. Als zoiets was gebeurd, hadden ze het me laten weten. Dan hadden ze een nieuwe afspraak gemaakt. Ik zou niet zo in... shit. Wacht. En geen paniek. Ik raak het pistool niet aan.' De man pakte zijn rugzak, rommelde erin en haalde er een telefoon uit. Hij legde hem op de trap en rommelde weer in de rugzak tot hij de batterij had gevonden. Toen ging hij zitten, plaatste de batterij in het toestel, zette de telefoon aan en wachtte. Na een halve minuut piepte de telefoon een paar keer. De man keek op het schermpje, knikte en zei: 'Je had gelijk over die dode. Dat is ergens wel een opluchting. En ze stellen een nieuwe afspraak voor. Morgen, zelfde tijd, zelfde plaats. Hoewel, vandaag dus, want het is al na middernacht.' Hij tikte een berichtje, verzond het, stond op en liet de telefoon in zijn zak glijden. 'Twee keer is ook scheepsrecht, toch?' Hij stak zijn hand uit. 'Maar goed, bedankt. Ik waardeer het dat je de tijd hebt genomen om hierheen te komen en het me te vertellen.'

Reacher negeerde de uitgestoken hand. 'Je gaat toch zeker niet naar die nieuwe afspraak, of wel?'

'Natuurlijk.'

'Waarom?'

De man zweeg even en zei toen: 'Luister, ik stel het echt op prijs dat je de hele stad hebt doorkruist om me mijn briefje terug te geven. Maar wat ik doe en waarom gaat je niets aan.'

Reacher knikte, liep langs de man heen en daalde de trap af. Beneden draaide hij zich om en zei: 'De manier waarop je me dat briefje hebt toegespeeld... Dat was een bijzondere techniek. Waar heb je die geleerd?'

De man haalde zijn schouders op. 'In een vorig leven. Ik heb in het leger gezeten.'

'Wat was je functie?'

'Inlichtingen. Sixty-sixth Military Intelligence Brigade.'

'Zat je in Duitsland, in Wiesbaden?'

'Inderdaad. Hoe weet je dat?'

'Doet er niet toe. Maar ik zal je één ding zeggen, soldaat. Je zit in de problemen. Je gevoel zegt je dat je moet maken dat je wegkomt. Luister daarnaar. Ga de stad uit. Vandaag nog. Nu meteen. Blijf niet hangen in de hoop het geld te krijgen waar je recht op denkt te hebben. Of om je bezittingen op te halen. Of wat dan ook. Ga gewoon ergens anders heen. Zorg dat je hier ongedeerd wegkomt.'

Dwangmatig was een woord dat Strickland al vaak had gehoord in zijn leven. Te vaak, als het op hemzelf betrekking had. Het was begonnen in de privésfeer. Vrienden hadden het woord gebruikt. Vriendinnetjes. Soldaten met wie hij had gediend. Officieren. Het had echter meer gewicht gekregen toen de therapeut naar wie hij tijdens de herstelperiode na zijn terugkeer uit Irak verplicht heen ging het noteerde. Hij vond het een negatief woord. Mensen gebruikten het veroordelend. Strickland zelf zag het gedrag dat ermee werd beschreven anders. Hij vond het een teken van nauwgezetheid. Van logica. Dat iets in het verleden op een bepaalde manier was verlopen, was geen garantie dat het in de toekomst weer zo zou gaan. Voor hem was het geen kwestie van opvattingen, maar een filosofisch beginsel. Het was verstandig om belangrijke zaken zo vaak mogelijk te controleren. Daarom nam hij na zijn telefoontje met Mark Hewson niet de rechtstreekse route van zijn kantoor naar de controlekamer. Hij maakte een omweg naar de nieuwe opslagruimte aan de andere kant van het complex. Die lag geografisch niet op de handigste locatie, maar vanuit logistiek oogpunt was het een prima plek. De ruimte was pas drie maanden geleden toegevoegd, toen zich plotseling de noodzaak aandiende om bederfelijke waren op te slaan. De apparatuur vrat stroom, dus was het het handigst geweest om die dicht bij de verdeelunit te plaatsen. Dat bespaarde een hoop nieuwe bekabeling en bovendien tijd.

De ruimte was rechthoekig, achttien meter lang, zes breed en bijna tweeënhalf hoog. De wanden en het plafond waren gemaakt van schuim met een hoge dichtheid, dat in warmtereflecterende folie was verpakt en bedekt met plaatgaas, waardoor het in Stricklands ogen wel een kooi leek. Er zat maar één deur in, gemaakt van gehard staal en met een elektronisch slot dat werd bediend via een toetsenbordje. Slechts twee mensen kenden de code. Strickland zelf en Steve McClaren. Geen van beiden was het type dat een deur na vertrek niet afsloot. Gezien de locatie was de kans op een inbraak uitermate klein. Maar Strickland liet niets aan het toeval over. De deur werd dag en nacht bewaakt door twee man, in diensten van twaalf uur. En om er zeker van te zijn dat de bewakers op hun post stonden en de deur veilig was, liep hij er zo vaak langs als hij de gelegenheid had.

Strickland vond van zichzelf dat hij goed voor zijn personeel was, dus zorgde hij voor stoelen voor de bewakers. Hij hoorde de stoelpoten over de ruwe vloer schuiven toen hij dichterbij kwam. Toen hij de laatste hoek om kwam, zag hij de bewakers staan, waakzaam, hun M16's over hun schouder, de vuurmond naar de grond gericht. De bewaker links bracht zijn wapen omhoog, herkende Strickland toen en ontspande. Strickland keek de bewakers beurtelings in de ogen, salueerde nonchalant naar ze en liep toen tevreden door.

De bewakers wachtten tot hij uit het zicht verdwenen was en toen ging de man rechts – volgens zijn naamplaatje heette hij Walker – weer zitten. Zijn makker Jacklin zei: 'Waarom komt Strickland om de haverklap langs?'

'Wat kan jou dat schelen?'

'Niks. Maar het is raar. Ik wou dat hij ermee ophield.'

Walker gromde.

'Ik haat deze klus,' zei Jacklin.

Walker schudde zijn hoofd. 'Het is beter dan op het slagveld ingezet worden. Hier vliegen de kogels je niet om de oren en het eten is beter.'

'Het is saai.' Jacklin liep naar de deur van de opslagruimte. Hij drukte zijn hand tegen het metaal alsof hij zo kon voelen wat er aan de andere kant lag en zei: 'Vraag jij je weleens af wat hier zo belangrijk aan is?'

'Nee. En dat raad ik jou ook af.'

Jacklin streek met zijn vinger langs de buitenrand van het toetsenbordje. 'Heb je ooit gezien welke code Strickland intoetst om de deur te openen?'

'Nee.'

'Ik ook niet. Maar ik kan het proberen...'

'Ben je gek? En als er dan een alarm afgaat? Niet doen. Ga zitten en hou je gemak.'

9

Toen Reacher het pakhuis uit kwam, stonden er voor het gebouw ernaast twee auto's te wachten. Ze hadden allebei hun koplampen aan en de zwakke gele lichtbundels schenen op de ingang waar hij naar onderweg leek te zijn. Het waren allebei taxi's van Rides-R-Us, maar voor de verandering met passagiers. Behalve de chauffeurs achter het stuur zaten in beide auto's twee mannen op de achterbank.

Reacher was via het laaddok aan de zijkant van het pakhuis naar buiten gekomen, dus hij had rechtsomkeert kunnen maken, zodat ze hem niet zouden zien. Maar dat deed hij niet. Hij had wat vragen, dus stapte hij naar voren en liep door tot bij de plek waar de gebouwen met elkaar verbonden waren. De chauffeur van de dichtstbijzijnde taxi kreeg hem in het oog en draaide zich om op zijn stoel. De achterportieren zwaaiden open en de twee mannen stapten uit. Even later gingen ook de portieren van de andere taxi open en kwamen de andere twee tevoorschijn. Ze varieerden in lengte van een meter vijfenzeventig tot een meter negentig, en in leeftijd van halverwege de dertig tot eind veertig. Ze hadden kortgeknipt haar en droegen het type overall dat bouwvakkers dragen, met veel lussen en zakken voor gereedschap. Min of meer op een rij kwamen ze op Reacher af. De grootste liep iets voor de anderen en stopte recht voor Reacher, op ruim anderhalve meter afstand, met zijn makkers ongeveer een stap achter hem.

Reacher had zijn eerste antwoord binnen. De mannen waren hier duidelijk voor hem. Hij keek ze om beurten aan en richtte zich toen op de grootste. 'Wie heeft jullie gestuurd?'

De man leek verrast door de vraag en gaf er geen antwoord op.

'Ik wil een naam,' zei Reacher. 'En een adres. Als je me die geeft, mogen jullie allemaal gewoon weglopen. Zo niet, dan kunnen jullie allemaal naar het ziekenhuis.'

De grootste man grinnikte en wees toen met zijn duim naar de taxi's. 'Kies er een uit en stap in,' zei hij.

'Dat is een vreemde naam,' zei Reacher. 'Weet je het zeker?'

De man kneep even zijn ogen tot spleetjes en zei: 'Wat? Nee. Je krijgt geen naam van me. Ik wil dat je instapt.'

'Als je het gaat uitleggen, heb je al verloren. Dat weet je toch, hè?'

Er verschenen diepe groeven in het voorhoofd van de man. 'Wij verliezen nooit. En nu instappen.'

'Denk erom, je hoeft dit niet te doen. Vertel me wie jullie heeft gestuurd, dan kunnen jullie allemaal ongeschonden vertrekken.'

De man keek hem chagrijnig aan. 'Stap in. Nu.'

Reacher glimlachte. 'Dwing me maar.'

'Met plezier.' De mannen stapten achteruit en iets bij elkaar vandaan. Ze trokken allemaal een leren handschoen uit een zak van hun overall en deden die aan hun rechterhand. Toen haalden ze allemaal iets zwarts, vormeloos en zwaars tevoorschijn. De een na de ander deed zijn armen opzij tot borsthoogte en maakte een snelle polsbeweging. De voorwerpen in hun handen rolden uit. Even later hingen ze in een lus omlaag.

Motorkettingen.

Gemene wapens in de handen van mensen die ermee om konden gaan. Ze reten huid en spieren aan flarden, braken botten, rukten oren af, lieten oogbollen uiteenspatten. De wonden raakten ontstoken door de sporen olie en vet die erin achterbleven. De kettingen wikkelden zich om armen of benen heen, immobiliseerden ze. Maakten ontsnappen onmogelijk. Beperkten de kans om wraak te nemen. En voor Reacher was het cruciaal dat hun lengte het voordeel tenietdeed dat zijn lange armen en benen hem gewoonlijk opleverden.

De man helemaal links in de rij liep om Reacher heen en ging achter hem staan. De man rechts deed hetzelfde. De lange wachtte tot ze hun posities hadden ingenomen en zei toen: 'Nu heb je niet meer zoveel praatjes, hè? Laatste kans. Stap in de auto, of je eindigt zelf in het ziekenhuis. In kleine stukken.'

Reacher reageerde niet. Hij was al in beweging, draaide zich om en keek naar de man die tussen hem en de plek stond waar de twee gebouwen aan elkaar vastzaten. Hij had de man willen bereiken voordat die met zijn ketting begon te zwaaien, maar de man was te snel. Hij pakte de ketting, die aanvankelijk langs zijn lichaam hing, stevig beet, bewoog zijn pols, bouwde snelheid en stuwkracht op tot de ketting een grote, dreigende cirkel beschreef in het zwakke gele licht van de koplampen.

De lange kerel zei: 'Veel plezier, jongens.'

Reacher hoorde de andere drie kettingen in beweging komen. Ze maakten eenzelfde soort geluid als helikopters in de verte en Reacher rook de druppels smerige olie die eruit los zwierden. Hij was omsingeld. De vier mannen naderden gestaag. Hun kettingen maaiden in het rond als zaagbladen, doorsneden de lucht en kwamen steeds dichterbij. Hij kon er onmogelijk aan ontkomen – niemand kon sneller zijn dan een rondzwiepende ketting – en er was geen ruimte om ertussendoor te rennen.

Reacher pakte zijn zaklamp en gooide die met volle kracht naar het gezicht van de dichtstbijzijnde man. Die deinsde terug en hief instinctief zijn dominante hand – die waarmee hij de ketting vasthield – om het naderende voorwerp weg te slaan. De ketting wikkelde zich om zijn andere arm en zwiepte tegen zijn rug. Hij schreeuwde het uit. Reacher dook naar voren, pakte met zijn linkerhand de gehandschoende hand van de man vast, trok hem naar zich toe en haalde tegelijk met een rechtse directe zo hard als een bowlingbal uit naar de kaak van de man. Diens hoofd klapte achterover, zijn lichaam draaide om en smakte als een gevelde boom tegen de grond. Reacher liet zijn hand los, stampte op zijn borst en wist aan de andere drie te ontsnappen. Hij rende naar de nis tussen de twee gebouwen en raapte het stuk regenpijp op dat eerder die dag was afgebroken toen hij naar het kapotte raam had willen klimmen. Hij pakte het stuk regenpijp met beide handen vast, hield het als een lans recht voor zich uit en stoof weer op de overgebleven drie mannen af. Het uiteinde van de pijp raakte de man in het midden – de lange – vol op zijn borst. Hij werd naar achteren geworpen, viel op de grond en bleef daar kronkelend en naar adem happend liggen. De man rechts van Reacher zwaaide met zijn ketting naar de regenpijp. De ketting draaide er twee keer omheen en zat toen vast.

De man deed zijn uiterste best om Reacher uit balans te trekken, maar realiseerde zich al snel dat dat niet zou lukken en herzag zijn plan. Hij probeerde Reacher nu bezig te houden zodat die zich niet tegen de anderen kon verdedigen. Ook dat was een vergissing. De man was fors, dat zeker. Maar hij was geen partij voor de ruim honderdtien kilo van Reacher. Of voor diens woede. Reacher trok zich iets terug, draaide toen tegen de klok in en liet de man als een vis aan de lijn om zich heen draaien. Reacher verhoogde zijn snelheid en zette een stap naar links. De ketting raakte los en de man deinsde achteruit. Reacher volgde hem. De man struikelde en viel. Hij probeerde weer op te springen, maar Reacher was te dichtbij, schopte de man tegen de rechterkant van zijn hoofd, waardoor hij omdraaide en op zijn buik op de grond kwam te liggen. De man krabbelde wankelend en met een wazige blik overeind tot hij op handen en knieën zat. Reacher schopte hem opnieuw, deze keer in zijn buik. Door de kracht van de trap kwam de man meer dan een decimeter van de grond omhoog. Toen viel hij languit neer. Reacher schopte hem voor de zekerheid nog in zijn gezicht en liet hem bloedend, maar verder bewegingloos, op het gescheurde asfalt liggen.

Reacher draaide zich om naar de laatste man. Hij hield hem met de regenpijp op afstand en zei: 'Nu zijn alleen wij nog over. Wees verstandig. Geef me de naam van jullie baas. Niemand zal te weten komen dat ik die van jou heb gekregen.'

De man grauwde: 'Val dood.' Hij hief de ronddraaiende ketting boven zijn hoofd, ontweek het uiteinde van de regenpijp en rende naar voren. Reacher zette twee grote stappen naar links, liet de pijp zakken en sloeg er keihard mee in de knieholtes van de man. Daardoor klapten zijn benen dubbel en viel hij voorover op de grond, maar hij rolde om en kwam in hurkzit overeind. Er gutste bloed uit zijn neus, hij spande zijn beenspieren aan om te springen, maar Reacher zwaaide de pijp al de andere kant op. De man werd vol op zijn slaap geraakt en viel op zijn zij. Zijn ogen draaiden weg in de kassen en hij bleef bewegingloos liggen.

Reacher keek over zijn schouder om te zien of de andere drie nog op de grond lagen en liep toen naar de taxi's. De chauffeur van de voorste startte de motor, zette de auto in z'n achteruit, reed de weg op en ging ervandoor. De tweede chauffeur klungelde met zijn sleutel. De motor sloeg niet aan. Hij probeerde het opnieuw. De auto startte weer niet. Hij probeerde het een derde keer, maar terwijl de oude motor opnieuw weigerde, ramde Reacher het uiteinde van de regenpijp door de zijruit. De man schoot overeind in zijn stoel, liet de sleutel los en graaide naar iets aan de zijkant van de transmissietunnel. Een Glock 17. Die zag er oud en gehavend uit. Hij hief het wapen en probeerde het door de vernielde zijruit op Reacher te richten, maar die boog voorover en trok het pistool uit zijn hand.

'Uitstappen,' zei Reacher.

Jammerend klampte de man zich met beide handen aan het stuur vast.

Reacher stak het pistool achter zijn broeksband, trok het portier open, pakte de man bij de voorkant van zijn shirt en trok hem de taxi uit. 'Wegwezen,' zei hij. 'Ga maar lopend terug naar je baas. Vertel hem wat hier is gebeurd. En zeg hem dat mensen bij mij één kans krijgen. Hij heeft de zijne gehad. Als hij ooit nog iemand op me af stuurt, kom ik achter hém aan.'

De man liep het eerste stuk achteruit, maar toen hij drie meter bij Reacher vandaan was, draaide hij zich om en rende weg. Reacher sloeg ook de andere ramen van de taxi in, ramde een deuk in alle carrosserieplaten en liep toen naar de stoeprand. Hij haalde de kogels uit het pistool en gooide ze samen met het wapen in een putje langs de weg. Toen hoorde hij achter zich een stem. Het was de man die het briefje in zijn zak had gestoken. Hij stond over de eerste man heen gebogen die Reacher tegen de grond had gewerkt en zei: 'Het ziet ernaar uit dat je het over één ding mis had.'

'Wat dan?' vroeg Reacher.

'Deze gast gaat niet naar het ziekenhuis, maar naar het lijkenhuis.'

Reacher haalde zijn schouders op.

'Doet dat je niks?' vroeg de man.

'Ik ben er niet heel blij mee, maar ik ben er ook niet rouwig om.'

'Je hebt hem doodgeslagen. Zit je daar niet mee?'

'Nee, ik niet. Hij heeft het aan zichzelf te danken. Hij koos ervoor hierheen te komen. Hij wilde mij iets aandoen, me misschien zelfs vermoorden. Waarschijnlijk voor een beloning. Slechte keuzes hebben consequenties.'

De man zweeg even en knikte toen. 'Wat was hun probleem met jou?'

'Ik kwam vanochtend een paar makkers van hen tegen bij de koffiebar, net voordat jij opdook. Ik denk dat ik hun gevoelens heb gekwetst.'

'Daar lijkt het wel op.' De man raapte Reachers zaklamp op, kwam naar hem toe en stak zijn hand uit. 'Ik ben Nathan Gilmour.'

'Reacher.'

Ze schudden elkaar de hand en Reacher pakte zijn zaklamp aan en stak hem terug in zijn zak.

'Je kent het 66th MIB. Waarvan?'

'Ik ben meer dan eens in Wiesbaden geweest.'

'Leger?'

'Militaire Politie. Dertien jaar lang. Nu ben ik gepensioneerd.'

'Zo. Dat zag ik niet aankomen.'

Reacher reageerde niet.

'Wil je hulp met het opruimen van die rommel?' vroeg Gilmour. 'Ik ken wel wat mensen, die kan ik even bellen.'

'Niet nodig. Degene die deze idioten heeft gestuurd, zorgt zelf wel dat de boel wordt opgeruimd. Hij wil vast niet dat de politie hier komt rondsnuffelen en vragen gaat stellen. En hij zal niet willen dat zijn rivalen erachter komen dat zijn spierbundels op hun lazer hebben gekregen.'

'Je zult wel gelijk hebben. Laten we dus maar niet te lang blijven. We zitten niet op nog meer gezelschap te wachten.' Hij keek even om zich heen. 'Heb je een auto?'

'Nee.'

'Kan ik je ergens afzetten?'

Reacher dacht even na en zei toen: 'Graag. Breng me maar naar een Greyhound-busstation.'

'Morgenvroeg, bedoel je?'

'Waarom niet nu meteen?'

'Op dit tijdstip? Zeker weten? Het is al laat.'

‘Waarom niet? De bussen rijden de hele nacht.’

‘Moet je niet een poosje slapen?’

‘Ik slaap wel in de bus.’

‘Moet je snel ergens naartoe?’

‘Nee.’

‘Waar ga je dan heen?’

Reacher zweeg even, alsof de vraag hem verbaasde. Toen zei hij: ‘Waar de eerste bus me brengt.’

10

Telkens wanneer Strickland zichzelf de ladder op hees, in het donkere gedeelte achter in de grot, waar het plafond het hoogst was, vroeg hij zich hetzelfde af. *Waarom?*

Strickland wist het antwoord, in theorie althans. Vanaf daar had degene in de controlekamer zicht op de vier trainingszones en kon hij alles in de gaten houden zonder te hoeven afgaan op beeldschermen of infraroodsensoren. Maar de theorie was niet alles. Hij bleef maar denken dat de camera's genoeg zouden zijn geweest en dat de controlekamer dus ook beneden geplaatst had kunnen worden. Dat zou voor hem prettiger zijn geweest.

Strickland kwam bovenaan de ladder en stapte op de stalen loopbrug die schuin over het pad tussen de stads- en oerwoudzone liep. Hij wist dat er niemand beneden was, maar liep toch zo geruisloos mogelijk. Schuivend met zijn voeten bewoog hij zich langzaam over het plaatgaas tot hij voor de deur van de controlekamer stond. Hij had natuurlijk zijn eigen code, maar tikte die van de systeembeheerder in op het toetsenbordje. Hij ging naar binnen, trok de deur voorzichtig achter zich dicht en drukte op de lichtknop. De kamer werd in een rode gloed gedompeld. Het was het soort licht dat ze in ouderwetse doka's gebruikten en het gaf hem een vreemd gevoel. Het voelde eng aan, alsof hij vastzat in een spookhuis op de kermis. Maar hij wist dat het noodzakelijk was. Het glas in de hellende ramen was erop gemaakt om te voorkomen dat die specifieke lichtfrequentie erdoorheen drong, zodat er geen licht op de bodem van de grot viel. De apparatuur in de kamer was over vier tafels verdeeld, een voor elke trainingszone: stad en oerwoud, waar hij overheen was gelopen, en bergen en woestijn. Hij koos voor de stadszone, zette de bijbehorende computer aan, klikte op het hoofdmenu en daarna op de opties voor operationele parameters. Hij kende de juiste instellingen goed, omdat de zones volgens zijn eigen specificaties waren ontworpen. Deels gebaseerd op zijn ervaringen in Irak en deels op wat hij uit eigen verbeelding had getekend. Die avond was alles ingesteld zoals het hoorde. Althans onder normale omstandigheden. Hij knikte. Zijn personeel was goed getraind. Toen ging hij met het toetsenbord en de muis aan de slag. Hij had zo het idee dat de omstandigheden de volgende ochtend verre van normaal zouden zijn.

De eerstvolgende bus die uit Baltimore vertrok nadat Gilmour Reacher voor het Greyhound-station had afgezet, zou over een uur en zes minuten naar New York vertrekken. Hij kon net zo goed naar New York gaan als waar dan ook naartoe, dacht Reacher. En hij was er al een tijd niet geweest. Hij liep door de glazen deur naar binnen, ontweek een druppelende buis van het luchtverversingssysteem, kocht een kaartje bij de ene automaat en een kop koffie bij een andere en ging toen in de wachtruimte zitten. Hij nam de stoel achteraan in de laatste rij, bij het raam. Die bood het beste zicht op de ingang, maar dat was gewoon een bonus. Belangrijker was dat de stoelen aan het eind maar één armleuning hadden. Daardoor waren het de enige waar hij comfortabel op paste.

De bus arriveerde vier minuten te vroeg. Reacher keek door de deuropening om te controleren of er geen taxi's van Rides-R-Us rondhingen en liep toen naar de halte voor zijn bus. Er stapte niemand uit. Er stond niemand te wachten om in te stappen. Reacher was een paar meter van de deur van de bus toen hij achter zich voetstappen hoorde. Snel, maar niet erg zwaar. Duidelijk iemand die haast had. Een passagier die de bus wilde halen, vermoedde Reacher, maar hij keek voor de zekerheid toch achterom.

Het was geen andere reiziger die aan kwam rennen. Het was Gilmour, zijn ogen opengesperd en zijn gezicht lijkwit in het kunstlicht. Hij riep: 'Reacher, stop. Ik moet met je praten.'

Reacher hield iets in, zodat Gilmour hem in kon halen en knikte toen naar de bus. 'Snel dan.'

'Nee. Stop. Alsjeblieft.' Gilmour keek om zich heen en dempte zijn stem. 'Ik zit in de problemen en ik heb hulp nodig.'

'Wat voor problemen?'

Gilmour schudde zijn hoofd. 'Niet hier. Kom mee naar mijn auto.'

'Geen tijd. De bus vertrekt over drie minuten.'

'Er komt wel weer een andere bus. Dit is belangrijk. Een kwestie van leven en dood. Ik koop wel een ander kaartje voor je, als je wilt. Maar luister eerst naar me. Alsjeblieft.'

Gilmours gehuurde Chevy stond op de weg voor het busstation. Hij stond schuin langs de stoep, alsof hij was achtergelaten door een dronken joyrider. Gilmour haastte zich erheen, opende met de afstandsbediening de portieren en kroop achter het stuur. Reacher liep om naar de andere kant en ging naast hem zitten. Gedurende een minuut of wat zaten ze zwijgend naast elkaar, en toen zei Reacher: 'Ga je nog wat zeggen of moet ik je gedachten lezen?'

Gilmour haalde een paar keer diep adem. 'Oké, dit is wat er is gebeurd: nadat ik jou hier had afgezet, reed ik terug naar mijn appartement. Ik lette goed op of ik niet werd gevolgd en parkeerde een straat verderop. Maar toen ik naar het gebouw liep, stonden daar al twee mannen op me te wachten. Een van hen...' Gilmour zweeg even en hij verbleekte nog meer. 'Een van hen liet me een foto zien. Op zijn telefoon. Het was een foto van mijn neefje van vier, spelend op zijn stepje voor het huis van mijn broer in St. Louis. Die man zei dat ze het jochie blind zouden maken als ik niet deed wat ze zeiden. Dat ze zijn oogbollen eruit zouden lepelen, de ene naar mij sturen en de andere naar mijn broer.'

'Wie waren die kerels?'

'Ik weet niet hoe ze heten. Ze zijn gestuurd door de man met wie ik... te maken heb. De man die me een berichtje had gestuurd over een nieuwe afspraak in de koffiebar.'

'Waarom zou hij mensen naar je huis sturen terwijl er al een afspraak voor een ontmoeting was gemaakt?'

'Die ene was kwaad. Hij zei dat hij daar al vanaf drie uur 's middags stond. Ik vermoed dat hun baas hem had gestuurd om de boel daar in de gaten te houden toen ik niet reageerde nadat de afspraak in de koffiebar in het honderd was gelopen. En dat hij vergeten was ze terug te roepen toen ik eindelijk contact opnam.'

'Wat moest je van ze doen?'

'In de stad blijven. Het niet in mijn hoofd halen weg te gaan.'

'Dat lijkt me niet al te moeilijk.'

'Dat is niet alles. Ze willen dat ik mijn werk voor hen blijf doen.'

'Wat houdt dat in?'

'Ik werk in de haven. Administratie. Niks spannends. Alleen... de man met wie ik te maken heb wilde informatie van me. Die heb ik hem gegeven, maar nu wil hij meer.'

'Wie is die man?'

'Ik weet niet hoe hij heet. Hij benaderde me een paar weken geleden. Zo is het dus eigenlijk begonnen.'

'De informatie die hij wil, is die vertrouwelijk?'

Gilmour knikte. 'Alleen commercieel gezien. Het gaat niet om staatsgeheimen of de staatsveiligheid.'

'Waar gaat het dan wel om?'

'Gegevens van inkomende scheepsladingen. Aankomstdata. Geschatte lostijden. Opslaglocaties vóór de douanecontrole. En nu wil hij updates, omdat die dingen weleens veranderen. Het schip kan buiten de haven moeten wachten. Het losschema kan worden omgegooid. De container kan op een ander opslagterrein worden gezet. Hij wil actuele informatie.'

'Waarom?'

'Daar hebben we het nooit expliciet over gehad, maar het lijkt mij voor de hand te liggen.'

'Hij is van plan die lading te stelen.'

'Dat heeft hij nooit met zoveel woorden gezegd. Maar ik kan ook geen andere reden bedenken. Hij gaat het ofwel zelf stelen of hij verkoopt de informatie aan iemand die dat wil doen. Ik heb zo'n idee dat hij de info verkoopt. Die ene keer dat ik hem heb ontmoet leek hij me meer een fixer dan een doener.'

'Haal je de informatie van een computer?'

'Uiteraard. We leven niet meer in de negentiende eeuw.'

'Waarom heeft hij jou dan nodig om die te stelen? Waarom hackt hij het systeem niet van buitenaf?'

'De haven is een strategische plek. De firewall daar is onneembaar. Ik vermoed dat die kerel niet over de middelen beschikt om erdoorheen te breken. Hij heeft iemand ter plaatse nodig om hem op de ouderwetse manier een handje te helpen.'

'En jij hebt daar geen problemen mee? Iemand helpen diefstal te plegen?'

'Wat kan ik zeggen? De wereld is niet volmaakt.'

'Waaruit bestaat die lading?'

'Dat weet ik niet.'

'Wie is de eigenaar?'

'Weet ik ook niet.'

'Hoe kun je dat nou niet weten? Je hebt een hoop informatie van een computer gehaald. Daar moet toch ook de eigenaar, de inhoud en allerlei andere details bij hebben gestaan.'

'O, ja. Volgens de vrachtpapieren is het een zending tafels en stoelen uit Amritsar, India. De fabrikant is een klein familiebedrijf. Maar dat doet niet ter zake.'

'Zijn die gegevens vals?'

'Nee. Ik ben ervan overtuigd dat ze kloppen. Maar niemand steelt meubels uit India. Ze zijn groot, zwaar en niet erg waardevol. En als iemand ze om een of andere reden wel zou stelen, zou de eigenaar het opgeven aan zijn verzekering. Niks dramatisch aan.'

'Wat is er dan aan de hand?'

'Als ik ernaar moest raden? Smokkel. Het werkt zo: een bende kiest een reguliere zending uit. Ze betalen een dokwerker in de haven van herkomst – of ergens onderweg – om de andere kant op te kijken. Ze openen de container, verbergen wat ze willen smokkelen en verzegelen de container dan weer met de juiste labels. In de haven van bestemming wordt er weer iemand betaald, maken ze de container open, halen hun smokkelwaar eruit en verzegelen de container opnieuw. Afhankelijk van wat ze precies smokkelen, kan dat in een paar minuten gebeurd zijn. Het enige afwijkende is dat smokkelaars meestal containers met groente of fruit kiezen. De inhoud daarvan is bederfelijk en krijgt dus prioriteit wanneer het schip wordt gelost. Dan kan de bende zijn spullen sneller eruit halen, zodat er minder kans is dat ze met een willekeurige inspectie te maken krijgen. Maar in feite kunnen ze met elke soort lading meeliften. Ze zijn niet te traceren, want er staat nergens iets genoteerd.'

'Dus die man wil niet het meubilair stelen,' zei Reacher, 'maar datgene wat mee wordt gesmokkeld.'

'Dat lijkt mij wel.'

'En de informatie die hij wil, is daar moeilijk aan te komen?'

'Nee, dat stelt niets voor. Dat is het probleem niet.'

'Wat is dan wel het probleem?'

‘Als ik blijf, ben ik er geweest.’

Reacher dacht weer aan het briefje dat Gilmour in zijn zak had gestopt. *Moet weg. Leven in gevaar.* ‘Waarom denk je dat?’

‘Ze hebben al iemand vermoord.’

‘Wie heeft dat gedaan?’

‘De smokkelaar, denk ik.’

‘Dus je zit in het nauw. De smokkelaar vermoordt je als je blijft. En degene die hem wil bestelen neemt je neefje te grazen als je niet blijft.’

‘Precies.’

‘Bel dan je broer. Zeg dat hij ergens moet onderduiken met die kleine, en bel dan de politie.’

‘Dat kan niet. Het zou niet werken. Mijn broer is tandarts. Zijn vrouw is pottenbakker. Ze zijn niet het type mensen dat zich normaal kan gedragen als ze opeens moeten verdwijnen. De hele buurt zou het in de smiezen hebben als ze alleen al hun busje inladen. En ze worden in de gaten gehouden, weet je nog? Hoe komen die kerels die me bedreigden anders aan die foto van mijn neefje? En ze hebben de middelen. Dat appartement waar ze me stonden op te wachten? Ik woon daar niet. Het is mijn schuilplek. Volslagen geheim. Mijn naam staat niet op het huurcontract of op een contract met het nutsbedrijf. Ik heb geen idee hoe ze het hebben gevonden.’

‘Dus je zit tussen twee vuren. Je moet een moeilijke beslissing nemen.’

‘Niet echt.’ Gilmour zweeg even. ‘Niet als jij hier blijft en op me let.’

‘Vergeet het maar.’ Reacher pakte de portiergreep vast. ‘Ik ben geen babysitter.’

‘Wacht. Alsjeblieft. Het zou maar voor een paar dagen zijn, hooguit. En ik heb geen andere optie. Ik heb gezien hoe je die kerels met die kettingen aanpakte. Jij bent mijn enige hoop om hier uit te komen. En de enige hoop van mijn neefje.’

‘Laat je neefje erbuiten.’ Reacher trok aan de greep en het portier zwaaide open. ‘Hij is door jouw toedoen hierbij betrokken geraakt. Niet door mij.’

‘Ik zal je betalen.’

‘Ik hoef je geld niet.’ Reacher stapte uit de auto. ‘Je hebt er zelf voor gekozen om informatie aan die schoft te verkopen. Los het nu ook maar zelf op.’

11

Morgan Strickland drukte de laatste toets in, logde uit en schoof het toetsenbord van zich af. Hij zakte onderuit in zijn stoel. Het was al laat. Hij was moe. Alles duurde eindeloos lang als je maar één hand had, en dat frustreerde hem. Hij was van plan geweest die avond terug te gaan naar zijn huis in Annapolis, maar nu twijfelde hij. Morgen werd een belangrijke dag: de eindoefening van de rekruten. De dag daarna zou ook hectisch worden, maar om een heel andere reden. Er werd iemand verwacht, en daar moest hij op toezien. De ooggetuige uit Armenië. Die zou niet bepaald een makkelijke reis gehad hebben, en er viel het nodige in de gaten te houden. Het veldbed in zijn kantoor begon een prima keuze te lijken.

Alweer.

Strickland hees zich overeind. Het roestvrij staal in de controlekamer had iets onheilspellends in het rode licht, en vanwege alle elektronica hing er een zware geur van ozon. Hij keek uit naar het moment dat hij weer bovengronds zou komen. Waar hij meer lucht kreeg. Hij deed net een stap in de richting van de deur toen hij 'Enter Sandman' hoorde. Zijn telefoon. Hij keek op het scherm en zag weer hetzelfde nummer van het Pentagon. Hij nam het gesprek aan en hield het toestel bij zijn oor. 'Mark. Het is laat. Hou het kort.'

Hij hoorde Hewsons stem. 'Wat je daarstraks zei. Ik heb zitten denken. Daar zat wat in. Dus ja, ik doe het. Ik teken. Dus vooruit maar. Tref je voorbereidingen voor Armenië.'

'Doe ik, maar ik heb het contract nodig. Een echt papieren contract, met inkt ondertekend.'

'Krijg je. Ik kom het persoonlijk brengen. Op één voorwaarde.'

'Namelijk?'

'De ooggetuige uit de video. Die komt hiernaartoe, zei je. Ik wil haar persoonlijk spreken. Haar verhaal horen. Haar in de ogen kijken.'

'Geen probleem. Wanneer?'

'Morgen?'

'Morgen gaat niet lukken. Ze komt woensdag aan. Dan heeft ze een lange reis achter de rug en niet bepaald businessclass. Laten we zeggen, donderdag.'

'Oké. Maar dan in de ochtend.'

'Tien uur?'

'Oké. Tot dan.'

'Mark? Nog één ding. Mail me het contract alvast. Dan kan ik het lezen voordat je tekent, voor het geval er nog iets bijgeschaafd moet worden.'

'Dat zal niet nodig zijn, maar oké. Ik stuur het nu meteen.'

De eerstvolgende bus uit Baltimore ging naar Boston en vertrok over drie kwartier. Dat vond Reacher prima, dus kocht hij een nieuw kaartje en nog een kop koffie uit dezelfde twee automaten. Hij ging op dezelfde plek zitten met uitzicht op de ingang en maakte zich op om te wachten.

Twee minuten later arriveerde Gilmour. Zijn gezicht was nu rood aangelopen en hij ademde zwaar. Hij beende naar Reachers hoekje en zei: 'Twee dingen, dominee Zedenpreker. Ten eerste heb ik die informatie niet verkocht. Ze hadden me klemgezet. Ik móést wel. Ik had geen keus. En ten tweede blijf ik gewoon hier en ga ik door met mijn werk. Voor mijn neefje. Met of zonder jouw hulp. Zelfs als het één groot fiasco wordt. De volgende keer dat je in een koffiebar een krant pakt die iemand heeft achtergelaten en je leest dat ik vermoord ben, weet je dus wat er aan de hand is.'

Gilmour wachtte niet op een reactie. Hij draaide zich om en liep terug naar de deur. Na drie stappen bleef hij staan en keek even om. 'En trouwens, als jij weer verder reist, waar is dan je bagage?'

Reacher gaf geen antwoord.

Gilmour haalde zijn schouders op en liep naar buiten.

De koffie uit de automaat was een slappe bak en niet eens echt warm, dus Reacher liet hem zonder spijt staan. Hij zette de beker neer naast zijn stoel, kwam overeind en liep naar buiten. Gilmours auto stond er nog. De motor draaide nu en Gilmour reed langzaam naar voren alsof hij wilde keren. Zodra hij Reacher zag, trapte hij op de rem. Reacher liep naar de auto toe, opende het rechterportier en stapte in. 'Werd je gedwongen die informatie voor ze stelen?' vroeg hij.

Gilmour knikte.

'Hoezo?'

Gilmour zette de motor uit, haalde diep adem en sloot even zijn ogen. Toen zei hij: 'Ten eerste moet je weten dat ik hier niet trots op ben.'

'Niet gaan zitten filosoferen. Begin gewoon bij het begin.'

'De problemen begonnen toen ik net afgezwaaid was. Ik kon mijn draai niet vinden. Dat hebben een heleboel jongens. Eerst was het drank. Daar ben ik van afgekomen. Maar toen ging ik gokken en ik kan je verzekeren: dat was niet best. Ik ging naar zo'n ondergrondse goktent hier in Baltimore. Eerst eenmaal per week. Toen tweemaal. Maar binnen de kortste keren zat ik daar elke avond. Ik probeerde uit alle macht om ermee op te houden, maar het lukte me niet. Ik heb alles geprobeerd. Praatgroepen. Hypnose. Ik ben een paar keer naar een psycholoog geweest. Ik geef toe dat ik zwaar verslaafd was. En de schulden liepen torenhoog op. Hoe meer schulden ik had, hoe meer ik ging spelen in de hoop althans iets terug te winnen. In de hoop dat het tij zou keren.'

'Maar dat gebeurde niet.'

'Nooit lang genoeg. Ik verloor steeds meer, en dan was er nog de rente op wat ik al schuldig was. Dat ging zo eindeloos door. Ik zonk steeds dieper. Uiteindelijk stond het water me aan de lippen. Ik zag geen uitweg meer. Behalve dan... een paar keer ben ik in het holst van de nacht naar de brug gegaan. Dan klom ik op de balustrade. Uiteindelijk zonder te springen. Zoals je ziet. En toen stond er een keer zomaar een vent bij me voor de deur. Hij zei dat hij een aanbod voor me had. Hij zou al mijn schulden afbetalen. Tot de laatste cent. Het enige wat ik moest doen was werk vinden in de haven, zorgen dat ik uit de problemen bleef en dan zou hij me op een dag om informatie vragen. Daarna waren we dan quitte. Ik zou zelfs een bonus krijgen als ik de baan hield en wegbleef uit de goktent. Hij zei dat die bonus in delen zou worden uitbetaald om me te helpen de verleiding te weerstaan.'

'En je hebt geen idee hoe die vent heette?'

'Nee, dat heeft hij nooit gezegd. Maar ik heb wel een foto van hem.' Gilmour haalde zijn telefoon tevoorschijn en hield hem voor Reacher omhoog. Het was een foto van een man, begin vijftig met een hard, hoekig gezicht, gemillimeterd grijs haar en kille, smalle ogen.

'Weet hij dat je die foto hebt genomen?'

Gilmour schudde zijn hoofd. 'Ik was het niet eens van plan. Maar oude gewoontes raak je niet makkelijk kwijt.'

'Heb je een foto van mij?'

Gilmour wendde zijn blik af.

'Dat vat ik maar op als een "ja". Wissen. Nu meteen.'

Gilmour morrelde even met zijn telefoon en stak hem toen weer in zijn zak. 'Gewist. Sorry.'

'Die kerel wist dus dat jij schulden had?'

Gilmour knikte.

'Hij wist aan wie je geld schuldig was en hoeveel.'

Gilmour knikte weer.

'Hoe wist hij dat?'

'Geen idee. Dat heb ik niet gevraagd. Je kijkt een gegeven paard niet in de bek. Niet als het alternatief is dat een of andere beul van een enforcer je benen breekt of dat je jezelf in zee verzuipt.'

'Oké. Hoe nam je contact met hem op?'

'Per sms. Hij had me een nummer gegeven. Met een andere telefoon uiteraard.'

'Hij zei dat je een baan moest zoeken in de haven. Een willekeurige baan? Hoe wist hij dat je aangenomen zou worden?'

'Nee, een specifieke baan. Een baan met toegang tot de informatie die hij nodig heeft. Hij had me een link gestuurd naar een sollicitatieformulier. Als ik solliciteerde, zei hij, zou ik aangenomen worden. Ik heb gesolliciteerd, en ik werd aangenomen.'

'Oké. En die zending, wanneer wordt die verwacht?'

'Overmorgen. Of eigenlijk morgen, want het is al na middernacht.'

'De eigenaar van de lading had al iemand vermoord, zei je. Wie dan?'

Gilmour wendde zijn blik af. 'Een collega van me.'

'Leverde die ook informatie? Iets waar jij niet bij kon komen? Of was hij gewoon de lul om te zorgen dat jij op het rechte pad zou blijven?'

Gilmour antwoordde bijna fluisterend. 'Geen van beide. Hij had er niets mee te maken. Het komt door mij dat hij dood is. Dat was natuurlijk niet mijn bedoeling, maar het is wel mijn schuld.'

'Hoezo?'

Gilmour zuchtte. 'Ik kreeg het bericht welke vracht ik in de gaten moest houden, maar ik wilde niet dat de computer mijn naam zou registreren bij het zoeken. Dat zit gewoon te diep bij mij, neem ik aan. Dus heb ik op zijn computer gezocht. En even later was hij dood. Officieel was het een ongeluk, maar kom op, zeg.'

'Wat is er gebeurd?'

'Ze hebben een scheepscontainer op hem laten vallen.'

'Een zeecontainer? Dat lijkt me geen gegarandeerde manier om iemand te vermoorden.'

'Het was geen toeval. Er kwam iets meer bij kijken. Een uur nadat ik op zijn computer had gezeten, kwam er een vrouw op kantoor die naar hem vroeg. Ik zei dat hij in vergadering zat. Ze vroeg waar, en hoe laat hij terug zou zijn.' Gilmour zweeg weer even. Hij sloot zijn ogen en haalde diep adem. 'Dus dat heb ik haar verteld. Op dat moment wist ik het nog niet, maar ik heb haar alle details gegeven om de aanslag te plannen. Waar ze de container moest laten vallen, en wanneer. Geloof me maar: het werkte. Ze hadden die arme kerel in een envelop kunnen begraven.'

'Wie was die vrouw?'

'Weet ik niet. Ik had haar nog nooit gezien. Ze had een badge met haar naam om haar nek hangen, dus na het "ongeluk" heb ik de beveiliging gebeld. Haar naam gegeven. Maar ze zeiden dat er niemand bestond met die naam. Ze hadden haar niet in het systeem staan.'

Reacher keek Gilmour strak aan. Gilmour bleef vijf seconden terugkijken en richtte toen zijn blik op zijn handen, die hij in zijn schoot ineenklemde. Reacher had tijdens zijn legerjaren honderden mensen ondervraagd. Duizenden, misschien wel. Hij had moordenaars tegenover zich gehad. Oplichters. Dieven. Aanranders. Allerhande tuig van de richel. Hij voelde wanneer iemand zat te liegen. Dat gevoel kreeg hij niet bij Gilmour. Dus zei hij: 'Misschien hoef ik niet op stel en sprong te vertrekken.'

'Wat?'

'Ik blijf nog even. Twee dagen. Meer niet.'

'Meer heb ik niet nodig. Dank je. Dank je.' Gilmour zakte achterover in zijn stoel, liet even zijn ogen dichtvallen en ademde diep in. Toen hij weer rechtop ging zitten, keek hij een stuk opgewekter. 'Ik moet nog een keer in het systeem zoeken; dan ruiken de smokkelaars waarschijnlijk onraad, maar daarna houd ik me koest en loop ik ze niet voor de voeten.'

'Je ziet het verkeerd. De smokkelaars zijn het probleem niet. Dat gevaar is van tijdelijke aard. Zo te horen weten ze niet eens wie je bent. Die vent die jouw schulden heeft afbetaald, die is het probleem.'

'Dat zou mijn collega niet met je eens zijn.'

'Jouw situatie ligt anders. Denk even na. Die gast heeft je een bonus aangeboden om je baan te houden. En die bonus wordt stukje bij beetje betaald. Waarom, denk je?'

'Daar wordt iedereen alleen maar beter van. Waarom niet? Deelbetalingen zijn voor hem geen probleem.'

'Integendeel. Daar heeft hij baat bij. Hij heeft jou in de haven geïnstalleerd. Hij wil dat je daar blijft. Er moet dagelijks smokkelwaar binnenkomen. Dit zal niet zijn laatste kans zijn om gegevens te verkopen aan dieven. Die bonus was de wortel die je werd voorgehouden. Toen je het op je heupen kreeg, volgde de stok. Je neefje. Maar hoe dan ook: jij doet goed werk voor hem. Denk je nou echt dat hij je ooit zal laten gaan?'

Gilmour zweeg even en zijn gezicht verstrakte. 'Wat kan ik dan doen?' vroeg hij.

'Vertel me eens, dat bezoekje van die zware jongens die je neefje bedreigden, dat was niet op je reguliere adres?'

Gilmour schudde zijn hoofd. 'Ze kwamen naar mijn andere adres. Dat had geheim moeten zijn, iets voor noodgevallen. Voor als ik plotseling verdwijnen moest. Pure geldverspilling, achteraf gezien.'

'Dus wat is je normale adres?'

'Federal Hill. Een fijnere buurt. Ik word een beetje te oud voor het nachtleven – al die herrie en die dronkenlappen 's avonds laat – maar het park is fijn. En niet al te duur.'

‘Oké. Breng me daarnaartoe.’

‘Waarom?’

‘De gast aan wie jij je ziel hebt verkocht, had zijn mannetjes naar je schuiladres gestuurd, en vergat ze toen terug te roepen. Het zit er dus dik in dat hij ook een ploeg naar je officiële adres heeft gestuurd. Misschien heeft hij die ook niet afgeblazen. Als het even meezit, staan ze daar nog.’

12

Gilmour stopte bij een rechthoekig gebouw van gele baksteen. Het telde twee verdiepingen met een plat dak en stond bijna twee meter verder van de stoep af dan de aangrenzende panden. Op die plek was een verhoogde bloembak aangebracht, die vol stond met planten en struiken waarvan er niet één in bloei stond. Reacher herkende niets van de vegetatie, maar wel zag hij een stel lege Keystone Light-blikjes die iemand onder het groen had geschoven.

Gilmour deed de auto op slot en ging voor naar de zijgevel van het gebouw. Hij haalde het pistool uit zijn rugzak, hield het tegen zijn been gedrukt en liep in de richting van een dubbele glazen deur. Hij trok hem open en stapte naar binnen, een lobby in. Op de vloer lagen zwarte en witte tegels en in de linkerwand waren zes brievenbussen met koperen kleppen. Reacher keek naar de namen. Die van Gilmour stond er niet bij. Gilmour zag wat hij aan het doen was en zei: 'Oude gewoonte. Ik wil niet rondbazuinen waar ik woon. En het heeft geen zin het naamplaatje leeg te laten, want dat komt op hetzelfde neer.'

'Welke is van jou?'

'2F.'

'David Cruikshank?'

Gilmour zei: 'Dat was een vriendje op de basisschool. Hij is overleden toen we twaalf waren.' Hij liep verder en maakte met een sleutel een tweede glazen deur open. Reacher liep achter hem aan een hal in. Er lag eiken parket op de vloer. De planken glommen van de jarenlange behandeling met boenwas. De traptreden en -leuning waren ook van eikenhout, en langs de wanden zat een houten lambrisering tot op een meter hoogte. Het rook er vaag naar boenwas met een suggestie van exotisch eten. Aan weerszijden was een witgeschilderde deur. De deur aan de straatzijde was OF. Die aan de achterkant was OB. Gilmour ging hem voor de trap op, en bleef staan. Reacher zag dat iemand een stel handgeschreven briefjes op de deur van het voorste appartement had geplakt zodat hier nu niet meer '1F' stond, maar 'NIET 1B'. Boven was niets te horen, dus gebaarde Gilmour naar Reacher dat hij stil moest zijn en sloop naar de bovenste verdieping. Langzaam zette hij zijn voeten op de rand van de treden en reikhalzend speurde hij de hele overloop af.

'Niemand,' fluisterde Gilmour. 'Ik denk dat ze weg zijn. Als ze hier al ooit geweest zijn. Of ze moeten binnen zitten...'

Gilmour kroop naar de deur met het opschrift 2F. Hij stak een sleutel in het eerste van de vijf sloten. Hij begon hem om te draaien. En toen hoorde hij iets achter zich, aan de andere kant van de gang. De deur van 2B ging open. Gilmour draaide zich als door een wesp gestoken om en wilde het pistool heffen, maar liet het snel weer achter zijn been zakken. Er stapte een vrouw de overloop op. Ze was ongeveer een meter zeventig lang. Halverwege de dertig. Ze had een yogabroek aan en een T-shirt met lange mouwen. Van onder een sjaal die ze rond haar hoofd had geknoopt piekten plukken oranje haar. En ze stond te zwaaien met een pook in haar rechterhand.

'O, Nathan,' zei ze. 'Ben jij het?'

'Wie had je dan verwacht?' vroeg Gilmour. 'Je bent trouwens nog laat wakker.'

'Ik kon niet slapen en dacht dat het misschien je vrienden weer waren. Ik heb gedreigd dat ik de politie zou bellen. Ik heb ze gewaarschuwd. Je mag weleens een hartig woordje met ze spreken. Het geeft geen pas. Ze hadden die halvegare van de begane grond zover gekregen dat hij ze binnenliet en ze hebben urenlang bij jou voor de deur rondgehangen. Als dat nog een keer gebeurt, dien ik een officiële klacht tegen je in. En dan sta jij op straat.'

Reacher deed een stap opzij. Hij had geen zin betrokken te raken bij de een of andere burenruzie.

Gilmour stak zijn linkerhand op. 'Gretchen,' zei hij, 'even rustig. Wat voor vrienden? Waar heb je het over?'

'Die twee gasten die hier waren. Afgelopen middag. En maar op je deur bonzen en roepen. Die ene had een pens. Ik vroeg wat dat moest, en de grootste zei dat ze voetbal kwamen kijken bij jou. Iets met streaming. Ik zei dat ze moesten opzouten. Maar nee, eerst moest ik mijn geduld verliezen en zeggen dat ik de politie ging bellen. Volgens mij hebben ze toen nog een tijdje op straat rondgedrenteld.'

'Dat zijn geen vrienden van mij. Ik weet hier helemaal niets van.'

'Zal best. Doe niet zo vervelend.'

'Ik doe niet vervelend. Ik hou niet eens van sport. Maar maak je geen zorgen. Ik zoek uit wie het waren en zorg dat het niet nog eens gebeurt.'

'Dat is je geraden.'

Ze wilde terug naar haar eigen flat, maar Gilmour hield haar nog even staande. 'Hoe zagen ze eruit, die mannen?' vroeg hij.

De vrouw haalde haar schouders op. 'Groot. Met zwarte pakken. Witte overhemden. Geen das. Stoppelbaardjes. Ze zagen er op de een of andere manier gevaarlijk uit. Het soort mensen waarvoor je de straat oversteekt. Volgens mij moest jij maar eens op zoek naar geschiktere vrienden.' Ze keek afkeurend naar Reacher. 'En daar kun je wat mij betreft nú mee beginnen.'

'Hoe laat waren ze er?'

De vrouw kneep even haar ogen samen. 'Iets na drieën

vanmiddag, volgens mij. Zeer zeker vóór halfvier, want om halfvier begint mijn pilates-les. Online.'

'Oké. Nou, nogmaals bedankt, Gretchen. Laat het maar aan mij over. Ik regel het.'

Gilmour wachtte tot de vrouw in haar flat was verdwenen en opende toen pas zijn eigen deur. Hij knipte het licht aan en stapte naar binnen. Reacher liep achter hem aan een gang in. Rechts zag hij twee deuren, allebei dicht, en aan het eind van de gang een vrijwel ongemeubileerde lange, smalle woonkamer met een keukenhoek. Hij zag een donkere plek op de vloer waar een rechthoekig tapijt had gelegen en krassen op de houten vloer waar een bank had gestaan, met aan weerszijden een fauteuil. Er was geen tv. In de boekenkast stonden geen boeken. In de keuken stond geen oven, geen kooktoestel, geen magnetron. Geen koelkast. Het enige meubelstuk was een klapstoel voor een van de ramen, en het was er kil. De verwarming stond uit, nam Reacher aan.

Reacher zei niets, maar Gilmour raadde zijn gedachten. Hij keek naar de vloer en zei: 'Ik heb wat spullen moeten verkopen. Een tijdje geleden.' Hij ging midden in de ruimte staan en spreidde zijn armen. 'Waarom gokken een slecht idee is: bewijsstuk A.'

Reacher zei niets.

Gilmour zette zijn rugzak neer, liet zich op de grond zakken en nam daar plaats in kleermakerszit. 'Zo te horen had je gelijk. Er was hier een stel zware jongens, op zoek naar mij. Maar we zijn ze misgelopen. Ik neem aan dat het eerste stel dat mij gevonden had verslag heeft uitgebracht zodat de baas op het idee kwam zijn andere mannetjes terug te fluiten. Dus. Wat nu?'

Reacher zei: 'We moeten erachter zien te komen wat het verband is tussen jou en die man. Hoe hij je gevonden heeft. Te beginnen met die gokschuld. Hoe is hij daarachter gekomen? De details. Aan wie je geld schuldig was. En hoeveel.'

'Geen idee.'

'Denk goed na. Heb je het ooit tegen iemand gezegd?'

'Nee. Zeer zeker niet. Waarom zou ik? Ik schaamde me dood.'

'Je zei dat je naar een praatgroep was geweest. Kan het iemand daar geweest zijn?'

'Zo'n soort groep was het niet. Het was een groep voor verslaafden. Niet voor mensen met schulden.'

'Je bent bij een hypnotiseur geweest?'

'Ook vanwege die verslaving. De bedoeling was mijn hoofd te herprogrammeren. Zodat ik zou kappen met gokken en er een onprettig gevoel bij zou krijgen.'

'Vrienden, dan? Misschien ben je naar een bar geweest. Heb je in kennelijke staat je mond voorbij gepraat.'

'Ik heb geen vrienden. En ik ga niet meer naar de kroeg. Geen tijd. En geen geld. Omdat ik dat er allemaal aan de kaarttafel doorheen gejaagd heb. Het is me een raadsel hoe iemand erachter is gekomen.'

'Stel dat ze er niet achter hoefden te komen omdat ze het sowieso allang wisten?'

'Dat snap ik niet.'

'Degene aan wie je geld schuldig was. Die wist het.'

'Precies. Maar die zou zelf mijn schuld niet afbetalen. Dat slaat nergens op.'

'Stel dat hij het zo aanpakte als banken doen? Hij zag dat je dik aan het verliezen was. Dat je met geen mogelijkheid kon betalen, ook niet als hij zijn mannetjes op je afstuurde. Dus heeft hij de schuld voor een habbekrats verkocht aan iemand anders. Zo had hij in elk geval iets. Dat is altijd beter dan niets. En degene die de schuld gekocht had, kreeg daarmee macht over jou. Bij zo'n constructie wint iedereen, behalve jij.'

'Dat zou kunnen. Zo had ik het nog niet bekeken. Maar... shit. Weet je wat dat betekent? Ik kruip door het stof om van die schuld af te komen. Mijn collega is al vermoord vanwege de schuld die ik heb, en degene die hem heeft gekocht, heeft niet eens de volle mep betaald. Ik haat die vent.'

'Dan zorgen we dat je quitte komt. Sta op.'

'Waarom?'

'We moeten gaan praten met degene aan wie je oorspronkelijk geld schuldig was. Kijken of we gelijk hebben.'

'Nu?'

'Waarom niet? Kaarten gaat toch de hele nacht door? Zeker in louche tenten?'

'Dat wel, maar we kunnen niet zomaar naar binnen lopen en die vent aanspreken.'

'Waarom niet?'

'Om te beginnen doen ze de deur alleen open als je een speciale code kent. En het is niet het soort deur dat je kunt inrammen. Zelfs jij niet.'

'Maar jij zat daar dag in, dag uit. Dus je kent die code.'

'Misschien hebben ze die veranderd.'

'Zodat bestaande klanten van buiten Baltimore er niet in kunnen? Big spenders? Ik betwijfel het.'

'Oké. Stel dat ze de deur opendoen. Ik ben daar wel persona non grata. Zodra ik m'n gezicht laat zien, maken ze me af, denk ik.'

'Geen zorgen. Jij blijft gewoon in de auto. Ik regel alles.'

'Hoe dan? Hoewel... het draait toch zeker allemaal om geld?' Hij zocht even in zijn rugzak en haalde er een bundeltje bankbiljetten uit, bijeengebonden met een bruine veter. Hij hield het Reacher voor. 'Misschien verkoopt hij je wel een naam, net zoals hij de mijne heeft verkocht.'

Reacher nam het geld aan en zei: 'Of misschien geeft hij me die naam uit de goedheid van zijn hart.'

'Jij bent daar nooit geweest, anders zou je er geen grappen over maken.' Gilmour stond op en liep de gang uit. Hij verdween de eerste deur door en kwam even later terug met een telefoon in zijn hand. Die hield hij Reacher voor.

Reacher nam hem niet aan. Hij zei: 'Ik ben niet van plan iemand te gaan bellen.'

Gilmour drukte op een paar toetsen, pakte toen zijn eigen telefoon en drukte ook daarop een paar toetsen in. Hij hield Reacher het toestel nogmaals voor en zei: 'Pak aan. Je kunt er niemand mee bellen. Maar ik heb de foto erop gezet van de gast die me had aangesproken. Misschien kun jij daarmee achter een naam komen.'

13

Gilmour parkeerde voor een stomerij en liet Reacher de laatste honderd meter in zijn eentje afleggen.

De deur waar Reacher naartoe moest, was niet moeilijk te vinden. Zwart, zonder naam of nummer, ingeklemd tussen een vegetarisch restaurant en een bar, precies zoals Gilmour gezegd had. Wat Gilmour niet genoemd had, was het schilderwerk. De verf glom alsof hij nog nat was, en ondanks het seizoen stond aan weerszijden van de ingang een bloeiende rode roos in een pot. De algehele indruk was mijlenver verwijderd van wat Reacher verwacht had. Zijn enige ervaring met illegale gokclubs was als hij afgedwaalde soldaten bij hun nekvel uit haveloze kelders moest slepen of verdachten in sjofele achterkamertjes moest opsporen, maar toch klopte hij aan. Even later kwam er uit een intercom achter een roestvrijstalen roostertje een metalige stem die zei: 'We zijn gesloten.'

Reacher keek om zich heen in de hoop dat er geen voetgangers in de buurt waren, en citeerde toen gedempt: '"Eens zal de wuivende laurier het hoofd der dapp'ren sieren."'

De intercom was even stil, en toen zei de stem: 'Wie heeft jou gestuurd?'

'Mijn vriend Ulysses.'

'Rot op.'

'Zeker weten?' Reacher haalde het bundeltje geld dat hij van Gilmour had gekregen uit zijn zak. Hij hield het bij de miniatuurlens bovenaan de intercom, waaierde de biljetten even uit en eindigde met de gravure van Ulysses S. Grant, duidelijk zichtbaar op het laatste vijftig-dollarbiljet.

'Even wachten,' zei de stem.

Reacher borg het geld weg. Twintig seconden lang gebeurde er niets, toen klikte de deur een paar maal en zwaaide soepel naar binnen. Reacher zag een man in een soort smalle vestibule staan. Een lichte houten vloer, bleekgele wanden en aan het plafond een ranke kristallen kroonluchter. De man was hooguit een meter zeventig lang en minstens zestig jaar oud. Hij had een grijs pak aan, exact dezelfde kleur als zijn schouderlange haar, en een wit overhemd met een roodblauw gestreepte das. Hij deed een stap achteruit en gebaarde dat Reacher binnen kon komen. Dit was heel iemand anders dan de kleerkast van een uitsmijter die Reacher verwacht had. En gezien de manier waarop hij eerder voortgleed dan liep, had Reacher er zijn hele stapel bankbiljetten om willen verwedden dat hij jarenlang getraind had. Aan zo iemand had je meer dan aan een pens vol anabolen en talloze, zinloze uren in de sportschool.

Reacher stapte over de drempel, de deur ging achter hem dicht en de man met het grijze haar gebaarde naar een met fluweel beklede bak op een houten tafeltje. 'Je kunt je wapens hier deponeren,' zei hij.

'Geen wapens,' antwoordde Reacher.

'Bij vertrek kun je ze weer ophalen. Tot die tijd raakt niemand ze aan. Dat garandeer ik.'

'Geen wapens,' herhaalde Reacher.

'Misschien kun je voor de zekerheid nog even kijken. Want zie je, wapens zijn hier niet welkom. Die mogen absoluut niet mee naar binnen. Gebeurt dat toch, al is het per ongeluk, dan kunnen de gevolgen weleens... heel onaangenaam zijn.'

'Geen wapens,' zei Reacher.

'Uitstekend.' Uit zijn toon viel op te maken dat de man

niet overtuigd was, maar hij deed een stap opzij, verdween in een nisje en opende de deur naar een trap met vloerbedekking. 'Fijne avond gewenst.'

Reacher deed een stap naar voren. Het licht veranderde, en hij zag een strook pleisterwerk van zo'n tien centimeter breed met een andere textuur, die langs de ene muur omhoogliep, over het plafond en vandaar via de andere muur naar beneden. Daar zat een metaaldetector in verborgen, dacht hij. Een eind verderop, waar de trap begon, liep iets anders over het plafond. Een smalle richel die de opening verhulde voor een valhek ter beveiliging. Reacher schatte de afstand tussen de detector en het hek. Hij vroeg zich af of je met een vuurwapen of mes snel genoeg langs de detector en onder het hek door kon duiken voordat het de grond raakte. Dat viel onmogelijk te zeggen, besloot hij. En zelfs als er al iemand doorheen kwam, dan was nog volstrekt onzeker wie of wat er bovenaan de trap wachtte.

Die avond bleek het een vrouw te zijn. Zij was veel jonger dan de man in de gang. Halverwege de twintig, waarschijnlijk, dacht Reacher. Ze had kastanjebruin haar in een opgerolde vlecht boven op haar hoofd. Ze droeg een zwarte cocktailjurk met een kort, asymmetrisch rokje en een diep décolleté. De staart van een glinsterende halsketting in de vorm van een slang verdween bijna uit het zicht. En zonder die stilettohakken zou ze zo'n een meter zeventig lang zijn. Ze gaf Reacher een arm en glimlachte alsof ze oprecht blij was hem te zien. 'Ben jij hier nieuw?' vroeg ze. 'Ik geloof niet dat ik je ooit eerder gezien heb.'

'Ik ben hier voor het eerst,' antwoordde Reacher.

'Nou, ik vind het fijn kennis te maken. Je gaat een geweldige avond tegemoet. Het is aan mij om daarvoor te zorgen. Ik heet Amy, trouwens. En jij?'

'Engle,' zei Reacher. Dat was een oude gewoonte van hem, een schuilnaam gebruiken, en hij hield van thema's. De afgelopen jaren had hij er ettelijke gebruikt: vicepresidenten,

2B'ers bij de Yankees, astronauten uit de Mercury-, Gemini- en Apollo-programma's, en nu was hij bezig aan commandanten van ruimteshuttles.

Amy boog zich iets naar hem over en zei met gedempte stem: 'Ik zeg het maar even, maar als je krediet wilt, moet je een geldig identiteitsbewijs laten zien, dus als je om wat voor reden dan ook nog een keer je naam wilt proberen...'

'Nee, hoor.' Reacher klopte op de stapel cash in zijn binnenzak. 'Geen probleem.'

'Fantastisch!' Weer verscheen er een stralende glimlach op Amy's gezicht. 'In dat geval: waar heb je zin in?'

De ruimte was lang en smal, met lichtgroene vloerbedekking en wanden in diezelfde tint. Reacher had ooit een onderzoek gelezen waaruit bleek dat de kleur groen een kalmerende werking had. Daarom zou de eigenaar er wel voor gekozen hebben, dacht hij. Zodat zo weinig mogelijk doorgedraaide klanten de zaak aan gruzelementen zouden willen rammen als ze al hun geld kwijt waren. Links was een barretje. Niets bijzonders. Gewoon een balie met een viertal krukken ervoor, en erachter een plank met een rij drankflessen, plus een ijsemmertje en glazen in de meest uiteenlopende vormen. Ook dat was slim. Geld stroomde rijkelijker als de kelen gesmeerd waren, dat was Reacher altijd opgevallen. Hoewel er dan ook sneller klappen vielen. De rest van het vertrek werd ingenomen door vier vierkante tafeltjes, elk met een handvol stoelen. Aan slechts twee tafeltjes zaten mensen. Aan het ene drie bezoekers plus een croupier, bezig met een of ander kaartspel. Aan de andere tafel zat één man met een croupier.

'Het is al laat, we waren net wat aan het afronden, dus we hebben momenteel alleen poker en blackjack in de aanbieding. Welk van die twee kies jij?'

'Geen van beide,' antwoordde Reacher. 'Ik wil mijn geld ergens anders aan besteden.'

Amy liet Reachers arm los en deed een halve stap achteruit. 'Ik snap niet waar u het over hebt, meneer Engle. Wat denkt u wel dat het hier is?'

'Ik weet precies wat het hier is.' Reacher sloeg zijn armen over elkaar. 'Ik kom informatie kopen. Van de heer Horner. Vraag hem even hier te komen. En tijdens het wachten wil ik wel een drankje van het huis.'

Reacher liep naar de bar en ging op de laatste kruk zitten.

Amy haastte zich achter hem aan. 'Meneer Horner? We hebben geen klanten met die naam. Ik weet niet van wie u gehoord hebt...'

Reacher boog zich naar Amy's oor en fluisterde: 'Horner is de eigenaar. Dat weet jij net zo goed als ik. Ga hem halen.'

Amy's mond viel open, maar ze zei niets en bleef roerloos staan.

Zo zacht mogelijk zei Reacher: 'Ga Horner halen. Nú. Je kunt maar beter zorgen dat ik hier niet te lang in mijn eentje zit. Stel dat ik me ga vervelen. Stel dat ik jullie blackjackdealer ga lastigvallen. Dat ik naar zijn kaarten wil kijken. Dat ik de klant laat zien waarom hij nooit eens geluk heeft. En dan misschien door naar de pokertafel. Kijken waar boer, vrouw en koning zitten...'

'Prima.' Amy sloeg haar armen over elkaar. 'Ik haal hem al. Jij blijft hier zitten. En blijf uit de buurt van die tafels.'

Amy liep naar de verste hoek, snel, met stijve passen, onzeker op haar hakken. Ze liep om de laatste onbezette tafel heen en drukte haar handpalm tegen de muur, waarop een verborgen deur open zwenkte. Snel stapte ze over de drempel, waarna de deur weer geruisloos dichtging. Even later hoorde Reacher gedempte voetstappen op de trap. Er kwam iemand naar boven. Iemand die haast had. Hij zag een man verschijnen, ook halverwege de twintig, met een grote bos blonde krullen, een leren schort over een zwarte broek en een wit overhemd. Hij bleef even staan, schijnbaar verbaasd iemand aan de bar te zien zitten. Even later liep hij haastig om de bar heen en dook achter de balie. 'Goedenavond, meneer,' zei hij tegen Reacher. 'Wat kan ik voor u inschenken?'

'Ik ben geen meneer,' antwoordde Reacher. 'En wat kun je maken waar heel veel ijs in gaat?'

De barkeeper keek verbaasd. 'Wat u maar wilt. Een martini? Een margarita?'

'Een van die twee. Wat het snelst gaat.'

De man wierp Reacher een zijdelingse blik toe alsof hij dacht dat hij voor de gek gehouden of op de proef gesteld werd, en pakte toen een cocktailshaker van een plank onder de toog. Hij draaide de dop eraf, zette hem neer, greep een ijspriem en begon in te hakken op het enorme blok ijs in de emmer.

Hij was nog niet heel ver gekomen toen de geheime deur achter in het vertrek weer openging. Er stapte iemand over de drempel. Een man met een kaalgeschoren hoofd en een smoking aan. Het pak leek te strak te zitten: ongetwijfeld was dat opzet. Hij was niet bepaald lang, maar verbazingwekkend breed en om dat feit te benadrukken bleef hij even stilstaan, een moment lang tegen het licht afgetekend in een ongemakkelijke, onnatuurlijke houding. Een soort bodybuilderspose, dacht Reacher. Hij had er zeer zeker de bouw voor, een en al opgeblazen massa. Het tegenbeeld van de grijze man beneden. Reacher was blij dat die niet de trap op gekomen was. Hij had iets sympathieks. Misschien die gracieuze manier van bewegen van hem, of zijn beleefdheid. Reacher had al gehoopt dat hij die man geen pijn hoefde te doen.

De man die net binnen was gekomen had niets gracieus. Hij stopte met zijn pose en liep met logge stappen de ruimte door, recht op Reacher af. Ook toen hij dichterbij kwam, toonde hij geen teken van wellevendheid. Integendeel. 'Jij daar. Wegwezen. Nu,' blafte hij.

14

Reacher deinsde iets naar achteren om de spetters speeksel te ontwijken die uit de mond van de man met de smoking vlogen, maar bleef verder rustig zitten. Hij maakte geen aanstalten om op te stappen.

De barkeeper zette voorzichtig zijn spullen neer en sloop naar de andere kant van de bar. De kaartspelers hielden op en draaiden zich om naar het schouwspel.

De man met de smoking kwam een stap dichterbij, zette zijn handen in zijn zij en blafte: 'Ben je soms doof? Wegwezen, zei ik.'

Reacher deed alsof hij een geeuw onderdrukte en zei toen: 'Hou je mond. Draai je om. Ga je baas halen.'

De man hief zijn rechterhand en wilde die net naar voren strekken toen Reacher 'Stop' zei. Zijn stem klonk luider dan voorheen en had nu ook een scherp randje. 'Blijf van me af. Draai je om. Loop weg nu het nog kan. En haal je baas.'

Even bleef de man roerloos staan, toen begon hij langzaam heen en weer te wiegen.

'Wat is er mis?' vroeg Reacher. 'Te veel gedachten tegelijk in je hoofd? Zullen we het nog een keer proberen, en dan met één woord tegelijk?'

Brullend haalde de man uit met zijn hand. Zijn vingers waren tot een klauw gekromd en op Reachers keel gericht. Reacher zag de vuist aankomen en pareerde met zijn linkerhand, even snel en in dezelfde richting. Op het laatste moment greep hij de pols van de man. Hij wikkelde zijn vingers onderlangs, zette zijn duim op het gewricht en rukte zijn arm helemaal om, zodat de palm nu naar boven wees. Hij bleef trekken en gebruikte het momentum van de beweging van de man om hem uit zijn evenwicht te brengen. Toen hij dichtbij genoeg was, sloeg hij de rug van de hand van de man plat op de bar. Lege glazen rolden om en vielen op de grond. De man brulde nog harder. Hij spartelde en rukte en probeerde zijn hand los te trekken, maar Reacher liet niet los. Hij leunde over de bar heen, greep de ijspriem en ramde die door de handpalm van zijn tegenstander. Rond het lemmet spoot bloed als een stralenkrans omhoog. Het gebrul veranderde in een gehuil van pijn. De man viel op zijn knieën. Het gehuil nam af tot een gejammer en door pijn overmand bleef hij trillend op zijn knieën zitten, onzeker of hij zijn hand los moest trekken of stilhouden om ergere schade te voorkomen.

Reacher hoorde een klap ergens achter zich, midden in de ruimte. De man aan de blackjacktafel was overeind gesprongen, en zijn stoel was omgevallen. Hij stond zowat op zijn tenen om maar alles te kunnen zien. Een van de andere kaartspelers zat te grijnzen alsof hij zojuist de jackpot had gewonnen. De andere zag eruit alsof hij moest kotsen. De croupiers stonden allebei zenuwachtig te wachten. Tegen de achterwand van de ruimte stond Amy met opengesperde ogen en wijd open mond naast de verborgen deur.

Reacher keek de kaartspelers om beurten aan en zei toen: 'Eind van de voorstelling. Tijd om naar huis te gaan. Kom morgen maar afrekenen. Wat jij, Amy?'

Amy wist er een geknepen 'Eh, ja, 'tuurlijk. Geen probleem' uit te persen.

De kaartspelers liepen naar de trap. De blackjackman bleef even plakken, wierp een laatste lange blik op Reacher en de uitsmijter en liep toen naar beneden. Even nadat zijn kruin uit het zicht was verdwenen, ging de geheime deur weer open en kwam er iemand binnen. Een lange man. Twee meter, met keurig grijs haar en een kort getrimd baardje. Hij had een zwart driedelig pak aan, dat om hem heen slobberde. Hij zag eruit als een begrafenisondernemer in een gehucht, die het de laatste tijd tegenzat. Zijn blik schoot het vertrek door en bleef rusten op Reacher. 'Ik ben Horner. Je wilde me spreken?' zei hij.

Reacher gebaarde naar de vrije barkruk naast hem. 'Kom even zitten.'

'Zitten? Nee,' reageerde Horner. 'Geef me één reden waarom ik mijn mannetjes niet roep om je naar buiten te slepen en je dood te meppen.'

Reacher zei zachtjes: 'Je krijgt twee redenen van me. Maar ik ga niet naar de overkant van de kamer staan roepen.'

De croupiers keken van elkaar naar de vloer. De barkeeper schuifelde met zijn voeten. Amy keek alsof ze het liefst in de muur had willen verdwijnen. Horner zweeg even en hield toen zijn hoofd schuin. 'Mensen, even wat privacy,' zei hij.

Amy was als eerste de deur door, meteen gevolgd door de croupiers. Reacher greep de ijspriem en wrikte hem los uit de bar. De uitsmijter viel krijsend op zijn rug. Hij rolde zich op tot een bal en greep met zijn goede hand de bezeerde vast; zijn jasje raakte doordrenkt van het bloed. De barkeeper liep met een boog om hem heen en ging als een haas achter de croupiers aan. De uitsmijter hees zich overeind en wilde de anderen achterna. Horner liep op hem af en versperde hem de weg. Hoofdschuddend wees hij naar de trap. 'Jij vertrekt via die deur. Je bent ontslagen. En je draait voor de schade op.'

Horner wachtte tot hij de deur beneden hoorde dichtslaan, liep toen naar de bar en bleef naast Reacher staan. 'Oké,' zei hij. 'Twee redenen dus. Ik hoop dat het wat is.'

Reacher zei: 'Ten eerste: jij sleept mij helemaal nergens naartoe, want dat lukt je nooit.' Hij gebaarde naar de bloedplassen op de bar en het zigzaggende spoor van bloeddruppels dat naar de trap leidde. 'Ten tweede ben je niet achterlijk. Dit is een winstgevende operatie. Het loopt allemaal als een tierelier, afgezien dan van je bewaking. Het vergt hersenen om het hoofd boven water te houden in dit wereldje. Dus wat ik ook te bespreken heb, je kunt aannemen dat het ook voor jou gunstig is. Je wilt horen wat ik te zeggen heb voordat je iets onderneemt.'

'Ik heb wel meer bewaking. Raymond, bijvoorbeeld, die je gezien hebt bij binnenkomst. Die heeft de nodige ervaring. Die mag je beslist niet onderschatten.'

'Dat geloof ik meteen. En ik weet zeker dat hij zijn Sun Tzu kent. Daarom is hij ook niet de trap op gestormd toen hij hoorde dat zijn maatje een nagel brak.'

Horner trok een wenkbrauw op.

'Sun Tzu. Nooit geweld gebruiken, tenzij je zeker weet dat je gaat winnen. Weet Raymond dat wel zeker? Zullen we het hem gaan vragen?'

'Laat maar. Want je hebt gelijk met je tweede opmerking. Je voorstel. Dat wil ik horen.'

'Jij geeft mij een naam, ik los voor jou een probleem op.'

'Ik ben een gelukkig man. Ik heb geen problemen die jij kunt oplossen. Tenzij je je opwerpt als uitsmijter.'

Reacher schudde zijn hoofd. 'Jij hebt wel degelijk een probleem,' zei hij. 'Je weet het alleen nog niet.'

'Oké. Jij je zin. Wat voor naam wil jij? Wat voor probleem heb ik?'

'Een tijdje geleden ben ik een stel gasten tegengekomen. Ze probeerden een bejaard echtpaar op te lichten. Ik vrees dat ik dat akkefietje voor ze heb verknald. Volgens mij was hun baas overstuur. Hij heeft een nieuw stelletje achter me aan gestuurd, met motorkettingen. Dat laten ze voortaan wel uit hun hoofd, maar dat terzijde. Dat soort gedrag tolereer ik niet. Ik heb wat rondgevraagd. Er werd nogal ontwijkend gedaan over wie het was, maar één gerucht bleek hardnekkig. Hij maakt binnenkort de overstap naar kaartspellen. Jouw terrein. Dus jij vertelt me wie dat is en waar ik hem kan vinden. Dan zorg ik dat die overstap er niet van komt.'

'Dergelijke geruchten heb ik nooit gehoord.'

Reacher haalde zijn schouders op. 'Ik wel. En je kent het gezegde: waar rook is...'

'Wie zegt dat?'

Reacher haalde nogmaals zijn schouders op. 'Gewoon, mensen.'

'Mij lijkt dat puur gelul. En ik leg mijn oor te luisteren. Neem dat maar van me aan.'

'Prima.' Reacher stond op. 'Als je het zeker weet. Want kijk, dit is een chique tent. Ik neem aan dat je een loyale klantenkring hebt. Niet het soort mensen dat zomaar naar een andere zaak stapt omdat die nieuwer is. Met meer bling bling. En tafeltjes die wat... rechter staan.'

Reacher deed een stap in de richting van de trap.

Horner zei: 'Wacht even.' Hij zweeg een tijdje, en toen verscheen er een glimlachje op zijn gezicht. 'Oké. De vent die je zoekt. Hoe pakt hij het aan met die bejaarden?'

'O, dat is een heel circus. Drie man en een hoop nonsens over een of andere superinvesteerder die van de ene dag op de andere een enorme winst maakt op de futures-markt. Als je maar wanhopig genoeg bent, wil je instappen, wil je ook een graantje meepikken. Ik heb het zien gebeuren in een koffiebar, maar ik wil wedden dat hij nog wel meer locaties heeft.'

Horner grijnsde nu. 'Dan ben je op zoek naar Dominic Kelleher. Die gast houdt zichzelf voor een of andere Ierse mafioso. Opereert vanuit een kroeg in Harbor East, de Butcher's Dog. Maar denk maar niet dat ik je één moment geloof. Ik weet dat je me belazert, al waardeer ik de poging. Kelleher is zo stom als het achtereind van een varken, maar hij kent zijn plaats. Een hinderlijk ventje, meer niet. Als je hem wilt aanpakken: ga je gang. Of het wel of niet goed uitpakt, maakt mij niet uit.'

'Die Kelleher klinkt sympathiek. Is dat degene die Nathan Gilmours schuld van jou heeft gekocht?'

'Wat? Bespottelijk.'

Reacher hief de ijspriem. Het lemmet was zwart van het bloed. 'Zeker weten?' informeerde hij.

'Zeker weten,' antwoordde Horner. Hij rechtte zijn rug. 'Jij moet één ding begrijpen. Ik verkoop geen schulden. Ik in ze. Tot de laatste cent. Altijd, overal.'

'Maar die van Gilmour heb je verkocht.'

'Wat heb jij gerookt? Gilmour heeft zijn schuld afbetaald. De hele mep. Inclusief rente.'

'Niet waar.'

'Niet persoonlijk, nee. Hij heeft iemand gestuurd met het geld. Komt op hetzelfde neer.' Horner probeerde langs Reacher te komen. 'En dat zijn jouw zaken niet. Dit gesprek is ten einde. Die priem mag je houden.'

Reacher deed een stap opzij om hem de weg te versperren. 'Die persoon die volgens jou door Gilmour was gestuurd. Hoe wist die hoeveel hij moest betalen? Geef jij dat soort informatie gewoon aan wie het maar weten wil? Kom je veel goede feeën tegen in deze tak van sport?'

Horner antwoordde langzaam, lettergreep voor lettergreep, alsof hij het tegen een zwakzinnige had. 'Ik heb niet gezegd hoeveel. Dat heeft Gilmour gedaan, voordat hij hem op pad stuurde. Wat dacht jij dan?'

'Wie was die kerel?'

Horner haalde zijn schouders op. 'Hoe moet ik dat nou weten? Er komt een klojo opdraven met een zak geld. Dat geeft hij aan mij. De rest interesseert me niet.'

'Had je hem ooit eerder gezien?'

'Nee, en daarna ook niet meer. Maar dit begint me te vervelen. Het wordt tijd dat je opsodemietert.'

'Nog één vraag.' Reacher legde de priem neer op de bar,

haalde de telefoon die hij van Gilmour had gekregen uit zijn zak en opende en sloot een aantal menu's totdat de foto op het scherm stond. 'Is dit hem?'

Horner keek even. Hij knikte. 'Dat is 'm. En nou wegwezen. We zijn uitgepraat.'

15

Morgan Strickland stapte omlaag: eerst met zijn linker-, daarna zijn rechtervoet, en vervolgens gleed hij met zijn hand langs de verticale ladderboom. Hier ging hij mee door: stap, stap, hand, tot hij nog ongeveer twee meter was verwijderd van de onderste sport. En vervolgens nog één meter. Toen klonk er een zware, metalige dreun. Meteen werd het donker. Binnensmonds vloekend bleef hij in het donker hangen en telde tot vijf. De generator sloeg weer aan, het licht floepte aan en snel daalde hij de laatste paar treden af tot hij dankbaar voet aan de grond kon zetten.

Strickland had zich afgevraagd of hij thuis zou gaan slapen of op kantoor, maar het telefoontje van daarnet met Mark Hewson had de doorslag gegeven. Hewson wilde Violeta Vardanyan spreken, de ooggetuige uit Armenië. Haar verhaal moest hem over de streep trekken. Deze ontmoeting was van vitaal belang voor Stricklands plannen, maar zou pas de dag na Vardanyans aankomst in de VS plaatsvinden. Dan was ze nog maar net, en voor het eerst, in het land. Hij had geen idee hoelang ze nodig zou hebben om bij te komen van de reis. Of zich aan de nieuwe cultuur aan te passen. Of hoe behulpzaam ze zou blijken te zijn. Het was al een tijd geleden dat hij haar gezien had. Al die factoren samen bezorgden hem het gevoel dat hij méér dan diplomatiek te werk zou moeten gaan, en diplomatie kostte hem veel energie. Energie putte hij uit slaap. Dus koos hij ervoor op kantoor te blijven, want dat was veel dichterbij. Hij zette zich in beweging en ondanks het late uur schoot hem een woord te binnen. *Dwangmatig*. Meteen liep hij een andere kant op, in de richting van de opslagruimte.

Strickland hoorde bij zijn nadering de stoelpoten weer over de grond schrapen, maar ditmaal klonk het geluid anders. Zachter. Dat vond hij vreemd, want er konden nog geen nieuwe bewakers aan hun dienst begonnen zijn. Hij kwam de hoek om en zag meteen wat er aan de hand was. Er zat maar één bewaker. Geen twee. Hij werd witheet, de woede borrelde in hem op op als magma in een vulkaan. Hij versnelde zijn passen tot hij bijna rende, en vlak voor de bewaker bleef hij staan. Walker. Die stond stokstijf stil, kaarsrecht in de houding alsof het een appèl was en de commandant ieder ogenblik kon verschijnen.

'Waar is je maat Jacklin?' vroeg Strickland.

'Weet ik niet, meneer,' antwoordde Walker.

'Je liegt!' krijste Strickland en de speekselklodders vlogen in het rond.

'Volgens mij is hij in de opslagruimte, meneer Strickland.'

'Waanzin. Dat kan helemaal niet.'

'Volgens mij wel, meneer.'

'Hoe dan? Leg uit.'

'Hij vraagt zich al tijden af wat er daarbinnen kan zijn, meneer. Hij loopt er eindeloos vaak naartoe en dan legt hij zijn hand op de deur alsof hij met die kamer kan communiceren. Hoe vaak ik niet gezegd heb dat hij dat niet moet doen. Maar daar trekt hij zich niets van aan. En net stond hij daar ook weer tegen die deur te duwen, toen de stroom uitviel. Ik hoorde iets klikken, alsof het slot opensprong. Een gekners alsof het scharnier bewoog. En toen ging het licht weer aan en viel de deur dicht. En Jacklin was weg. Dus ofwel hij zit daarbinnen, ofwel hij is in rook opgegaan.'

Strickland liet even tot zich doordringen wat hij zojuist gehoord had. Toen hoorde hij iets, in de voorraadkamer. Er stond iemand aan de deur te morrelen, hij hoorde het slot rammelen. Dat had natuurlijk geen enkele zin. Even later hoorde Strickland Jacklin roepen. 'Walker, waar zit je, man? Laat me hieruit.'

Walker keek Strickland aan en vroeg: 'Zal ik hem eruit halen?'

Strickland stak zijn hand uit en zei: 'Geef me je handboeien.'

Walker maakte de holster aan zijn riem los en gaf Strickland zijn handboeien.

'Sleutel.'

Hij groef in zijn broekzak, diepte een zilverkleurig sleuteltje op en overhandigde dat.

'Je bent ontslagen.'

'Jawel, meneer.' Op een drafje liep Walker naar de uitgang. Hij haalde het niet in zijn hoofd om langzamer te lopen of achterom te kijken.

Strickland stak de handboeien in zijn broeksband en trok zijn pistool. Hij liep naar de deur van de voorraadkamer, stak zijn wijsvinger zover uit tot hij bij het toetsenbordje kon, voerde zijn code in en deed een stap opzij. De deur vloog open. Jacklin holde naar buiten. Hij huiverde. Hij zag spierwit en in zijn ogen was paniek te lezen.

'Staan blijven. Niet omdraaien,' zei Strickland.

Jacklin bleef staan. Hij hijgde.

Strickland zei: 'Handen achter je rug, polsen bij elkaar.'

Jacklin huilde bijna. 'Het spijt me, meneer, echt waar. Ik vergeet wat ik daar gezien heb. En ik zweer dat ik daar nooit meer naar binnen ga.'

Met stemverheffing herhaalde Strickland: 'Handen achter je rug. Polsen bij elkaar.'

Jacklin gehoorzaamde. Strickland wisselde het pistool om voor de handboeien. Hij deed een stap naar voren, boeide Jacklins handen en zei: 'Zeg nooit nooit.'

Als je een auto op nerveuze energie kon laten lopen, kon Gilmours huurauto tot het einde der dagen vooruit, dacht Reacher bij zichzelf. Gilmour trilde van top tot teen toen Reacher weer instapte. Hij kon niet stilzitten. Kon zich niet concentreren. Reacher had methgebruikers gezien die rustiger waren.

Reacher wilde zijn gordel vastmaken, maar wachtte even en vroeg: 'Weet je zeker dat je kunt rijden?'

'Natuurlijk.' Gilmour probeerde de motor te starten, wat bij de tweede poging lukte. 'En? Heb je een naam?'

'Nee.'

Gilmour sloeg met zijn hand op het stuur. 'Dus het was pure tijdverspilling.'

'Niet helemaal. De gast die naar jou toekwam met dat voorstel, heeft inderdaad je schuld afbetaald. Eigenhandig. Dat is bevestigd. Horner heeft je gegevens niet aan iemand anders doorverkocht.'

'Maar we weten dus niet wie het is?' Gilmour reed weg van de stoeprand. 'Je hebt Horner dus niet zover gekregen dat hij een naam noemde?'

'Horner wist het niet. Die gast kwam gewoon een zak geld brengen. Daar kwamen verder geen namen bij kijken. Maar wat raar is: hij wist precies hoe groot jouw schuld was. Dat hoefde Horner hem niet te vertellen.'

'Onmogelijk.' Gilmour minderde vaart voor een tegenligger, een vrachtwagen, en keerde toen. 'Dat kan hij van zijn levensdagen niet geweten hebben. Echt niet.'

'Hij wist het.'

'Hoe dan?'

'Heb je het bedrag ergens genoteerd? Misschien toen je dingen zat uit te rekenen, je budget of zo, waar je het geld vandaan moest halen. Hoe snel de rente opliep. Op een velletje papier. Achter op een envelop. Een notitieblok. Iets wat iemand in de vuilnisbak gevonden kan hebben.'

'Dacht jij dat ik een budget had?' Gilmour zag in een

zijstraat een politieauto staan, dus hij minderde vaart. 'Met mijn manier van leven? Aan een kast vol ruimtelasers had ik meer gehad. Nee, dus. Ik heb het bedrag nooit opgeschreven. Nergens voor nodig. Ik kon aan niets anders denken. Dat hield me de hele tijd bezig, vierentwintig uur per etmaal.'

'Heb je geprobeerd ergens een lening te krijgen om je schuld af te betalen?'

'Bij een bank was ik niet eens binnengekomen. Ik had geen werk, weet je nog. En ik gedroeg me als een halve zool.'

'Een woekeraar, dan? Er zijn heel wat illegale geldverstrekkers. Dat soort lui kent geen scrupules.'

'Ik ben niet achterlijk. Van de regen in de wolkbreuk? Nee, bedankt.'

'Hoe wist hij het dan?'

'Ik zeg je toch, hij kán het niet geweten hebben.'

'Oké. We moeten een andere invalshoek zien te vinden. Een andere manier om verband te leggen tussen jou en hem.'

'Zoals...?'

Reacher dacht even na. 'Hij zei dat je moest solliciteren naar die baan in de haven. Hoe verliep dat proces?'

'Hij had me een link gestuurd. Die leidde naar een sollicitatieformulier. Ik heb het ingevuld. En toen kreeg ik bericht van iemand van hr. Een e-mail. Met een uitnodiging voor een gesprek. Ik ben gegaan. En als door een wonder werd ik aangenomen. De week daarop kon ik beginnen.'

'Die vrouw van die e-mail. Was dat ook degene bij wie je op gesprek moest?'

'Ja.'

'Was ze alleen, of was er iemand bij?'

Gilmour keek even naar Reacher. 'Ze was alleen. Ze zei nog dat dat haar speet. Dat er normaal gesproken iemand van het management bij zat, maar dat diegene zich ziek gemeld had. Ze bood aan om het gesprek later te doen, als ik dat liever had. Welnee zei ik, natuurlijk niet. Ik bedoel, ik zat er nou toch. Ik dacht sowieso dat ik geen enkele kans maakte. Dus later terugkomen had ook geen zin.'

'En heeft zij je de aanstellingsbrief gestuurd? Diezelfde vrouw?'

'Dat ging ook per e-mail. Ja.'

'En heeft zij je introductie of oriëntatie, of hoe dat maar heten mag, geregeld?'

Gilmour knikte. 'Dat was allemaal diezelfde vrouw. Dat vond ik wel prettig. Ik vond haar aardig. En ze zag er ook nog eens leuk uit.'

'Had je de nodige papieren of ervaring voor de baan?'

'O, nee. Bij lange na niet. Ik had geen enkele ervaring, geen diploma's, geen werk. Er zat een enorm gat in mijn cv. Ik had geen referenties, liep erbij alsof ik mijn kleren gejat had van een vogelverschrikker. Ik sliep niet en ik at niet, dus ik leek wel een heroïnejunk en ik was al in geen maanden bij een kapper geweest. Er kan maar zo een vogelnest in mijn haar gezeten hebben. En ik zal best gestonken hebben.'

'Dus...'

'Ik snap 'm.' Gilmour sloeg links af, rakelings voor een tegemoetkomende sportwagen langs, zodat de bestuurder driftig begon te claxonneren en een middelvinger opstak. 'Je hoeft er niet op te hameren. Het was doorgestoken kaart. Die gast had die vrouw van hr ook in de tang. Of anders iemand die voor hem werkte. Verdomme! Daar was ik nog niet op gekomen. Stom van me.'

'Werkt ze nog bij het bedrijf?'

'Volgens mij wel. Ik zal het morgenochtend vragen.' Gilmour ging aan de kant staan. 'Je zult me wel stom vinden. En ja, misschien ben ik dat ook wel. Ik kreeg die baan aangeboden en ik was zo blij dat ik er niets achter gezocht heb. Ik had natuurlijk het een met het ander in verband moeten brengen. Ik weet dat het achterlijk klinkt, maar op dat moment leek het helemaal niet alsof hij mijn schuld tegen me gebruikte. Het had er meer van dat hij me kwam redden. Als een soort engel of zo. Stel dat je op de bodem van een put zit, in het stikdonker en de put loopt vol water en je weet dat je gaat verdrinken, en dan zie je plotseling iemand met een lantaarn schijnen. Even later een stel handen die omlaagreiken. Dan stel je geen vragen. Je vraagt je niet af waarom dat licht er is, of die handen. Bij het licht kun je zien. En de handen hijsen je omhoog. Nadien, als je ergens warm en droog en veilig zit, kijk je niet meer achterom. Dan vind je die vrijheid weer heel normaal. Ik weet niet. Zal wel een of ander emotioneel zelfbeschermingsmechanisme zijn, denk ik.'

'Wat het ook is, neem het jezelf niet kwalijk. Wat gebeurd is, is gebeurd. Hoe heet die vrouw?'

'Sabrina Patten.'

'Oké. Daar gaan we straks mee praten.'

'Mooi niet. Ik ga zelf met haar praten. Ik zei al, ze ziet er goed uit.' Gilmour zette de motor uit en opende zijn portier. 'Kom mee. We zijn er. Mijn andere adres. Het adres waarvan officieel niemand op de hoogte is. Hier gaan we vannacht slapen. Die paar uurtjes die we nog hebben.'

16

Gilmour vond het prima de rest van de avond in zijn 'geheime' flatje door te brengen. Het leek hem een minder voorspelbare actie, voor het geval iemand hen uit zijn officiële appartement had zien vertrekken. Het had bovendien het voordeel dat er zowel een bank als een bed in stond. Hij hoefde dus niet op de grond te slapen, wat hij vreselijk zou hebben gevonden. Deels omdat het oncomfortabel was en zijn botten niet meer zo vergevensgezind waren als vroeger, maar vooral omdat hij zich daardoor een ontzettende loser zou voelen. Hij had immers bijna al zijn meubels moeten verkopen toen hij volkomen aan de grond zat. Er zijn dingen in het leven waaraan je liever niet wordt herinnerd.

Reacher vond het ook prima om de nacht in het flatje door te brengen, al ging het hem niet om een bed. Maar er stond een koffiezetapparaat en gezien de ups en downs van die dag had hij een flinke mok nodig voordat hij kon gaan slapen. Hij vond een ongeopend pak koffie in een van de kastjes. Het was ver over de datum, maar hij gebruikte het toch. Het brouwsel rook muf als nat karton, maar dat kon Reacher niet schelen. Hij was niet zo'n fijnproever. Koffie hoefde niet per se lekker te zijn maar wel sterk.

Gilmour had Reacher het bed aangeboden, maar dat had hij afgeslagen. De bank was vast prima. Hij wachtte tot Gilmour de slaapkamerdeur dicht had gedaan, maakte gebruik van de badkamer en ging toen liggen, met zijn nieuwe jas als kussen. Zijn benen hingen vanaf de knieën over de armleuning en onder hem werden de scheuren in de kussens langer en dieper, maar dat kon hem niets schelen. Hij had door de jaren heen wel op slechtere plekken geslapen. Vaak zelfs veel slechter. En hij kon feitelijk altijd en overal slapen. Gewoonlijk was hij binnen dertig seconden nadat hij was gaan liggen onder zeil, maar die nacht duurde het langer. De gebeurtenissen van de dag gaven hem veel om over na te denken. Hij ging verliggen en voelde de telefoon die Gilmour hem had gegeven in zijn broekzak zitten. Hij haalde hem eruit en wist de foto op het scherm te krijgen van de man die Gilmour had benaderd. De link met wat er verder gaande was. Reacher bestudeerde zijn gezicht. De hoekige schedel van de man was door zijn dunne grijze haar heen zichtbaar. Zijn neus was duidelijk meer dan eens gebroken. En zijn ogen zagen er kil uit. Reacher stelde zich voor dat hij echt in die ogen keek, vroeg zich af wat erachter schuilging. De geest van iemand die misbruik maakte van kwetsbare veteranen. Die mensen in zijn eigen voordeel gebruikte alsof het pionnen op een schaakbord waren. Die kleine kinderen op een gruwelijke manier bedreigde. Reacher wist niet of de man daadwerkelijk Gilmours neefje blind zou maken als Gilmour weigerde mee te werken. Voor zijn gevoel was het bluf. Maar dat deed op het moment niet ter zake. Reacher merkte dat zijn hart sneller ging kloppen. Zijn nekharen gingen overeind staan. Hij voelde een razende woede opkomen. Hij had daar geen controle over. Het was een onbewuste respons die net zo ingebakken was als een allergische reactie op een giftige stof. Hij mocht Gilmour, voelde sympathie voor hem. Maar Gilmour deed hem niet echt iets, vergeleken met die andere kerel. De misbruiker. De bullebak. Er bestond geen enkele twijfel: Reacher zou hem tegenhouden. Verdomd als het niet waar was. Hij zou daar persoonlijk zorg voor dragen.

Reacher ging weer verliggen en deed zijn ogen dicht, maar even later werd zijn rust verstoord door een andere gedachte.

Er zat nóg een kant aan het verhaal. De smokkeloperatie. Hij overdacht alle details. Een of andere gezichtloze bende die als parasieten hun spullen in de containers van andere mensen stopten. Misschien ging het om drugs. Misschien wapens. Of illegale medicijnen. Sigaretten. Elektronica. Gestolen kunst. Er waren tal van mogelijkheden. Er moest hoe dan ook een eind aan komen. En de mensen die erachter zaten moesten worden tegengehouden, net als iedereen die hen hielp. Dat was belangrijk. Maar om de een of andere reden voelde Reacher zich daar minder bij betrokken. Hij zou ervoor zorgen dat Gilmours neefje buiten gevaar was en daarna het alarmnummer bellen. De politie kon wel met de smokkelaars afrekenen. Of de kustwacht. Met dat aspect hoefde hij zich niet bezig te houden.

Buiten gingen om twee uur 's nachts de contouren van de wereld verloren in het fluwelen duister van de nacht. Het gebied rondom de ingang van de voormalige Kinsella-kalksteenmijn was nauwelijks zichtbaar in het zachte maanlicht. Zo nu en dan klonk het gegons van verkeer op de snelweg in de verte. De roep van een uil. Het getik van de klauwen van een vos of das die zich voorbij haastte en daarbij zorgvuldig uit de buurt bleef van de infraroodstralen die kriskras over de toegang tot de mijn schenen en het gebied bij elke beweging in fel kunstlicht konden laten baden.

Binnen kon om twee uur 's nachts de verlichting in elk van de trainingszones worden ingesteld zoals Morgan Strickland dat wilde. Voor de woestijnzone koos hij de avondschemering, paste nog wat dingen aan en ging daarna terug naar de opslagruimte. Hij voerde zijn code in, stapte naar binnen en liep naar Jacklin toe. Die stond naast een ijzeren ledikant, zijn ene hand vastgeketend aan het hoofdeinde, onbeheersbaar te bibberen.

'Draai je opzij,' zei Strickland. 'Breng je vrije hand achter je rug. Als je iets probeert, schiet ik je rug aan flarden.'

Jacklin draaide zich om en zei: 'Schiet alstublieft op. Het is hier doodeng. Ik dacht dat ik zou sterven van de kou, of van angst.'

Strickland negeerde hem. Een temperatuur van anderhalve graad is geen pretje, maar ook niet levensbedreigend. Althans niet na een paar minuten in droge kou en zonder wind. Een gezonde man moet dat wel een paar uur kunnen volhouden. Die theorie had hij tijdens een training geleerd. En hij had het zelf ondervonden tijdens een nacht in de woestijn in Irak nadat er iets mis was gegaan met de bevoorrading van zijn eenheid. Strickland schudde de herinnering van zich af, maakte de boei los van het hoofdeind van het bed, sloeg hem om Jacklins vrije pols en duwde hem toen de kamer uit. Hij stopte even om Jacklin een blinddoek om te doen. Jacklin wilde daarna niet doorlopen, dus Strickland was gedwongen de loop van zijn pistool tegen diens schedelbasis te drukken.

Strickland liet Jacklin op een redelijke snelheid voortstrompelen tot hij tevreden was over hun positie. 'Je krijgt een kwartier voorsprong,' zei hij toen. 'Gebruik dat kwartier goed.' Daarna maakte hij een van de boeien los en stapte de lege centrale ruimte tussen de vier trainingszones in. Hij haalde een iPad uit de zak van zijn cargobroek en keek in de camera om hem te ontgrendelen. Daarna drukte hij met zijn duim een toets op het scherm in. Een tel later viel met een daverende klap een zwaar traliehek omlaag. Dat blokkeerde de gewelfde doorgang dicht bij Jacklin, waardoor die ingesloten werd.

De dreun van het neervallende hek haalde Jacklin uit de trance waarin hij was weggezakt. Hij trok de blinddoek af en knipperde even met zijn ogen in het schemerige licht. Hij rilde en had honger, want hij had al tien uur niets gegeten, en hij had geen idee waar hij was. Hij keek om zich heen en zag niets dan zand. Een brede strook fijne korrels voor hem en aan weerskanten. Verder voor hem uit een glooiende heuvel, als een golf op een bevroren, geelbruine zee. En daar weer achter duinen. Hoog, steil en verdwijnend in de duisternis.

Jacklin dwong zichzelf na te denken. Hij was niet in een echte woestijn, dat was hem wel duidelijk. Hij was nog steeds in de grot. In de trainingsruimte waar hij zijn eindbeoordeling had gedaan voordat hij bij Strickland Security mocht beginnen. Hij draaide zich om en zag het hek. Dat hielp hem zich te oriënteren. Hij moest een trainingsmissie uitvoeren. Hij had het verkloot door de opslagruimte binnen te gaan en moest dat nu goedmaken. Bewijzen dat hij zijn plaats binnen het bedrijf nog steeds waard was. Belangrijk, maar het ging niet om leven en dood. Hoewel, na wat hij achter die gesloten deur had gezien... Hij zette de gedachte snel van zich af. Tijd om beslissingen te nemen. Hij moest het in elk geval proberen. Het doel van de trainingsmissie was hem niet meegedeeld, maar waarschijnlijk moest hij zorgen dat hij een tijdlang niet gepakt werd, of een manier vinden om te ontsnappen. Het alternatief was blijven staan waar hij stond. Zich gevangen laten nemen. Dan werd hij er waarschijnlijk uitgeschopt. Hij schudde zijn hoofd. Niet te geloven dat hij nog maar even geleden tegen Walker had geklaagd over zijn situatie. Nu hij besefte dat hij misschien weg zou moeten, realiseerde hij zich dat het hem eigenlijk best beviel in de grot. Hij hield van zijn baan, dus hij besloot zijn best te doen die te houden.

Hij gooide in gedachten een munt op en besloot laag te blijven. Op de plattere zandvlakte. Hij gooide nog een munt op en besloot eerst naar links te gaan. Terwijl hij snel vorderde, scande hij het gebied voor hem. Al snel zag hij iets. Een vage, dreigende vorm, vijftig meter verderop. Langzamer liep hij door. Toen hij dichterbij kwam, realiseerde hij zich dat de vorm een tent was. Een grote tent van lichtbeige canvas. Niet iets voor een backpacker. Het had meer weg van een bungalowtent. Hij sloop dichterbij, tot vlak voor de tent, trok de flap open en keek naar binnen. Daar zag hij een houten tafel met vier klapstoelen eromheen. Op de tafel stond een emaillen mok en op de grond een campinggasstelletje met een waterketel erop.

Jacklin huiverde. De kou van de opslagruimte zat nog steeds in zijn botten. Hij dacht aan de waterketel. Aan hete koffie. Misschien zelfs een kop soep. Hij liep verder de tent in, stak zijn hand uit naar de ketel, maar hield zich in. Er ging een alarm af in zijn hoofd. Hij deed een stap achteruit, haalde zijn portemonnee uit zijn zak en gooide die naar de ketel. Hij raakte het doelwit. De ketel viel om en het gasstelletje waarop hij stond explodeerde. Er walmde rook op. Stukken van het handvat van de ketel braken af en vlogen door de lucht. Hij was er redelijk zeker van dat de explosie niet zwaar genoeg was geweest om hem te doden, zelfs niet als hij de ketel had opgepakt. Maar het zou hem waarschijnlijk wel een paar vingers hebben gekost, of misschien zijn hele hand.

Jacklin huiverde weer, al had hij het nu niet koud meer. Hij raapte zijn portemonnee op, liep achteruit de tent weer uit en ging deze keer naar rechts. Na een paar minuten ontdekte hij een stel bandensporen. Ze waren smal. Bijna zeker van een fiets. Hij vroeg zich af waar de fiets was en of hij hem kon stelen. Maar de sporen vervaagden en verdwenen uiteindelijk. Het lopen kostte Jacklin steeds meer moeite. Zijn voeten zakten dieper in het zand weg. Het deed hem aan het strand denken. Hij had een hekel aan het strand, al had je hier in elk geval geen brandende zon. Geen bijtende of stekende insecten. Hij ging door en merkte dat hij nog iets dieper wegzakte. En daarna veel dieper. Tot aan zijn enkels en vervolgens tot halverwege zijn kuiten. Toen trad zijn instinct in werking. Hij gooide zich op zijn rug, zijn armen en benen gespreid als een zeester. Hij nam even de tijd om op adem te komen en begon toen in een soort onhandige zwembeweging zijn armen naar zich toe te trekken en met zijn benen te duwen. Het was heel vermoeiend en uiterst inefficiënt, maar hij kwam wel vooruit. Zonder weg te zakken. Hij hield het anderhalve meter vol. Twee. Daarna nam hij het risico zich op zijn buik te draaien, krabbelde overeind en haastte zich terug in de richting waar hij vandaan was gekomen.

Jacklin had spijt van veel dingen in zijn leven, maar op dat moment had hij nergens zo'n spijt van als dat hij de opslagruimte binnen was gegaan. Beide pogingen over het vlakke terrein waren bijna op een ramp uitgedraaid, dus Jacklin besloot het over een andere boeg te gooien en de hoogte in te gaan. Hij dacht dat hij misschien wel helemaal over de duinen kon klauteren en aan de andere kant kon ontsnappen. Of dat hij misschien een onderhoudsluik in de wand of het plafond kon vinden als hij hoog genoeg kwam. Hij begon normaal lopend, maar al snel werd de helling zo steil dat hij op handen en knieën verder moest. Maar hoe verder hij kwam, hoe harder het zand werd en al snel kon hij weer rechtop lopen. Hij rook de overwinning. De vrijheid. Hij kwam dichterbij en dwong zichzelf om sneller te lopen, grotere stappen te zetten.

Het zand onder zijn ene voet zakte weg en Jacklin viel opzij. Hij hoorde iets knarsen en kraken en toen begon de hele toplaag – waarschijnlijk zo'n meter dik – te schuiven. Het zand gleed weg en werd van bovenaf vervangen door een nieuwe zandkorst. Even later kwam het nieuwe zand van alle kanten aanstromen. Jacklin probeerde met de zandlawine mee te rennen, maar slaagde er niet in zijn evenwicht te bewaren. Hij viel. Hij rolde, tuimelde en tolde tot hij niet meer wist wat onder of boven was. Hij zat midden in een wervelende wolk zand. Het zat in zijn ogen, zijn mond, zijn neus. Er leek geen eind te komen aan de buitelingen. Hij ging steeds sneller en dieper en werd duizelig, tot hij uiteindelijk tegen vaste grond smakte. Het laatste beetje lucht werd uit zijn longen geslagen en hij dreigde te stikken. Het was donker. Hij was begraven en het gewicht van het zand drukte hem neer. Hij probeerde op te staan, maar dat lukte niet. Het zand was te zwaar. Zijn gedachten raakten op drift en hij meende dat het met hem gedaan was. Toen bedacht hij plotseling iets. Hij trok zijn armen en benen onder zijn lichaam en duwde zich met een laatste grote krachtsinspanning omhoog. Zijn hoofd brak door het oppervlak heen. Hij wurmde tot zijn borst ook vrij was, hapte naar lucht en kroop toen helemaal uit het zand. Hij draaide een paar keer om zijn as tot hij zeker wist welke richting terugleidde naar het startpunt. Genoeg was genoeg. Hij gaf het op.

Met gebogen schouders en afhangende armen strompelde Jacklin naar de ingang. Hij keek niet waar hij liep en zijn stappen waren onregelmatig. Hij zwalkte van de ene naar de andere kant, alsof hij dronken was. Toen voelde hij bij het neerzetten van zijn rechtervoet iets meegeven onder het zand. Hij hoorde een klik en bleef abrupt staan. Dat geluid had hij tijdens zijn training eerder gehoord. Hij was op een mijn gaan staan. Hoewel hij zich voorhield dat die niet echt kon zijn en dat het veilig was om door te lopen – dat moest wel – wilden zijn benen niet in beweging komen. De explosie onder de waterketel was echt geweest. De zandlawine ook. Hij voelde de koude vingers van de wanhoop zich samentrekken rond zijn ziel, maar hij duwde ze weg. Toen hoorde hij een hard, metalig geratel: het geluid van de redding. Het hek ging open. Hij keek op en zag Strickland aan komen lopen.

Strickland hield iets vast. Hij kwam dichterbij en stak het toen omhoog, zodat Jacklin het kon zien. Het was een pistool, een ongebruikelijk type. Een CZ 52, uit de voormalige Tsjecho-Slowaakse Socialistische Republiek. 'Niet mooi, maar wel effectief,' zei hij. 'Het komt uit mijn privéverzameling. Ik heb gehoord dat het bij drie verschillende moordpogingen is gebruikt. Maar dat doet niet ter zake. Voor mij geen lange geweren meer, dat moge duidelijk zijn. En het mooie van dit schatje is dat je het laadt met kaliber 7.62, korter dan de kogels voor een AK, maar dat zal niemand kunnen opmaken uit het gat dat het in je slaat. Dus, romp of hoofd?'

Jacklin stond met open mond naar het pistool te staren. Hij antwoordde niet, dus Strickland schoot hem in zijn borst. Hij keek toe terwijl Jacklin viel, stak toen het pistool achter zijn broeksband, pakte zijn telefoon en belde om hulp bij het opruimen. Hij beëindigde dat gesprek, bleef nog even staan en bedacht dat het conflict nog niet eens was begonnen, en hij toch al vijfentwintig gesneuvelde soldaten had. En waarom zou hij die verspillen?

17

Reacher was wakker voordat Gilmour verscheen. Hij zette het koffiezetapparaat aan en liet het blazend en sissend achter terwijl hij de badkamer in dook. Daar rommelde hij in de kast tot hij een handdoek vond, die vermoedelijk ooit blauw was geweest. Nu was hij grauw, bijna transparant en zo ruw als schuurpapier. Hij douchte snel, gebruikte de verschrompelde restjes van het enige stuk zeep dat hij kon vinden en droogde zich toen af. Met zijn vingertoppen bracht hij zijn haar min of meer in model, waarna hij zijn kleren weer aantrok en terugging naar de keuken.

Gilmour was de slaapkamer uit gekomen. Hij liep in een Orioles-shirt met een flodderige oranje korte broek mopperend en gedesoriënteerd rond te stampen, gromde een halfslachtige begroeting, sloeg Reachers aanbod van koffie af en liet hem knorrig weten dat er helaas niets voor het ontbijt in huis was. Daarna trok hij zich terug in zijn kamer. Vijf minuten later kwam hij daar weer uit, gekleed in zijn werkoutfit van de vorige dag, al had hij nu een legitimatiepasje aan een koningsblauw sleutelkoord om zijn hals.

Gilmour ging Reacher voor naar zijn huurauto en reed zwijgend naar zijn gewone appartement. Toen ze daar aankwamen, legde hij uit dat ze moesten overstappen in zijn eigen auto, want daar zat een pasje voor het parkeerterrein voor personeel achter de voorruit. Reacher reageerde niet. Hij had geen pasjes nodig, niet voor een parkeerplaats of wat dan ook, en daar was hij blij om. Het leek wel of Gilmour zijn gedachten had geraden, want toen ze in de andere auto zaten vroeg hij: 'Heb jij ergens een auto staan? Of een pickuptruck? Daar zie ik jou eerder in rijden. Of een door het leger afgeschreven humvee.'

Reacher schudde zijn hoofd. 'De tijd dat ik in humvees rondreed, ligt ver achter me. Ik heb geen pick-uptruck nodig. En ik wil geen auto.'

'Hoe verplaats je je dan?'

'Ik neem de bus en ik lift. Soms vlieg ik, als het niet anders kan.'

'Heb je een rijbewijs?'

'Nee. Maar ik kan wel rijden als het moet.'

'Je kunt rijden, maar je hebt geen rijbewijs. Je reist, maar je hebt geen bagage. Waar woon je dan?' Gilmour startte de motor. 'Niks zeggen. Je hebt een kampeerwagen, een camper. Je woont ergens heel afgelegen, zelfvoorzienend. Een plek die er op foto's fantastisch uitziet, maar in het dagelijks leven een ramp is. Vandaar het reizen.'

Reacher schudde opnieuw zijn hoofd. 'Het woord zegt het al. Kampeerwágen. Dat is net zoiets als truck of auto. Niks voor mij.'

'Oké dan. Een woonboot.'

'Nog altijd een soort voertuig. Ook niet, dus.'

Gilmour reed weg. 'Goed dan, ik geef het op. Waar woon je?'

'Wonen? Overal. Nergens. Waar ik maar wil.'

'Ik kan het niet volgen. Wacht. Sorry. Ik had niet zo moeten aandringen. Bedoel je dat je – wat is de correcte terminologie, tegenwoordig? – dakloos bent?'

'Terminologie? Ja, hoor. Nou dringen we door tot de kern. Je vroeg me waar ik wóón. Dat slaat voor mij nergens op. Maar ik kende ooit een man uit Schotland. Daar vragen ze: "Waar verblíjf je?" Dat klinkt veel zinniger. Als je een huis of wat dan ook hebt, moet je daarin verblijven. Of in de buurt ervan. Het grootste deel van de tijd, in elk geval. En dat wil ik niet. Ik wil nergens blijven. Niet permanent. Niet langer dan een dag of twee.'

'Niet? Waarom niet?'

'Zo zit ik gewoon in elkaar.'

'Dan zul je het in het leger wel naar je zin hebben gehad. In de juiste eenheid blijf je nooit ergens lang.'

'Maar het heeft wel een nadeel. Het leger zegt waar je heen moet en wanneer. Nu kan ik dat zelf bepalen.'

Gilmour ging de andere kant op dan Reacher had verwacht. Het leek alsof ze teruggingen naar de goktent in plaats van naar de haven, die in de buurt van de koffiebar was. Hij was verbaasd, maar maakte zich niet echt zorgen en vermoedde dat Gilmour zo eventuele achtervolgers wilde afschudden; en als Gilmour zich daar beter door voelde, ging Reacher er graag in mee. Het was niet zíjn salaris dat gekort zou worden als ze te laat kwamen.

Gilmour reed inderdaad langs de goktent en sloeg toen rechts af voorbij een donutzaak, daarna links af na een pizzatent en nog een keer links af bij een bakkerij. Het leek bijna of ze navigeerden op eettentjes, dacht Reacher. Maar daarna bleef Gilmour rechtdoor rijden, tot hij kennelijk zonder reden vaart minderde en daarmee het volgende groene licht miste. Er kwam iemand tevoorschijn uit het portiek van een flatgebouw. Een man. Hij was lang en mager, droeg een spijkerbroek, sneakers en een hoody met de capuchon over zijn hoofd getrokken, zodat zijn gezicht verborgen was. Hij haastte zich als een bedelaar om de motorkap van de auto heen en naar het bestuurdersportier. Gilmour liet zijn raampje zakken. Reacher dacht dat hij de man wat geld zou geven, maar hij had het mis. De man gaf Gilmour iets. Een grote bruine envelop, dubbelgevouwen. Gilmour nam hem aan, drukte op de knop om het raam te sluiten en nog voor het helemaal dicht zat, was de man al in het dichtstbijzijnde steegje verdwenen.

Gilmour gaf de envelop aan Reacher en zei: 'Het is voor jou. Vooruit, maak maar open.'

Reacher scheurde de envelop open en schudde de inhoud eruit. Er zat een legitimatiepasje in, identiek aan dat van Gilmour, maar dan met zijn naam en foto. Het sleutelkoord eraan was groen, met de silhouetten van verschillende Disney-figuurtjes erop.

Gilmour keek naar Reachers gezicht en zei: 'Wat? Het maakt niet uit. Werknemers kunnen zelf beslissen over het sleutelkoord. Daar is geen protocol voor. Dit was waarschijnlijk het beste wat mijn mannetje kon regelen. We hadden hem ook niet veel tijd gegeven. En een grote teddybeer zoals jij?' Er verspreidde zich een brutale grijns over Gilmours gezicht. 'Geef het maar toe. Het past bij je. Vooruit, hang het maar om.'

Reacher wees naar de voorkant van het pasje. 'Mijn foto. Ik had gezegd dat je die moest verwijderen.'

'Dat heb ik ook gedaan. Je was er zelf bij. Maar je had niet gezegd dat ik hem niet later terug mocht halen. En je mag van geluk spreken dat ik dat heb gedaan. Ik had gisteravond een afspraak met mijn mannetje toen jij in die goktent was. Hij heeft de chip in mijn pasje gekloond en ik gaf hem jouw foto. Anders had je zelf nog naar hem toe gemoeten om een foto van je te laten maken. En wie weet hoe dat zou zijn afgelopen. Hij is paranoïde en laat niemand in de buurt van zijn woning komen. We zijn al sinds onze kinderjaren bevriend en zelfs ik weet niet waar hij tegenwoordig woont.'

Reacher hield het pasje in het licht en bestudeerde het. 'Is dit goed genoeg om de bewakers op je werk voor de gek te houden?'

'Dat denk ik wel. Ik heb de vervaldatum op twee weken laten zetten. Dat komt overeen met ons verhaal. We zeggen dat je tijdelijk bent ingehuurd, als vervanger voor de gestorven collega, en dat ik je moet inwerken. Zo kun je overal met me meelopen en me beschermen.'

Gilmour parkeerde op de meest verlaten plek op het parkeerterrein van de haven. Hij stak zijn oude, simpele telefoontje in zijn zak, gooide zijn rugzak in de kofferbak en ging Reacher toen voor naar het gebouwtje van de bewaking. Dat was redelijk standaard ingericht, zoals Reacher ongeveer zou verwachten op een afgelegen vliegveld in een derdewereldland. Aan de zijkant was een balie. Het lichte, gelamineerde bovenblad vertoonde hier en daar slijtplekken. Er zat een bewaker achter in een nepmilitair uniform, compleet met allerlei badges, insignes en emblemen. In het midden stond een metaaldetectorpoortje en aan de andere kant een röntgenapparaat met een gehavende lopende band. Daarachter zat nog een bewaker in uniform wezenloos naar een beeldscherm te turen. Gilmour gooide zijn sleutels, telefoon, portemonnee en wat kleingeld in een rubberen mandje om te laten scannen en stapte onder het poortje door. Reacher had de geleende telefoon nog in zijn zak. Hij wilde weten hoe goed het systeem werkte en stapte onder het poortje door zonder het ding uit zijn zakken te halen. Er flitsten geen lampen aan. Er gingen geen alarmbellen af. Gilmour pakte zijn spullen terug en probeerde een opgewekt: 'Goeiemorgen, Bob.' Er ontsnapte wel een geluid uit Bobs keel, maar Reacher wist niet of het een antwoord of zomaar een grom was.

Reacher liep met Gilmour over een plein en via een stel dubbele deuren een groot, stenen gebouw in. De deuren waren van hout, met bovenin ronde ramen, en waren in een lelijke tint turquoise geschilderd. Overheidsgebouwen hadden altijd de verschrikkelijkste kleuren, dacht Reacher. Hij wist niet of dat was omdat die het goedkoopst waren, of dat het bedoeld was om dieven die de voorraadkasten wilden plunderen te ontmoedigen.

Om bij het kantoor te komen dat Gilmour met zijn overleden collega had gedeeld, moesten ze een betonnen trap op en een sombere, slecht verlichte gang door. Binnen rook het nog steeds vaag naar rottende planten, maar de bloemen waren weg. Gilmour vermoedde dat de schoonmakers ze eindelijk hadden weggehaald. Daar was hij blij om. Hij had een hekel gehad aan die bloemen. Natuurlijk had hij ze zelf weg kunnen gooien, maar hij was bang geweest dat dat een schuldbekentenis zou lijken.

Gilmour bood Reacher zijn eigen stoel aan, ging toen aan het bureau van zijn collega zitten en pakte de telefoon op. Hij drukte op de 0 voor de centrale en vroeg naar Sabrina Patten van hr. Ze nam op toen de telefoon twee keer was overgegaan. Gilmour vroeg of ze ergens die ochtend vijf minuten tijd voor hem had. Reacher kon haar kant van het gesprek maar moeilijk verstaan, maar begreep wel dat ze weinig zin had om een afspraak met Gilmour te maken. Ze zei iets over vroeg stoppen met werken, en dat de komende dagen vol gepland zaten met sollicitatiegesprekken voor een nieuwe IT-functie, maar Gilmour hield voet bij stuk. Hij zei dat hij gedeprimeerd was. Dat hij omwille van zijn mentale gezondheid enkele gevoelige zaken moest bespreken in een veilige en ondersteunende omgeving. Het klonk Reacher als onzin in de oren, maar het werkte wel. Patten zei dat ze over twintig minuten wel wat tijd kon vrijmaken voor een kort babbeltje.

Gilmour hing op en startte de computer van zijn collega op. Hij trok het toetsenbord naar zich toe, keek Reacher aan en vroeg: 'Klaar?'

'Je verwacht toch zeker niet dat ik daarmee ga werken?' vroeg Reacher.

'Nee, natuurlijk niet. Maar ik ga de zending controleren. Dat zullen de smokkelaars merken. Dat heeft vorige keer tot het... ongeluk geleid.'

'Wat verwacht je dat ze zullen doen? Door de ramen naar binnen springen?'

'Nee. Maar ik wil niet als een vlek op de grond eindigen zodra ik een voet buiten de deur zet. Ik wil dat je alert blijft.'

'Ik ben alert.'

'Je ziet eruit alsof je half slaapt.'

'Schijn bedriegt soms.'

'Oké, als jij het zegt. Wens me nu dan maar succes. Ik hoop dat IT zijn account nog niet heeft gedeactiveerd. Ik wil liever niet het mijne gebruiken.'

Gilmour wilde beginnen met tikken, maar verstarde toen. Zijn handen bleven boven het toetsenbord hangen, zijn vingers gestrekt, maar onbeweeglijk. Hij had zichzelf weerspiegeld gezien in de monitor. Alleen zijn silhouet – het was geen spiegelglas – maar hij had heel even gedacht dat hij zijn collega zag. Hij deed zijn ogen dicht en voelde een rilling over zijn rug lopen.

'Wat is er?' vroeg Reacher. 'Ben je het wachtwoord vergeten?'

Gilmour zette het beeld uit zijn gedachten. 'Natuurlijk niet. Maar zou jij weleens terug willen in de tijd, vraag ik me af? Iets veranderen wat je hebt gedaan?'

'Nee.'

'Nooit?'

'Waarom? Dat zou tijdverspilling zijn.'

'Zelfs niet als je iets had gedaan wat slecht was afgelopen? En als dat niet je bedoeling was geweest?'

'Als je een fout hebt gemaakt, leer er dan van. Maar wel op het juiste moment. Na en niet tijdens de actie. Anders verlies je je focus. Eén fout wordt dan twee fouten. Twee worden er vier. En wat wou je dan? Helemaal terug tot voor je geboorte?'

'Op dit moment zou ik dat best willen.' Gilmour vouwde zijn handen samen en liet zijn knokkels kraken. 'Maar je kunt je leven natuurlijk niet overdoen.' Hij liet zijn handen zakken en al snel dansten zijn vingers over de toetsen. Hij keek op het scherm en knikte toen. 'Mooi, ik zit erin. De dag van de zending is nog hetzelfde. De tijd is hetzelfde. Het opslagterrein ook. Alles oké. Laten we nu maken dat we wegkomen voordat iemand... Tenzij...' Hij pakte de muis en begon te klikken en scrollen. 'Wacht even. Dit zou best eens... Wacht.' Hij klikte weer en een tel later kwam er een vel papier uit een kleine printer die tussen de twee bureaus stond. 'Juist. Nu ben ik klaar.'

Reacher pakte het vel papier. Het was een screenshot van het scherm, voordat Gilmour het had uitgeschakeld. Niets bijzonders, leek het. Gewoon een formulier waarvan pakweg tachtig procent van de velden was ingevuld. 'Wat mis ik?' vroeg hij. 'Wat zie jij hierop?'

'Dat moet ik nog checken. Maar als ik gelijk heb, zie ik een hoop problemen,' antwoordde Gilmour.

18

Dominic Kelleher vond zichzelf geen patser. Hij had geld en hield van de mooie dingen van het leven, maar daar vestigde hij niet de aandacht op. Zijn auto was een voorbeeld. Hij reed in een Mercedes S560, een gewoon model, niet de sportievere AMG. De auto was vijf jaar oud, donkerblauw en Kelleher had het modelplaatje eraf laten halen toen hij de eerste keer naar de garage ging om olie te laten verversen. Hij had ook geen gepersonaliseerde nummerborden, want hij voelde niet de behoefte ermee te koop te lopen dat het zijn auto was. Iedereen in de buurt wist dat en niemand zou er dus iets mee uithalen. Maar hij maakte zich wel zorgen over vreemden en stomme jongelui die high waren van de drugs. Dat soort lui maakte niet altijd verstandige keuzes, dus parkeerde hij altijd op een gereserveerde plek achter zijn bar. Die bood zekerheid en het was handig. Dicht bij de plek waar hij woonde en werkte, dus hij hoefde nooit naar een parkeerplaats ergens langs de weg te zoeken. Hij kon er altijd zeker van zijn dat hij de auto snel kon pakken wanneer hij naar een afspraak moest.

Behalve die dag. Hij stapte na een laat ontbijt door de achterdeur van de Butcher's Dog naar buiten en zag dat zijn oprit geblokkeerd werd door taxi's. Drie stuks, allemaal van Rides-R-Us. Ze waren daar niet geparkeerd. De chauffeurs zaten allemaal achter het stuur en in de voorste taxi – de nieuwste, die nog het hardst glom – zat ook een passagier. Kelleher liep erheen, klaar om stennis te schoppen. Het achterportier ging open en er stapte iemand uit. Fjodor Gorbolevski, de eigenaar van het taxibedrijf. Kelleher kende hem. Hij was halverwege de vijftig, ruim een meter tachtig lang, en bijna net zo breed, leek het. Zijn hoofd was kaalgeschoren en een gitzwart geitensikje voegde wat rechte lijnen toe aan zijn verder pafferige gezicht.

Gorbolevski kwam vlak voor Kelleher staan en zei: 'Dominic, wat is er verdomme aan de hand?'

Kelleher dwong zichzelf tot een glimlach en zei: 'Jij ook een hele goeie morgen.'

'Ik heb je gisteravond een dienst bewezen. Twee zelfs. Ik heb mijn chauffeurs laten uitkijken naar de neanderthaler die je zocht. En toen ze hem vonden, gaf ik vier van jouw jongens een lift zodat ze iets aan je probleem met hem – wat dat ook mag zijn – konden doen.'

Kelleher knikte. 'Dat stel ik erg op prijs. Ik heb je bedankt.'

'Dat zal best. Maar weet jij wat ik niet op prijs stel? Ik heb vanwege schade een taxi minder op de weg, ik ben een handvuurwapen kwijt en vier van mijn chauffeurs hebben ontslag genomen.'

Kelleher zweeg even en zei toen: 'Dat wist ik niet. Je krijgt natuurlijk een nieuw pistool van me. En ik zal de schade aan de taxi betalen.'

'Geloof dat maar.'

'En de chauffeurs? Maak je daar geen zorgen over. Ze staan in de rij om voor je te komen werken. Dat is altijd al zo geweest, al sinds je hier aankwam.'

'Dat zal niet lang meer het geval zijn als het nieuws de ronde doet dat ik me ophoud met losers die hun eigen operaties niet kunnen beschermen.'

Kelleher antwoordde niet.

Zachter zei Gorbolevski: 'Serieus, Dominic. Doe iets aan die idioot. Hij is nu jouw probleem. Ik heb het met de anderen besproken. We zijn het er allemaal over eens. Jij rekent met hem af, of anders doet een van ons het. En dan rekenen we meteen ook met jou af. Is dat duidelijk?'

Kelleher deinsde achteruit. 'Je hoeft niet...'

'Is dat duidelijk?'

Kelleher knikte. 'Ja, het is duidelijk.'

Gorbolevski stapte weer in de taxi en zijn chauffeur startte de motor. Hij reed langzaam weg en de anderen volgden, een voor een. Kelleher stond bij de kofferbak van zijn Mercedes hun uitlaatgassen in te ademen. Hij stak zijn hand in zijn zak en speelde met zijn sleutels. Daarna draaide hij zich om en liep terug het gebouw in. De boodschap die hij had willen gaan doen, kon wel wachten. Hij had nu een nieuwe prioriteit.

Gilmour nam het vel papier van Reacher over en ging met zijn wijsvinger langs een aantal van de invulvelden aan de rechterkant. 'Ik denk dat ik het mis had wat dat smokkelen betreft,' zei hij. 'Ik geloof niet dat dat hier gaande is. Volgens mij gaat het om iets heel anders.'

'Iets veel beters?' vroeg Reacher. 'Of iets veel slechters?'

'Iets wat ertoe leidt dat we misschien op alle mogelijke manieren genaaid zijn. Of ik in elk geval. Jij hebt niets gedaan. Je bent er niet bij betrokken, niet echt in elk geval. Je zou gewoon weg moeten lopen. Nee. Je zou weg moeten rennen. Nu meteen.'

'Leg dat eens uit.'

Gilmour ademde in en zuchtte toen overdreven diep. 'Stel je voor dat je iets hebt wat je de Verenigde Staten binnen wilt brengen. Iets wat gevoelig ligt. Je kunt het niet meenemen in een vliegtuig. En het bevindt zich op een ander continent, dus je kunt het niet in een vrachtwagen de grens over brengen. Wat doe je dan?'

'Je stopt het in een container en laadt die op een schip.'

'Alleen kun je niet zomaar je eigen container gebruiken. Zo'n ding haal je niet even bij de Walmart. Er is een wereldwijd tekort en elke container is gemerkt met een speciale code waarmee hij te identificeren en te volgen is. Dus huur je er een – of een deel ervan – van een rechtmatige eigenaar en laadt je vracht in. Wanneer je dat doet, heb je een vrachtbrief nodig en nog wat andere documenten. Die vormen feitelijk een verslag van alles wat met je zending te maken heeft. Waar die uit bestaat, waar die vandaan komt, wat voor materiaal het is. Een hoop dingen – zoals bepaalde houtsoorten, dierlijke producten, veel chemicaliën – zijn verboden omdat ze op een of andere manier bedreigd zijn of een gevaar vormen. Zonder die formulieren komt een container niet op een schip. En God beware je als je liegt bij het invullen, want ze gaan rechtstreeks naar de dienst CBP, Douane en Grensbewaking. Die nemen hun werk heel serieus. Elk detail gaat onder de microscoop. En je kunt de papieren niet zelf bij ze indienen, want dat moet elektronisch gebeuren, met speciale software. Het moet gedaan worden door een agent. Een specialist. Theoretisch zou je de software kunnen kopen, maar dat is serieus een rib uit je lijf en je zou er niet echt iets aan hebben. Want om de formulieren te mogen indienen, moet je van tevoren bij de CBP geregistreerd staan, en je moet een borgsom storten. Eentje met een hoop cijfers voor de komma, als zekerheid voor het geval je de invoerrechten niet kunt betalen, of voor het geval de importeur een boete opgelegd krijgt omdat hij illegale handel vervoert of een andere regel overtreedt. Dat is weer een reden om het via een agent te doen.'

'Klinkt als een waterdicht systeem.'

'Dat is het ook.'

'Waar zit dan het achterdeurtje?'

'Wie zegt dat dat er is?'

'Er is altijd een achterdeurtje.'

'Niet een dat jij of ik zouden kunnen gebruiken. Maar je hebt deels gelijk. Als je bij de CIA zou werken. Of als je in het geheim een contract met de CIA hebt. Of bij de militaire inlichtingendienst zit. Wat doen die gasten als ze iets het land binnen moeten brengen? Iets wat zo geheim is dat ze het bestaan ervan niet kunnen toegeven? Ze volgen dezelfde procedure. Ze huren een container, laden hem vol en laten een agent de vrachtbrief en al het andere papierwerk indienen. Maar dan nu het beslissende punt. De verzender levert de informatie aan die op de vrachtbrief komt. En die is zo opgesteld dat sommige velden op een bepaalde manier kunnen worden ingevuld. Zo kun je bepaalde woorden combineren, als code. Dat vertelt de CBP dat de lading officieel onofficieel is, dus inspecteren ze hem niet. Ze komen er niet eens bij in de buurt. En de code vertelt de kraanmachinisten in de haven dat ze de container naar een specifieke locatie moeten brengen en dan met rust moeten laten, zodat de lading kan worden gelost.'

Reacher tikte op de screenshot. 'En staan die codes hierin?'

'Dat moet ik nog laten bevestigen. Het is een tijd geleden. Maar ik ben er vrij zeker van.'

'Dus de kerel die jouw schuld heeft afbetaald en degenen met wie hij samenwerkt – wie dat ook mogen zijn – die gaan niet zomaar achter een willekeurige smokkelaar aan. Ze zijn van plan de CIA te beroven.'

'Precies. Denk je eens in, waar zou de lading uit kunnen bestaan? Wapens, misschien. Geavanceerde wapens. Uit China gestolen prototypes. Uit Rusland gesmokkelde chemische wapens. Een nieuw type drones uit Iran of Noord-Korea. Next-gen. Elektronica. AI-spul. Zooi die écht niet in verkeerde handen moet vallen.'

'Dat staat als een paal boven water.'

'En zal ik je nog eens wat vertellen? Het betekent dat ik gelijk heb en dat mijn collega inderdaad is vermoord. Voor een willekeurige smokkelaar zou zo'n koelbloedige moord nogal extreem zijn geweest, dat geef ik toe. Maar de CIA? Of een contractant van ze? Die zouden per definitie denken dat iedereen die rondsnuffelt voor een vijandelijke macht werkt. En voor dat soort gasten is het gesneden koek om een dergelijke bedreiging uit te schakelen.' Gilmour verstarde, sprong toen op van zijn stoel en graaide de screenshot van het bureau. 'En dat is nog niet alles. Ik heb zojuist weer zitten rondsnuffelen. Deze keer zullen ze weten dat ik valse inloggegevens heb gebruikt. Dat kan niet anders. Ze hebben mijn collega immers al vermoord. Dus zullen ze de computerterminal traceren. Dat is de volgende logische stap. En die leidt ze rechtstreeks naar ons.'

Gilmour logde uit, liep naar zijn eigen bureau en opende de bovenste lade. Hij pakte een bakje met alcoholdoekjes, haalde er eentje uit, veegde de aan-uitknop van de computer schoon en daarna het toetsenbord en de muis.

Reacher keek toe. Volgens hem was dit pure tijdverspilling, dus begon hijzelf in gedachten de puzzelstukjes opnieuw te rangschikken. Toen Gilmour hem had verteld dat zijn collega was vermoord, had hij daaraan getwijfeld. Iemand verpletteren onder een vrachtcontainer was geen betrouwbare liquidatiemethode. Er waren te veel variabelen. Te veel factoren die niet in de hand te houden waren. Reacher liep naar het raam en keek omlaag naar de tent op de plaats van het ongeluk. Of het misdrijf. Die bevond zich aan de rand van een breed, open terrein. Er was geen garantie dat een doelwit juist op die plek voorbij zou komen. De kans was zelfs groter dat dat niet zou gebeuren. En de moordenaar kon onmogelijk zeker weten dat het doelwit alleen zou zijn, dus moest hij geen probleem hebben met nevenschade. Een onbekend aantal extra doden. Potentieel meerdere slachtoffers. Dat alles leek Reacher te ver gaan voor een stelletje smokkelaars. Als Gilmours vriend nou in een donker steegje in de rug was geschoten, of bij een gevecht in een bar aan het mes was geregen, had hij het kunnen geloven. Maar als Gilmours nieuwe theorie steek hield en de CIA een gevaarlijke, uiterst geheime lading het land binnenbracht en ze geloofden dat buitenlandse agenten die probeerden te stelen?

Dan was dodelijk geweld niet zo vergezocht. Misschien zelfs noodzakelijk. Vooral als de operatie was uitbesteed aan een particuliere beveiligingsdienst die onder weinig – of zelfs geen – supervisie te werk ging.

Als Gilmours theorie inderdaad steek hield. Reacher draaide zich weer om en zag dat Gilmour het bakje met alcoholdoekjes terugstopte in de la en toen de screenshot midden op zijn bureau legde. 'Moet je wat daarop staat nog bevestigen?' vroeg hij.

'Dat ga ik nu doen,' zei Gilmour. Hij pakte zijn telefoon, maakte een foto van het vel papier en tikte toen even op het toetsenbordje op het scherm. 'Ik stuur het naar een maat van me in Wiesbaden. Hij kan de ingevulde gegevens controleren. En maak je geen zorgen. Onze e-mail is beveiligd. Die loopt via een dienst in Zwitserland.'

'Als ik al geneigd zou zijn om me ergens zorgen over te maken, dan toch niet over je e-mail.'

Gilmour haalde zijn schouders op en trok toen zijn oude, simpele telefoontje uit zijn zak. Hij zocht even naar de batterij, zette die erin, wachtte tot het toestel het weer deed en tikte toen een berichtje. Hij controleerde of het verzonden was en haalde de batterij weer uit de telefoon. 'Ik bedacht dat ik maar beter een update over de zending kon sturen, bevestigen dat de informatie nog klopt. Ik zet hier mijn leven op het spel, dus als die gast na dit alles mijn neefje iets aandoet, vermoord ik hem.'

Er was nog hoop voor Gilmour, dacht Reacher.

Gilmour keek op zijn horloge en draaide zich om naar de deur. 'Kom mee,' zei hij. 'We zouden hier al niet meer moeten zijn.' Hij deed de deur open, maar stapte er nog niet doorheen. Hij draaide zich weer om en keek de kleine kamer rond. 'Dit is de tweede keer dat ik dacht dat ik hier nooit meer terug zou komen. Laten we hopen dat ik deze keer gelijk heb.'

19

Steve McClaren klopte op Morgan Stricklands deur en deed die open zonder op antwoord te wachten. Dat was een ernstige overtreding van de etiquette, maar hij deed het doelbewust. Deels omdat hij geïrriteerd was. Maar vooral omdat hij er bij Strickland geen twijfel over wilde laten bestaan hoe geïrriteerd hij precies was.

Strickland zat aan zijn bureau een uitdraai te lezen van het contractvoorstel dat Mark Hewson hem had gemaild. Hij had een pen in zijn hand en bracht wat wijzigingen aan in een van de clausules. Hij deed alsof hij McClaren niet opmerkte, streepte hier een woord door en voegde daar een paar toe.

McClaren kwam vlak voor Stricklands bureau staan. Hij had een iPad in zijn hand, stak hem naar voren en vroeg: 'Heb je dit gezien?'

Strickland keek op. Er was een man van in de twintig op het scherm te zien. Hij droeg een vaalbruin gevechtstenue en stond met een M16 in zijn hand in de restanten van een verwoeste keuken. Het wapen was niet specifiek ergens op gericht. Achter de man stond een robotachtige terroristgedaante, die een pistool tussen diens schouderbladen richtte. 'Het lijkt een opname van een eindoefening,' zei Strickland. 'Is die van vanmorgen?'

'Een eindoefening, zeg je? Ik noem het een aanfluiting!' McClaren swipete opzij en er begon een clip af te spelen.

Weer een man, van ongeveer dezelfde leeftijd en in eenzelfde uniform. Hij sloop een stoffige woonkamer in, met in zijn hand een pistool dat naar rechts wees. Hij keek naar links. Een andere robotachtige gedaante kwam achter de bank naast de deur vandaan. De robot had een geweer vast. Het duurde zes hele seconden voor de man hem opmerkte. 'Indrukwekkend, hè? Zou je zo iemand als rugdekking willen?' McClaren swipete weer. De man in het volgende filmpje stond in een achtertuin. Er kwam een robot van achter een speelhuisje tevoorschijn, gekleed als een vrouw in een felgele zomerjurk, en met een baby in haar armen. De man schoot de robot in de borst en vervolgens in het hoofd en bedekte daarmee het mechanische lijf met plakkerige rode verf.

'Dit zijn zeker niet de filmpjes met hoogvliegers?' zei Strickland.

'We hebben helemaal geen hoogvliegers.' McClaren schakelde het scherm uit en gooide de iPad op het bureau. 'Alleen maar laagvliegers. Wat zeg ik? Brokkenpiloten. Het enige wat ons een gigantische schoonmaakrekening heeft bespaard, is het feit dat het systeem niet goed werkte. De paintballpistolen werkten maar tien procent van de tijd. En weet je wat nog erger was dan de prestaties van die idioten? Het automatische systeem heeft ze op twee na allemaal laten slagen.'

'Op twee na? Was er...'

'Maar maak je geen zorgen. Die scores zijn niet blijven staan. Ik heb ze handmatig aangepast. Ik heb die hele verrekte groep laten zakken.' McClaren draaide zich om en liep naar de deur, maar stopte voor hij die had bereikt. 'Morgan, serieus. We hebben een nieuwe procedure nodig. We kunnen hier geen tijd en geld aan blijven verspillen.'

Strickland wachtte tot McClaren de deur achter zich dicht had gedaan, draaide toen de iPad om en zette hem weer aan. Het filmpje van de robotmoeder stond stil op het scherm. Hij tikte op een icoontje rechtsboven in de hoek en de still werd vervangen door een menu. Hij voerde een code in om in een verborgen submenu te komen en er verscheen een nieuwe lijst opties. Hij koos de optie waarmee hij de scores van een kandidaat kon bewerken. McClaren had de man 39 uit 100 punten gegeven. Het eindoordeel luidde, in vette rode letters GEZAKT. Strickland sleepte een schuifbalk aan de zijkant van het scherm omhoog. De score van de man steeg naar 50... 60... 70. En bij 71 veranderde het eindoordeel in GESLAAGD. Strickland herhaalde het proces voor alle rekruten die McClaren had laten zakken. Hij gaf sommigen 71 punten, anderen 72. Eentje kreeg 100 punten omdat Stricklands vinger doorgleed op het glimmende scherm. Maar wat voor score ze uiteindelijk ook kregen, hij zorgde ervoor dat elke rekruut slaagde. Toen bekeek hij de twee die het systeem zelf had laten zakken. De ene had 12 punten, de andere 22. Strickland dacht even na en liet ze toen ook allebei slagen.

De afdeling hr was gehuisvest in een van de gebouwen die het verst bij de kades vandaan stonden. Het was ruim tien jaar oud en toen het werd gebouwd, hadden de accountants duidelijk een dikkere vinger in de pap dan de architecten. Het zag eruit als een goede kanshebber in een wedstrijd voor prijsbesparing van een buitengewoon fantasieloze keten budgethotels, vond Reacher. Het gebouw had niets werkelijk afstotelijks, maar was gewoon bloedsaai. Het leek wel of elk ook maar enigszins interessant kenmerk of teken van duidelijke stijl was afgeschaafd, afgezwakt of helemaal geschrapt. Reacher had weleens over het sick-building-syndroom gehoord, waar het personeel steeds zieker en beroerder werd doordat ze opgesloten zaten in saaie, grofgebouwde bunkers uit de jaren zestig of zeventig. Hij bedacht dat als er ook een boring-building-syndroom bestond, dit een eersteklas voorbeeld zou zijn.

Reacher ging met Gilmour naar binnen en een trap op, die naar een grote, rechthoekige kantoorruimte leidde. De indeling deed Reacher denken aan een boekhandel in een oud spoorstadje in het westen waar hij een paar jaar geleden was geweest. In dat gebouw had aanvankelijk een bordeel gezeten. De receptie was in het midden en daaromheen had je een hele reeks kamertjes waar de zaken werden afgehandeld. Dit gebouw leek daar een beetje op, alleen stonden hier geen bedden maar bureaus met computers.

Gilmour wees Reacher op een bank bij de receptie en liep toen door naar een kantoor met openstaande deur halverwege de rij kamers aan de linkerkant. Een vrouw zag hem en kwam de kamer uit om hem te begroeten. Sabrina Patten, vermoedde Reacher. Ze was ongeveer een meter vijfenzeventig en droeg haar sluike zwarte haar in een hoge paardenstaart. Evengoed kwam die tot halverwege haar rug. Ze had een flessengroene kokerrok aan die tot net over haar knieën viel. Zwarte pumps met hakken van tien centimeter en een stralend witte getailleerde blouse, die strak over haar borst spande. Met haar arm gestrekt om hem op afstand te houden gaf ze Gilmour een hand. Toen nam ze hem mee het kantoortje in en deed de deur achter hen dicht. Die was van massief hout en ernaast zaten geen ramen.

Reacher kon niet horen wat er in Pattens kantoor werd gezegd en kon er niet naar binnen kijken. Voor hetzelfde geld vermoordde ze Gilmour. Maar met een glimlach zette hij die gedachte van zich af. Hij bracht te veel tijd met die kerel door. Misschien was zijn paranoia besmettelijk.

Reacher ging op de bank zitten en hield de ingang in de gaten. Er kwamen drie mensen binnen terwijl hij daar zat. De eerste was een man die nauwelijks zijn tienerjaren achter de rug leek te hebben. Hij droeg een pak dat een maat te groot was, gemaakt van donker, glanzend materiaal. Reacher vermoedde dat het zijn eerste pak ooit was, waarschijnlijk speciaal voor dit bezoek gekocht. Er kwam een vrouw uit het kantoor naast dat van Patten; ze begroette hem en nam hem mee naar binnen. Waarschijnlijk was hij hier voor een sollicitatiegesprek. Reacher vroeg zich af of hij aangenomen zou worden. En zo ja, wat voor weg er dan voor hem lag.

De volgende twee mensen kwamen samen binnen. Een man van in de vijftig, ook in een pak, alleen was dit gekreukt en versleten. Geschikt voor de afvalcontainer. Hij werd vergezeld door een vrouw die een aktetas droeg en een diepe frons in haar voorhoofd had. Een afgevaardigde van de vakbond, dacht Reacher. Of een advocate. Hoe dan ook deed het een carrière vermoeden die precies de andere kant op ging als die van de eerste man. Of misschien was het een kijkje in diens toekomst.

Vijf minuten lang besteedde niemand aandacht aan het stel. Ze gingen geen van beiden zitten. De man stond stil, het hoofd gebogen, de armen slap langs zijn lijf, als een uitgeschakelde robot. De vrouw liep heen en weer alsof ze iemand zocht om tegen tekeer te gaan. Eindelijk kwam er een man een hoekkantoor uit. Hij zag er moe en geagiteerd uit, keek hen even lelijk aan en gebaarde dat ze binnen moesten komen, waar Reacher hen niet meer kon zien.

Sabrina Pattens deur ging zestien minuten nadat ze hem had dichtgedaan weer open. Gilmour kwam alleen naar buiten. Hij zag er nog hetzelfde uit als toen hij naar binnen was gegaan. Niets duidde op een verbetering van zijn geestestoestand. Hij knikte Reacher toe, liep voor hem uit naar buiten en nam hem mee naar een smalle doorgang tussen het hr-gebouw en het gebouw ernaast. Hij drukte zijn rug tegen de muur, zijn lichaam star, zijn handen tot vuisten gebald. 'Ze verzweeg iets, dat weet ik zeker. Maar ik kreeg haar niet zover dat ze het vertelde.'

'Wil je dat ik een poging waag?' vroeg Reacher.

Gilmour haalde zijn schouders op. 'Ik heb het met charme geprobeerd. Heb mijn best gedaan haar aan het lachen te krijgen, medelijden te wekken. Niets werkte. Misschien als jij haar bang zou kunnen maken... Ik weet het niet. Ze is al ergens heel bang voor en heeft zich ingegraven. Ik heb een goed verhaal opgehangen, maar ze trapte er niet in.'

'Wat heb je tegen haar gezegd?'

'Ik zei dat ik depressief was, last had van het oplichterssyndroom, omdat ik niet gekwalificeerd was voor mijn baan. Ik vertelde haar dat het zou helpen als ik wist waarom ze me had aangenomen. Dat het me iets van zekerheid zou geven. Ze had door dat ik ergens naar zat te vissen, denk ik, want ze ging meteen in zakelijke robotmodus. Helemaal niet zoals de eerste keer dat ik haar sprak. Ze zei dat ik de baan had gekregen omdat ik de best gekwalificeerde kandidaat was, maar we wisten allebei dat dat bullshit was. Ik zei dat ik van pure stress niet meer wist wie ik als referentie had opgegeven en vroeg haar me dat te vertellen. Omdat het zou helpen als ik wist wie er positief over me dacht. Ze zei dat ze dat in mijn dossier moest nakijken, maar dat het feitelijk geen zin had omdat referenties tegenwoordig niet veel meer waren dan een bevestiging van de periode dat je ergens had gewerkt. Ze zei dat mensen bang waren om een proces aan hun broek te krijgen voor het geval ze iemand aanbevelen die dan later een seriemoordenaar of zo zou blijken te zijn. Ook alweer bullshit, maar verder kreeg ik niets uit haar.'

'We hebben een andere invalshoek nodig.'

'Precies.' Gilmour haalde een telefoon in een groen hoesje uit zijn zak. 'Misschien helpt dit.'

'Is die van haar?'

Gilmour knikte. 'Ik ga haar e-mail bekijken, haar berichten. Haar agenda. Het kan niet anders of daar staat iets in wat haar verraadt.'

Dominic Kelleher had drie stapeltjes papier voor hem op het bureau in zijn kantoor bij de Butcher's Dog liggen. Hij had ze daar een halfuur geleden neergelegd, maar er sindsdien nauwelijks naar gekeken. Hij kon zich niet concentreren. Hij was zo totaal niet met zijn gedachten bij de papieren dat hij bijna vergat ze bij elkaar te pakken en weg te stoppen toen er zachtjes op zijn deur werd geklopt.

'Wie is daar?' riep Kelleher.

Een vrouw antwoordde: 'Mia hier. En Mick en Norman.'

'Kom binnen, dan, alle drie.'

De deur ging open en er stapte een vrouw naar binnen, gevolgd door twee mannen. De vrouw, Mia, droeg een schouderlange zwarte pruik. Een van de mannen, Mick, had verband om zijn hoofd. De andere, Norman, had een arm in een mitella. Kelleher gebaarde naar de twee leunstoelen aan de zijkant van zijn versleten vloerkleed. De mannen gingen zitten. Mia bleef even staan en koos toen de armleuning van de stoel het verst bij het bureau vandaan als zitplaats. 'Wat wil je vandaag van ons?' vroeg ze.

'Ideeën,' zei Kelleher. 'Weten jullie hoeveel problemen de gorilla veroorzaakt die jullie in dat steegje heeft gevloerd? Ik moet hem een voorbeeld stellen. En snel. Van mijn gewone mannetjes is er een dood, zit er een in de getuigenbescherming en de andere zit in de gevangenis of is op de vlucht. Dus ik wil dat jullie erover nadenken wie je kent. Ik wil iemand die vals en gemeen is. Nee... weerzinwekkend. Ik wil iemand wiens naam alleen al je ballen doet verschrompelen.'

Mick en Norman schoven even heen en weer in hun stoelen.

'Dat is nog niet alles,' zei Kelleher. 'Hij moet betrouwbaar zijn. En meteen beschikbaar. Het kan me niet schelen wat het kost.'

De mannen keken elkaar aan. Ze hadden nog nooit meegemaakt dat hun baas zich niet druk maakte over de kosten.

'Nou? Vertel op,' zei Kelleher.

'En de motorkettingbroers, dan?' vroeg Mick. 'Ik dacht dat je die gisteravond zou sturen.'

Kellehers bovenlip krulde snerend om en hij zei: 'Aan die watjes heb je net zoveel als aan een asbak op een Harley. En denk je dat ik het jullie zou vragen als zij hun werk hadden gedaan?'

Het bleef even stil, toen zei Norman: 'Als je wilt dat die klootzak verdwijnt, weet ik wel iemand. Een heel creatieve gast.'

Kelleher sloeg met zijn hand op het bureaublad. 'Heb ik gezegd dat ik wil dat hij verdwijnt? Nee. Wat heeft dat voor zin? Niemand kent die kerel. Als hij van de radar verdwijnt, zullen zelfs mensen die van hem hebben gehoord hem binnen twintig minuten vergeten zijn. Ik wil een zichtbare herinnering. Iets wat lang blijft hangen. Ik wil foto's in de krant, op tv, online. Misschien van hem in het ziekenhuis, met slangetjes uit elke lichaamsholte. Of strompelend op krukken, waarna hij plat op zijn smoel in de hondenstront valt. Of dat hij bij Saks voor de deur ligt te pitten, nat gepist, niet in staat om te lopen. Begrepen?'

Deze keer bleef het langer stil. Toen zei Mia: 'En als hij in een rolstoel belandt? Voorgoed?'

'Ga door,' zei Kelleher.

'Ik ken wel een paar kerels. Ik heb ze aan het werk gezien en ik zeg je, als ik ballen had, zouden die niet verschrompeld zijn, maar helemaal binnenstebuiten gekeerd en eraf gevallen.'

'Een paar kerels? Is dat genoeg?'

'Ze kunnen de klus aan.'

'Weet je dat zeker? Dat monster kon jullie drieën plus de vier broers de baas.'

'Bij deze jongens draait het niet om kwantiteit, maar om kwaliteit. Ze hebben speciaal gereedschap. Ze beginnen met het immobiliseren van hun... doelwit. Ze binden hem vast en gaan dan met een boor aan de slag. Ze zijn grondig en ze kunnen hem aan. Zal ik ze bellen?'

Kelleher dacht even na en knikte toen. 'Doe maar.'

20

Gilmour wilde niet terug naar kantoor en Reacher had geen zin tijd te verdoen in verkeersopstoppingen onderweg naar een van Gilmours appartementen, dus uiteindelijk belandden ze in de koffiebar waar ze elkaar de vorige dag voor het eerst getroffen hadden. Het was een handige locatie. Het zat er vol getuigen; dat was een geruststelling voor Gilmour. En ze waren er verzekerd van een continue aanvoer van cafeïne, waar Reacher blij mee was. Ze namen het tafeltje naast waar ze beiden de vorige dag hadden gezeten, want dit was groter en je had er een bijna even goed uitzicht. Gilmour vroeg om een cafeïnevrije cappuccino en Reacher bestelde zijn gebruikelijke grote beker zwart. Met behulp van een soort backdoor hack die hij bij zijn opleiding in Fort Huachuca had geleerd, hackte Gilmour Sabrina Pattens telefoon. Reacher pakte een achtergelaten krant van een tafeltje naast hen. Gilmour begon aan Pattens e-mails. Reacher trof ook nu weer een artikel over de situatie in Armenië, waar de Amerikaanse privélegerleider zijn troepen aan het mobiliseren was. Het was een soort feuilleton aan het worden. Aftellen naar het conflict, had een of andere journalist het genoemd. Bij deze aflevering stond een stel landkaarten. Reacher hield van landkaarten. Op deze kaart hier stond het wisselvallige lot opgetekend van een regio in de zuidelijke Kaukasus, Nagorno-Karabach, vanaf de val van de Russische tsaren tot nu. De regio werd opgeëist door twee staten, Armenië en

Azerbeidzjan. Er was om gevochten, het gebied was ingelijfd door de Sovjet-Unie en na de val van het IJzeren Gordijn was er opnieuw over gekibbeld. In 1991 had de regio zich zelfstandig verklaard, maar vervolgens had Azerbeidzjan er in 2020 een inval gedaan. En dat was de kern van het huidige probleem. De groep die was beschuldigd van hulp aan Iran wilde zijn onafhankelijkheid terug. Daar kon Reacher in komen.

Gilmour boog zich naar hem over en stootte hem aan toen Reacher het artikel net uit had.

'Iets gevonden?' vroeg Reacher.

'Nog niet. Maar ik krijg net antwoord van mijn maat. Hij heeft naar mijn screenshot gekeken. Volgens hem is de combinatie van trefwoorden helemaal te rijmen met het verzwijgen van een geheime operatie.'

'Een operatie van de CIA? Of van een privéleger?'

'Dat kan hij niet zeggen. Kan allebei.'

Reacher dacht even na. 'Vraag hem wie we moeten waarschuwen over de voorgenomen diefstal. Ik neem aan dat dit een doorsnee iemand bij de alarmcentrale boven de pet gaat.'

Gilmour tikte een berichtje en bijna meteen kwam het antwoord. Hij las het voor. 'Niemand waarschuwen, zegt hij. Overal afblijven.'

'Echt?'

Gilmour las het volgende berichtje dat was binnengekomen, en knikte. 'Ten eerste, zegt hij, is het zinloos. Dat soort operaties valt nu eenmaal niet te traceren. Geen kruimelspoor dat door andere agentschappen gevolgd kan worden, zelfs niet als ze zouden willen helpen. En dit soort zaken wordt gerund door mensen met massa's ervaring en een onbeperkt budget. Die weten dat er professionals op ze loeren, dus die amateurs komen er niet eens in de buurt.'

'We weten niet of het amateurs zijn. Net zomin als we weten wie de man is die jou hier heeft neergezet, en voor wie – of met wie – hij weer werkt.'

'Het doet er eigenlijk ook niet toe. Je houdt niet voor mogelijk wat er in het verleden al allemaal geprobeerd is. Buitenlandse agenten, bivakkerend in zeecontainers die vanaf schepen in droogdokken tijdelijk op de kade waren gezet om van daaruit hun slag te slaan. Of die vluchtelingen ontvoerden en dan op zee overboord mikten zodat het schip waarop ze aasden vaart minderde en zij het konden enteren. Dus of het nou de CIA of een privéonderneming is, ze zijn sowieso voorbereid. Daar hoeven wij ons niet druk over te maken.'

'Voorbereid is goed. Gewaarschuwd is beter.'

'Misschien. Maar er is nog een reden om ons er verder niet mee te bemoeien. Volgens mijn maat is het ook wel voorgekomen dat buitenlandse agenten speculatieve rapporten vrijgaven om er op die manier achter te komen of er een operatie gaande was. Misschien denken ze dat wij dat ook doen. Straks belanden we in de gevangenis. Of erger.'

Reacher zag verder niets belangwekkends in de krant staan, dus legde hij hem weg en luisterde naar een paar liedjes in zijn hoofd. Hij was net klaar met 'Waitin' on the Night Train' van Junior Wells toen plotseling zijn nek begon te tintelen. Het kwam uit zijn reptielenbrein, een overblijfsel uit de tijd dat mensen voor hun overleving afhankelijk waren van hun instincten. Een oeroude reflex op het feit dat er iemand naar hem zat te kijken. Hij keek de zaak door en had vrijwel meteen door wie hem in de gaten hield. De jongeman achter de balie. De barista. Kevin, volgens zijn naamplaatje. Het was eventjes rustig in de zaak en hij stond met zijn ellebogen op de bar geleund naar Reacher te staren. Reacher staarde glashard terug. Kevin hield het oogcontact niet lang vol, wendde zijn blik af, liep om de hoek van de balie heen en repte zich naar het tafeltje van Reacher en Gilmour. Hij keek even om zich heen, boog toen voorover en zei tegen Reacher: 'Het spijt me dat ik u stoor.'

'Nou,' zei Reacher. 'Doe dat dan niet.'

Kevin keek verbijsterd. 'Wat?' vroeg hij.

'Mij storen. Waarom doe je iets waar je meteen al spijt van hebt?'

Kevin stond even te kijken. Hij schudde zijn hoofd en zei toen: 'Het is alleen, ik dacht ik zeg het maar: die gasten met wie u gisteren ruzie had? Die dat bejaarde echtpaar wilden oplichten? Die heb ik weer gezien. Bij de achterdeur. Weer met een oud stel bij zich. Volgens mij gaan ze die ook belazeren.'

Reacher keek om zich heen, boog zich naar Kevin over en vroeg: 'Zouden ze een misdrijf gaan plegen, denk je?'

Kevin knikte. 'Ja,' zei hij. 'Volgens mij wel.'

Reacher stond op, zodat Kevin haastig achteruit moest krabbelen. 'Dan bel je de politie,' zei hij. 'Want mijn probleem is het niet. Ik ben hier weg.'

Gilmour keek verbaasd op. Reacher gebaarde dat hij moest blijven zitten en liep naar de deur. Hij ging de straat op. Liep een eind in oostelijke richting. Toen hij de vorige dag achter de oplichters aan ging, was hij de andere kant uit gelopen. Hij sloeg links af en liep terug door de smalle straat achter het gebouw waarin de koffiebar gehuisvest was. Hij herkende de schutting. Die was van hout, ruim een meter tachtig hoog. Reacher sloop eropaf. Hij tuurde eroverheen en zag twee mannen staan. De ene was bijna twee meter lang, graatmager met lang, blond haar. De ander was niet eens een meter zeventig, maar had brede schouders als een zwemmer, en een kaalgeschoren hoofd. Ze stonden met hun rug naar Reacher toe de achterdeur in de gaten te houden. De deur waardoor het personeel van de koffiebar naar buiten ging om het vuilnis weg te gooien. De lange stond naast een rolstoel. Een loodzwaar ogend gevaarte. Solide. Niet makkelijk kapot te krijgen. Er waren extra stangen aan vastgesoldeerd. Aan die stangen zaten dikke leren riemen. Twee ter hoogte van de dijbenen. Twee ter hoogte van de enkels. De man verplaatste zijn gewicht en Reacher zag iets in zijn hand. Het leek op een pistool, maar dan feloranje. Een taser. De kleinere man had een gereedschapskist naast zich op de grond staan. Een zwart blok met laatjes, wielen en een handvat. Bovenop lag een gele snoerloze boormachine met een lange, dikke boor erin.

Reacher deed een stap achteruit en nam de schutting even goed op. Hij moest weten of die sterk genoeg was om hem te houden als hij eroverheen klom of sprong. Hij dacht van niet. Het waren dunne plankjes van waaibomenhout. Zo te zien was er al jaren geen onderhoud aan gepleegd. De palen waren dun en de meeste stonden verre van recht. Als hij er ook maar tegenaan leunde, was de kans groot dat de zaak zou instorten, dus liep hij ervandaan. Hij stak de straat over en plantte zijn voeten stevig op de grond om zich goed te kunnen afzetten. Toen wierp hij zich naar voren als een sprinter bij het startpistool. Hij kreeg vaart. Rende op de schutting af, pal op het middelste deel. Vlak voordat hij het ramde, draaide hij zijn schouder in. Het hout versplinterde. De brokstukken vlogen alle kanten uit. Een van de palen werd uit de grond gerukt. Een andere knapte tien centimeter boven de grond af. De twee mannen wilden zich net omdraaien toen Reacher door het gat kwam zetten. Zonder vaart te minderen rende hij met gespreide armen, alsof hij hen wilde zegenen, op het tweetal af. De lange man reageerde sneller dan de andere, dus Reacher trof hem met zijn rechterarm vol op de borst. Zijn linkerarm trof de schouder van de kleinere man. Ze vielen allebei om als bowlingkegels. De lange man krabbelde overeind op handen en voeten en wilde opstaan. Reacher trapte hem tegen het hoofd. Hij mikte op de slaap, maar raakte zijn kaak. Het gewricht werd verbrijzeld en de mond van de man zakte open. Hij brulde als een patiënt bij de tandarts die geen verdoving had gekregen en viel op zijn zij. Hij rolde op zijn rug en bleef toen slap en roerloos liggen.

Ook de kleinste van het tweetal probeerde overeind te krabbelen, dus Reacher zei: 'Stop, of ik trap je hoofd van je romp.'

De man verstarde.

'Wat mankeert jullie?' vroeg Reacher. 'Kunnen jullie niet tellen?'

De man gromde.

'Jullie zijn met z'n tweeën en er is maar één rolstoel. Wat is dat voor onzin?'

De man antwoordde: 'Die is niet voor ons, slimmerik.'

'Voor wie dan?'

De man zweeg.

Met stemverheffing herhaalde Reacher: 'Voor wie is die rolstoel?'

'Voor jou.'

'Waarom denk je dat ik die nodig heb?'

Er kwam geen antwoord.

Reacher wees naar de boor. 'Waar is die voor?'

'Klussen. We moesten de schutting repareren.'

'Wat moet dat met die extra riemen aan de rolstoel?'

De man schokschouderde. 'Zo hebben we hem gekregen.'

Op samenzweerderige toon vroeg Reacher: 'Dat is natuurlijk niet waar, of wel soms?'

De man wendde zijn hoofd af.

Reacher vervolgde: 'Een vraag. Hou jij van regels?'

'Meestal niet, nee.'

'Jammer. Regels zorgen voor overzicht. Ik geef je een voorbeeld. Als iemand me met een mes te lijf wil, breek ik zijn arm. Daar heb ik het onlangs nog over gehad met iemand die jij misschien wel kent.'

De man schudde zijn hoofd. 'Niks over gehoord.'

'Nog een regel. Dit is een nieuwe, ik verzin hem waar je bij staat. Als iemand mijn knieschijven wil vernielen met een elektrische boormachine, dan breek ik zijn benen. Wat vind je daarvan?'

'Ben je gestoord?'

'Misschien. Ik hou van regels, en veel mensen vinden dat inderdaad gestoord.'

Reacher dook naar voren en ramde zijn vuist in de buik van de man. Die klapte hijgend en naar adem happend dubbel. Reacher haalde uit en bracht zijn linkervuist omhoog in een snelle, kleine boog. Hij trof de man onder de kin, zo hard dat hij van de grond kwam. Met een dreun viel hij op zijn rug. Hij kreeg geen lucht, zag dubbel en had drie gebroken tanden. Zijn mond liep vol bloed, maar hij was nog bij bewustzijn. Nog heel even. Toen ramde Reacher met zijn hak op het been van de man, net boven de knie. Het bot brak, maar verder was er niets te horen. Nog voordat de man een kreet kon slaken, was hij flauwgevallen. Reacher stampte op het andere been, op dezelfde hoogte. Hij liep naar de lange man toe en brak diens benen op dezelfde manier. Daarna pakte hij de boormachine en de gereedschapskist en smeet die in de afvalcontainer achter het gebouw. Hij raapte de lange man op, plantte hem in de rolstoel en zette de kleinere man op zijn schoot. Reacher keek om zich heen of er niemand stond te kijken. Dat was niet het geval. Dus stapte hij door het gat in de schutting en liep om de koffiebar heen naar de ingang aan de voorkant.

Hij ging naar binnen, liep naar hun tafeltje en nam plaats naast Gilmour. Kevin, de barista, stond weer op zijn plek. Er waren geen andere klanten. Reacher staarde naar hem. Kevin wendde zijn hoofd af. Na een paar seconden keek hij weer, en zag dat Reacher nog steeds naar hem zat te kijken. Hij schuifelde wat heen en weer en kwam toen achter de balie vandaan naar Reachers tafeltje toe.

'Hoe wist jij dat ik ruzie had gehad?' wilde Reacher weten.

'Wat?'

'Je zei dat ik gisteren ruzie had gemaakt met een paar gasten. Hoe wist jij dat?'

'Dat zal ik wel gehoord hebben. Klanten die in de rij staan en met elkaar praten. Vaste prik.'

'Je hebt het van iemand gehoord. Niet van een klant.'

Kevin gaf geen antwoord.

'Het was dezelfde figuur die zei dat je mij naar achteren moest sturen,' zei Reacher.

Kevin keek naar zijn schoenen. 'Doe me niks aan. Alsjeblieft.'

'Dat was ik niet van plan,' zei Reacher. 'Maar we spreken het volgende af: bel die gast terug. Zeg hem dat zijn klusjesmannen naar het ziekenhuis moeten. Stante pede. En dat hij je baas een nieuwe schutting schuldig is.'

21

De daaropvolgende twee uur was Gilmour alleen maar bezig met Pattens telefoon. Zonder op of om te kijken bleef hij naar het scherm staren. Hij klikte en scrolde keer op keer in een onophoudelijk, onveranderlijk ritme, als een soort menselijke metronoom.

Reacher dronk koffie. Hij nam de rest van de krant door. Hij tuurde de koffiebar door en bekeek de overige klanten. Hij hield de ingang in de gaten, gespitst op moordenaars of oplichters of hun mogelijke slachtoffers. En al die tijd zat Gilmour te klikken en te scrollen. Klikken en scrollen. Het enige wat aan hem bewoog waren zijn ogen en zijn vingers. Alsof die op een standbeeld waren gemonteerd. Reacher nam nog een tweede keer koffie. Een derde keer. Net toen hij voor de vierde keer wilde laten inschenken, gooide Gilmour Pattens telefoon op tafel, hief zijn armen boven zijn hoofd en kneep zijn ogen samen. De pezen in zijn hals waren onder zijn huid te zien en het leek alsof hij naar adem hapte.

Reacher vroeg zich bezorgd af of Gilmour misschien een beroerte had of zo. Hij boog zich voorover en vroeg: 'Gaat het wel?'

'Wacht even,' zei Gilmour. Hij zag kans een hap lucht binnen te krijgen en pakte toen Pattens telefoon weer. 'Het gaat al. Niks aan de hand. Maar ik heb het gevonden. Ik weet wat het verband is.'

Gilmour schoof de telefoon over het tafeltje heen zodat Reacher kon kijken. Op het scherm stonden de gegevens van iemand uit Pattens Contactpersonen. Het ging om ene dr. Alyssa Martin, met op de volgende regel haar beroep: *Eigenaar Holistic Wellbeing Solutions – Consulten en psychotherapie.*

Reacher schoof de telefoon terug. 'Die dr. Martin,' vroeg hij, 'is zij het verband?'

Gilmour keek hem meesmuilend aan. 'Dat moet wel.'

'Hoezo?'

'Er staan geen e-mails of berichten of afspraken in haar agenda, dus waarom staat die dr. Martin bij Pattens contactpersonen? Patten moet dus welhaast bij haar in therapie zijn geweest.'

'Nou en?'

'Weet je nog dat ik vertelde dat ik een paar keer naar een therapeut was geweest? Toen ik probeerde van het gokken af te komen? Dat was bij dr. Martin. Het haalde natuurlijk niets uit. Maar zij was de enige die wist van mijn schulden. Alle details. Hoeveel ik schuldig was. En aan wie.'

'Gilmour, je had me verteld dat je het tegen niemand gezegd had. Dat heb je bij hoog en bij laag gezworen.'

'Maar dit is niet zomaar iemand. Dit is een therapeut. Dat zijn net priesters. Die hebben regels. Ze mogen niemand iets doorvertellen wat hun cliënten hebben gezegd. Die sessies zijn strikt vertrouwelijk.'

'Die hele toestand waar je nu midden in zit, denk je nou echt dat daar lui achter zitten die zich aan de regels houden?'

Gilmours blik zakte af naar het tafelblad. 'Nee. Maar dat is de reden waarom ik niet aan haar had gedacht. Of in elk geval, nu pas.'

'Dr. Martin heeft informatie gebruikt die ze tijdens haar sessies met jou te weten was gekomen. Die heeft ze gegeven, of verkocht, aan iemand die daar misbruik van kon maken. Zou ze datzelfde gedaan hebben met Patten, denk je?'

‘Dat moet haast wel. Ik wil wedden dat de gast die mijn schuld heeft afbetaald ook iets over Patten wist, en dat hij haar daarmee heeft gedwongen om mij in dienst te nemen.’

‘Dat klinkt aannemelijk. Zeer zeker de moeite waard om nader te onderzoeken.’

Sabrina Patten had Gilmour verteld dat ze om twaalf uur van kantoor vertrok, dus zocht hij haar gegevens op in haar telefoon. Een adres in Roland Park. Dat was te ver om te lopen, dus ging Gilmour voor naar zijn auto en startte de navigatieapp op zijn telefoon. De computerstem gaf hem aanwijzingen die leidden naar een brede straat met aan weerszijden grote huizen. Ze stonden een eind van de weg af met keurige gazons, rijen volgroeide bomen en bloemperken vol planten en struiken. Alle huizen hadden een garage – minstens een dubbele – en een lange oprit, maar toch stonden er nog best veel auto’s langs de weg geparkeerd. BMW’s. Audi’s. Een paar Jaguars en nog wat andere waarvan Reacher aannam dat het dure, populaire merken waren.

Pattens huis was kleiner dan dat van haar buren. Boven de voordeur zat een afdakje, in de hemelsblauwe houten voorgevel blonken witte raamkozijnen en op de nok van het steile puntdak zat een windvaan in de vorm van een haan.

Gilmour klopte aan. Geen reactie. Hij maakte aanstalten om terug te lopen naar de auto, maar Reacher deed een stap naar voren. Hij bonsde op de deur zoals hij had gedaan toen hij bij de militaire politie zat. Geen aarzelend *Is er iemand thuis?* Maar een geblaft *Naar buiten. Nú.*

Binnen klonken lichte voetstappen in de gang en de deur ging een stukje open. De kier werd maar vijftien centimeter breed, want de deur zat op een goudkleurige ketting en kon niet verder open. Patten tuurde naar haar bezoekers, deels nieuwsgierig, deels verbaasd.

Gilmour drong zich langs Reacher en hield Pattens telefoon omhoog. Hij vertrok zijn gezicht in een glimlach die er naar hij hoopte vriendelijk uitzag, en zei: 'Hallo. We komen deze even terugbrengen.'

Meteen keek Patten argwanend. 'Waar heb je die vandaan? Hoe wist je dat hij van mij was? En hoe kom je aan mijn adres?'

Gilmour hief zijn handen in een gemaakt gebaar van overgave. 'Ik kan alles uitleggen.' Hij pakte zijn eigen telefoon en haalde de foto tevoorschijn van de man die zijn schuld had afbetaald. Die hield hij Patten voor.

Alle kleur trok weg uit haar gezicht. Even leek het of ze onwel werd. 'Ik snap het niet,' zei ze. 'Ik heb alles gedaan wat hij zei. Waarom...'

Gilmour vroeg: 'Heeft hij je gechanteerd om mij aan te nemen?'

'Hoe ben je daarachter gekomen?'

'Ben jij cliënt van dr. Alyssa Martin?'

'Daar wil ik het niet over hebben.'

Patten probeerde de deur dicht te duwen, maar Gilmour zette zijn voet op de drempel. Hij zei: 'Dat hoeft ook niet. De details boeien me niet. Maar luister even, als je wilt. Dezelfde mensen die jou gechanteerd hebben, doen dat ook bij mij. Ik ben een mede-slachtoffer. En bovendien is er iets ernstigs aan de hand. Iets waardoor mijn neefje gevaar loopt. Groot gevaar. Dus mogen we heel even binnenkomen om te praten? Ik heb echt je hulp nodig. En wie weet, misschien kan ik jou ook helpen.'

Patten zweeg even. Ze bleef roerloos staan. Toen knikte ze, maakte de ketting los en trok de deur open. Ze streek haar blouse glad over haar maag, draaide zich om en ging hun voor, de gang door naar de keuken. Die lag aan de achterkant van het huis, met uitzicht op de tuin, met een gazon en nog meer bomen. Een dubbele openslaande deur gaf toegang tot een natuurstenen terras. De kastjes waren glanzend wit met een grijs granieten aanrecht en alle apparatuur was van roestvrij staal. Patten opende de vaatwasser, pakte er drie glazen uit en vulde die met water uit een tappunt in de deur van een reusachtige koelkast. Ze zette de glazen op een rijtje op het kookeiland midden in de keuken en nam Reacher toen van top tot teen op alsof hij iets in een dierentuin was. 'Wie ben jij?' vroeg ze.

'Een vriend,' antwoordde Reacher.

Hoofdschuddend richtte Patten haar blik op Gilmour. 'Die hele vertoning vanochtend. Al die vragen. Je was aan het vissen. Wilde je erachter komen of ik contact had met de man op de foto?'

Gilmour knikte. 'Weet jij hoe hij heet?'

'Nee.'

'Hoe ben je met hem in aanraking gekomen?'

'Hij stond hier op een keer zomaar op de stoep, net als jij nu. Hij wist dingen over me. Privédingen. Hij zei dat hij die op alle sociale media zou zetten als ik niet deed wat hij zei. Dan was het afgelopen met me. Dan zou ik me van kant moeten maken.'

'De dingen die hij wist...'

'Die vertel ik niet. Vergeet het maar.'

'Dat vraag ik ook niet van je. Mijn enige vraag is, had hij die informatie van dr. Martin?'

Patten nam een grote slok water. 'Dat moet haast wel. Ik voel me zo bedrogen. Als je je therapeut niet meer vertrouwen kunt, wie dan wel?'

Reacher vroeg: 'Weet je zeker dat die informatie afkomstig was van dr. Martin? Kan die gast die jou onder druk kwam zetten er op een andere manier aan gekomen zijn?'

Patten zette haar glas weer neer. 'Beslist niet. Want ik heb het aan niemand anders verteld.'

'Niet aan je vriendinnen? Je familie?'

'Als ik dat had gedaan, zou de helft mijn vriendin niet meer zijn. En mijn familie zou me verstoten.'

'Hou je een dagboek bij?'

'Daar ben ik op mijn dertiende al mee opgehouden.'

‘Heb je naslagwerken uit de bibliotheek geleend over… je situatie? Of er iets over gekocht bij een boekwinkel?’

‘Nee. En ik heb het ook niet gegoogeld of aan Siri of Alexa gevraagd.’

Reacher keek Gilmour met opgetrokken wenkbrauwen aan. Gilmour schudde zijn hoofd. ‘Ben je met de therapie opgehouden nadat dit gebeurde?’

‘Nee, voor die tijd al,’ antwoordde Patten.

‘Hoe was je bij dr. Martin terechtgekomen?’

‘Mijn broer was ruim een jaar geleden bij haar geweest. De rechter had hem naar haar toe gestuurd voor een evaluatie. Hij had rottigheid gehad met drugs, die sukkel. Hij had helemaal niets aan dr. Martins getuigenis, maar hij zei dat hij zich wel beter voelde door zijn bezoeken aan haar. Dat er minder kans was op een terugval, mocht hij ooit kans zien af te kicken. Dus vond ik dat ik het ook maar eens moest proberen.’

‘Dus je bent gestopt met de therapie, maar een tijdje later stond die kerel plotseling bij je op de stoep en zei dat je Gilmour in dienst moest nemen?’

‘Precies.’

‘Was dat de eerste keer dat je hem zag?’

‘Ja.’

‘Kun jij zelf op de een of andere manier contact met hem opnemen?’

‘Nee. Ik heb geen naam, geen nummer, geen e-mail. Alleen het dreigement, en een opdracht. Meer niet.’

‘Heeft hij sindsdien nog contact opgenomen?’

Patten zweeg even en zei toen: ‘Nog één keer. Een paar dagen later. Toen moest ik behalve Gilmour nog iemand in dienst nemen.’

‘Voor dezelfde baan?’

Ze schudde haar hoofd. ‘Nee. Als bewaker.’

‘Ook zo’n loser zonder ervaring?’

Patten wierp een verontschuldigende blik op Gilmour.

'Nee. Deze gast had prima kwalificaties. Ik weet nog dat ik dacht: waarom doe je zo moeilijk met die dreigementen en zo? Die vent was toch wel aangenomen.'

'Hoe heet hij?'

'Arlon James.'

Gilmour dacht even na en schudde toen zijn hoofd. 'Ken ik niet.'

'Hij werkt parttime. Meestal nachtdiensten, geloof ik. Bij de Seagirt-terminal.'

'Die moeten we spreken,' zei Reacher. 'Kijken wat hij voor ze moet doen. Waarschijnlijk mensen en apparatuur binnenlaten zonder dat dat in de boeken komt, maar dat moeten we wel zeker weten.'

'Dat kun jij doen. Ik niet.' Patten keek naar Gilmour. 'Wat moest jij voor ze doen?'

'Informatie geven,' zei Gilmour.

'Waarover?'

'Over een inkomende zending. Wanneer die arriveert.'

'Waarom?'

Gilmour gaf geen antwoord.

'O. Zijn ze bezig een overval te plannen?'

'Daar ziet het wel naar uit,' zei Gilmour.

'Waaruit bestaat die zending?'

'Weten we niet.'

'Wie is de eigenaar?'

'Weten we ook niet.'

'Gaan jullie die diefstal verhinderen?'

'Dat is wel het plan, ja.'

'Je zei dat je neefje in gevaar verkeert. Hoezo heeft hij hiermee te maken?'

'Ik heb geprobeerd ze nee te verkopen. Maar ze hebben me weer bij de les gekregen door hem te bedreigen.'

Patten zweeg even en zei toen: 'Hoor eens. Ik weet dat het raar klinkt, maar laat me even. Afzonderlijke containers worden niet bewaakt. Je kunt zonder iemand een haar te krenken de complete inhoud jatten, zeker als je zelf een mannetje bij de poort hebt zodat ze erin en eruit kunnen. De eigenaars zijn verzekerd. Die kost het geen cent. Als we het alarmnummer bellen, kan de politie denk ik niet eens voorkomen dat er iets gebeurt, dus waarschijnlijk heeft het weinig zin dat te doen. Maar er kleeft wel een nadeel aan. Want als we bellen, komt er een politieonderzoek. Dan worden we allemaal tegen het licht gehouden. Dan zeggen ze dat we medeplichtig zijn of iets in die geest. En dan gaan ze in onze levens zitten spitten. Wat betekent dat ze erachter komen waarmee die vent me wilde chanteren, en dat wil ik echt, écht niet hebben. Bovendien moeten we aan je neefje denken, als hij in gevaar verkeert. Dus ik stel voor dat we niets doen.'

'Dat is geen optie,' zei Reacher.

'Hoezo niet? Denk er even over na. Dan zie je dat er iets in zit.'

'Zo simpel is het niet. We kunnen niet zomaar negeren waar die gasten mee bezig zijn. Maar we doen ons best om te zorgen dat jouw geheim niet naar buiten komt, dat beloof ik. Dus bedankt voor het water en voor je hulp. Wij moesten maar weer eens gaan.'

Reacher liep al naar de deur en Gilmour ging achter hem aan.

'Wacht even,' zei Patten. Ze dacht even na. 'Gaan jullie nu naar dr. Martin?'

Reacher gaf geen antwoord.

'Dat zal wel. Zij is de link met de man die ons chanteert.'

Reacher knikte. 'Dat is zo. We moeten haar spreken.'

'Wacht even, dan pak ik mijn tas.'

'Hoezo?'

'Ik ga mee.'

'Geen sprake van.'

'Jawel.'

'Je hebt al geholpen met...'

'Ik ga mee. Het zit er dik in dat mijn hele bestaan tot de grond toe affikt dankzij dr. Martin, dus voor dat gebeurt ga ik dat mens een gruwelijke knal voor haar kop geven.' Patten nam Reacher nogmaals van top tot teen op, maar ditmaal met waardering in haar blik. 'Of ik wil er in elk geval bij zijn als jullie dat doen.'

22

Patten stond erop dat ze met haar auto gingen. Gilmour was blij toe. Hij wilde niet dat zijn eigen auto zelfs maar in de buurt van dr. Martins praktijk gezien zou worden, mocht er iemand staan te kijken, en er was geen tijd om zijn huurauto te gaan halen. Reacher maakte het allemaal niet uit. Hij kroop op de achterbank van Pattens auto, een zilvergrijze Lexus met alle deukjes en krasjes die je oploopt door vijf jaar rondrijden en parkeren in de binnenstad. Overdwars in de auto gezeten spaarde hij zijn krachten voor wat er komen ging.

De eerste paar minuten zei niemand iets, daarna wierp Patten een blik op Gilmour en zei: 'Hadden we eerst moeten bellen? Om te kijken of ze er is? Misschien is dit pure tijdverspilling.'

Gilmour schudde zijn hoofd. 'Het is goed dat we niet gebeld hebben. Ze zal beseffen dat we hebben uitgevogeld dat zij ons verraden heeft. En dan zou ze ons dus nooit ontvangen.'

'Ook weer waar.'

'En we willen haar niet alarmeren. Stel dat ze verdwijnt, of haar trawanten vertelt dat ik dwarslig. Dan komt mijn neefje in gevaar.'

'Dus hoe pakken we het aan om haar te spreken te krijgen? We hadden hierover moeten nadenken. Als ze ons herkent – en dat zit er dik in – kan ze haar deur op slot doen. Iemand bellen. Alarm slaan.'

Reacher boog zich naar hem toe. 'Ik ga wel,' zei hij.

'Jij?' vroeg Patten. 'Onmogelijk. Niet rot bedoeld, maar na één blik op jou drukt ze op de alarmknop, als ze die heeft. Of ze belt de politie, als haar receptioniste dat nog niet gedaan heeft.'

'Ik zeg gewoon dat ik een nieuwe cliënt ben.'

'Daar trapt ze nooit in,' merkte Gilmour op.

'Hoezo niet?'

'Jij komt niet bepaald over als therapievriendelijk.'

'Dat hoeft ook niet. Ze heeft voortdurend te maken met misdadigers. Mensen met allerhande verslavingen. En veteranen.'

'En dus?'

'Dus wil ze niet het risico lopen doorverwijzingen van de rechtbank of de Veterans Administration mis te lopen. Ze ontvangt me, zeker weten.'

'Het is te hopen. Hier mag ze niet mee wegkomen. Wat dat mens op haar geweten heeft...'

'Als ze het inderdaad gedaan heeft, komt ze er niet mee weg, daar zorgen we voor. Maar we moeten niet op de zaken vooruitlopen. We hebben geen idee hoe zij in het plaatje past. Misschien is ze zelf ook slachtoffer, wordt zij ook gechanteerd.'

'Dat betwijfel ik. Dat mens heeft ons verlinkt. Maar... oké. Ik zal nog niet oordelen. Tot we haar gesproken hebben. Al moet ze wel met een heel goed verhaal komen wil ze mij overtuigen.'

Dr. Martins praktijk was in Canton, net ten noorden van de rivier de Patapsco. Langs de hele straat lag een smal park, met grasveldjes en speelplaatsen, en tussen het groen en het verkeer stond een sierlijk ijzeren hek. Tegenover het park stond een hele rij huizen; de meeste telden een aantal verdiepingen en waren rond het begin van de twintigste eeuw gebouwd, wat te zien was aan de ingewikkelde metselpatronen en de uitstekende hoek- en sluitstenen hoog aan de muren. De meeste waren in pasteltinten geschilderd. Op de begane grond zaten vrijwel alleen bars, eethuisjes en boetiekjes. Aan de gevels hingen vrolijk gekleurde markiezen met de naam van de zaak in helderwitte opschriften. Dr. Martins praktijk zat op een hoek, op de eerste verdieping boven een makelaar. Patten stopte vijftig meter verderop. Reacher opende het portier, hees zich overeind en stapte uit. 'Tot zo,' zei hij.

Reacher was buitengewoon snel terug, na drie minuten al. Hij kwam met grote passen naar buiten en liep op de auto af. Bij Gilmours portier bleef hij staan. Gilmour liet het raampje zakken en zei: 'Was ze er niet? Of zat er al een cliënt binnen? Ik hoor geen sirenes...'

'Heb je een foto van dr. Martin?' vroeg Reacher.

'Weet ik niet. Hoezo?'

'Jij maakt van iedereen foto's. Heb je er een van haar, ja of nee?'

Gilmour pakte zijn telefoon en begon door zijn foto's te scrollen. 'Ja. Hebbes.'

'Laat eens zien.'

Gilmour gaf Reacher de telefoon. Reacher keek even en gaf het toestel terug.

'Waarom wilde je haar foto zien?'

'Ter bevestiging.'

'Van wat?'

'Dat de vrouw op de vloer in de spreekkamer inderdaad dr. Martin is.'

'En waarom ligt ze daar? Doet ze nu ook al aan meditatie? Yoga?'

'Dr. Martin doet helemaal niets meer. Ze is dood.'

Reacher stapte weer in, keek Patten via de binnenspiegel aan en zei: 'Jij kunt maar beter opstappen, Sabrina. Gilmour en ik moeten dadelijk iets volstrekt illegaals doen. Dr. Martin is doodgeschoten. Eigenlijk zouden we meteen het alarmnummer moeten bellen, maar dat gaan we niet doen. We gaan haar kantoor doorzoeken. Als ze ons betrappen, krijgen we een reeks buitengewoon lastige vragen voor onze kiezen. Van het soort dat tot jaren achter de tralies kan leiden. Daar wil jij niet bij zijn.'

Patten draaide zich naar hem om. 'Niet te geloven dat ze dood is. Weet je het zeker?'

Reacher knikte.

Patten beet op haar onderlip. 'Ik voel me verschrikkelijk. Ik heb net nog van die vreselijke dingen gezegd. Toen ik zei dat ik haar een gruwelijke knal...'

'Mensen gaan niet dood alleen maar omdat je dat wenst. Dit komt niet door jou.'

'Tja...'

'Maar je moet wel weg. Nu meteen. Hoe langer we wachten, hoe gevaarlijker het wordt.'

Patten huiverde. 'Ligt haar lijk er nog? Heb je het echt gezien?'

Reacher knikte.

'Is het, zeg maar, helemaal bloederig en akelig?'

'Tja, ze is wel doodgeschoten,' zei Reacher.

Patten verbleekte zo mogelijk nog iets meer. 'Daar wil ik niets mee te maken hebben. Sorry.'

'Daar hoef je geen sorry voor te zeggen. Maar je moet wel weg. Nú. Als de politie komt opdraven, kun je hier beter niet bij betrokken raken.'

'Ik ben er al bij betrokken, ik zit er tot over mijn oren in.' Even kneep ze haar ogen dicht en probeerde rustiger adem te halen. 'Die spreekkamer kan ik niet in. Niet met haar lijk daar. Maar helpen kan ik wel. Ik kan hier blijven staan. Op de uitkijk. De straat in de gaten houden. De ingang van het gebouw. Als de politie arriveert voordat jullie weer buiten zijn, kan ik jullie waarschuwen.'

Reacher dacht daar even over na en zei toen: 'Dat is wel een goed idee.'

'En nadien kan ik jullie ergens afzetten. Ik heb alleen één verzoek. Dr. Martin hield verslagen bij. Ze maakte aantekeningen tijdens onze sessies. De mijne mag niemand inzien. De politie niet, de pers niet, niemand. Kunnen jullie daarnaar op zoek als jullie daar toch zijn? En ze aan mij geven? Als je ze maar niet leest. Dat moet je beloven.'

Reacher schudde zijn hoofd. 'Ik kan jouw dossier niet meenemen, Sabrina. Zodra de politie merkt dat er een dossier ontbreekt, wordt die persoon verdachte nummer één. Dan krijg je binnen de kortste keren de politie op je dak. Maar maak je geen zorgen. Baltimore is groot. Dr. Martin moet honderden cliënten gehad hebben. Er staat van alles in die dossiers. En wat jij ook gedaan hebt, de politie heeft dat vast eerder gezien.'

'Misschien.'

'Geloof me.' Reacher keek naar Gilmour. 'Ben je zover?'

Gilmour opende zijn portier. 'Geef me twee minuten. Even wachten. Ik kom zo terug.'

Gilmour verdween een drogisterij in, een paar panden verderop. Zes minuten later kwam hij weer naar buiten, met in elke hand twee plastic boodschappentassen. Hij stapte weer in, haalde er twee douchemutsen uit en gaf er een aan Reacher. Daarna dumpte hij de rest van de inhoud op de vloer van de auto.

'Wat is dat allemaal?' informeerde Patten.

'Shampoo. Douchegel. Tandpasta. Dat soort dingen,' antwoordde Gilmour.

'Waarom dump je dat in mijn auto?'

'Omdat ik het niet nodig heb. Ik gooi het straks weg, tenzij jij er belangstelling voor hebt?'

'Eh, nee. Maar waarom heb je het dan gekocht?'

'Als camouflage. Ik had alleen die douchemutsen nodig,

maar als ik daar gewoon twee van gekocht had? Veel te specifiek. Zoiets herinneren ze zich bij de kassa, als de politie later komt vragen. Maar een berg doodnormale douchespullen? Dat valt niet op. En ik wilde trouwens ook vier tasjes hebben. Het zou raar staan als die niet allemaal vol waren.'

'Hoelang heb jij bij dr. Martin gelopen?'

'Ik heb het twee keer de kans gegeven. Bijna een week.'

'Misschien had je het toch iets langer moeten volhouden.'

In de hoek van de lobby in dr. Martins gebouw zat op ooghoogte een ranke, witte beveiligingscamera waarmee de ingang in de gaten gehouden werd. Aan de achterkant bungelde een dun draadje. Gilmour trok even aan Reachers mouw en wees ernaar. 'Heb jij dat gedaan? Dat ding losgekoppeld?' vroeg hij.

Reacher schudde zijn hoofd.

'Het is sowieso een goedkoop lor. Een doe-het-zelf-webcam. Die hoef je niet eens uit te pluggen. Je zet gewoon de wifi uit. Dan heb je in één ruk alle camera's van het hele netwerk eraf.'

Reacher geloofde hem op zijn woord, maar bedacht dat hij, als hij iets stiekems van plan was, toch liever een echte stekker eruit zou trekken.

Ze liepen verder de trap op en Gilmour wees naar een tweede camera, die de hele gang bestreek. 'Ook losgekoppeld.'

Reacher ging hem voor naar de praktijk van dr. Martin, maar toen ze vlak bij de deur waren, bleef Gilmour staan. Hij zette zijn douchemuts op en gebaarde dat Reacher dat ook moest doen. Daarna gaf hij Reacher twee van zijn plastic boodschappentassen. 'Voor aan je voeten...'

Reacher stak zijn voeten een voor een in de tassen, voorzichtig om ze niet te scheuren. Ze pasten maar net.

Gilmour haalde een rol ducttape uit zijn rugzak, scheurde een lange sliert af en gaf die aan Reacher. 'Om de tassen vast te tapen. En de douchemuts. Het doet straks wel pijn als je het lostrekt, maar dat is altijd nog beter dan levenslang zonder kans op vervroegde vrijlating als je een stel haren achterlaat.' Gilmour zocht weer even in zijn rugzak en haalde er twee paar latexhandschoenen uit, van het soort dat in de operatiekamer wordt gebruikt.

Reacher probeerde er een aan te trekken, maar die scheurde meteen. Ook de tweede bezweek.

Gilmour haalde even zijn schouders op. 'Dan kom je gewoon nergens aan. Stop je handen maar in je zakken.'

Reacher deed met zijn elleboog de deur open en liep de receptie van dr. Martins praktijkruimte in. Daar stond een bureau met een telefoon en een computer, en daarachter een stoel voor de receptioniste. Er lag een jute kleed op de vloer met aan weerszijden een smalle bank met beige ribfluwelen kussens. Daartussenin een glazen salontafeltje met stalen poten. De meubels stonden symmetrisch voor het raam, en boven beide banken hing een schilderij met een Engels landschap. De gordijnen waren dicht en er hing een soort chemische bloemengeur.

'Was de receptioniste normaal gesproken aanwezig als jij op je afspraak kwam?' vroeg Reacher.

'Beide keren,' zei Gilmour. 'Je kon niet naar binnen als zij niet eerst je identiteit had gecontroleerd, en je kon pas weg als ze had geprobeerd je te strikken voor een vervolgafspraak.'

'We moeten haar spreken. Uitzoeken waarom ze vandaag niet op haar plek zat.'

Reacher liep naar een binnendeur. Hij bukte zich en duwde met zijn elleboog de klink omlaag. Gilmour zocht even in zijn rugzak, pakte zijn pistool en liep achter Reacher aan naar binnen.

23

Een wand van dr. Martins spreekkamer bestond helemaal uit kamerhoge ramen, acht in totaal. Er hingen jaloezieën voor, naar boven gedraaid, maar niet helemaal dicht; niet al het licht werd tegengehouden, maar iemand die vanaf de stoep of de overkant van de weg naar binnen probeerde te kijken, kreeg alleen het plafond te zien. De kamer bestond uit twee verschillende zones. Het gedeelte het verst van de deur was de zakelijke hoek. Er lag een donkerblauw kleed op de vloer, met daarop een verchroomd bureau met glazen blad en een bureaustoel. Tegen de achterwand stond een rij dossierkasten met elk twee laden. Daarboven hingen vier ingelijste diploma's. Op het bureau tussen dr. Martins computer en haar vaste telefoon lagen enkele dossiermappen met ezelsoren, en op een onderzetter stond een halflege mok koffie.

Het gedeelte dichter bij de deur was vriendelijker en informeler, een soort huiskamer. Het kleed was hemelsblauw. Twee blauwgroene banken van zachte stof stonden tegenover elkaar, met nog een salontafel ertussen – deze was van hout, en er lagen wat tijdschriften op – en aan één kant een versleten leren leunstoel. Tegen de muur erachter stonden hoge boekenkasten. De planken waren voornamelijk gevuld met romans en poëziebloemlezingen, met daartussen ook een paar ornamenten en beeldjes. Reacher zag een doosje Kleenex achter een kruik in Griekse stijl uit piepen. Het stond binnen een armlengte van de stoel. Hij vroeg zich af hoe vaak er gebruik van werd gemaakt.

Gilmour keek naar het meubilair en zei: 'De banken zijn voor de cliënten. Je mag zelf kiezen. De stoel is voor de therapeut.'

Het lichaam van de therapeut lag ruggelings onder de rij ramen, de voeten naar het bureau gericht, het hoofd naar de deur. Haar haar was diepkastanjebruin. Het zag eruit alsof het in een staart had gezeten, maar tijdens haar val was losgeraakt. Nu lag het als een rafelig, roestig aureool rond haar gezicht. Haar ogen waren dicht. Haar armen lagen tegen haar lichaam en haar benen waren gestrekt. Ze droeg witte gympen, een lichte spijkerbroek met een hoge taille en een blauwe blazer. Haar blouse was wit. Midden in haar borst zat een gat van bijna tien centimeter doorsnee en daaromheen was nog een paar centimeter rood verkleurd. Er hing een geur van koper. Reacher en Gilmour bleven even zwijgend naar het lichaam kijken, alsof ze de verplichting voelden haar de laatste eer te bewijzen. Gilmour zag haar als een gesneuvelde vijand, maar Reacher was nog niet zeker van zijn oordeel.

Gilmour stak zijn wapen achter zijn broeksband en zei: 'Verdomme, als we hier een uur eerder waren geweest...'

'Maar dat waren we niet. Waar is haar tas?'

Gilmour keek om zich heen. 'Nergens te zien. De moordenaar heeft hem vast meegenomen. Ik ga even iets proberen.' Hij liep naar de andere kant van het bureau, drukte op de spatiebalk van het toetsenbord en nam het toen mee naar Martins lichaam. Hij hurkte neer en hield haar rechterwijsvinger tegen een sensor rechtsboven op het toetsenbord. Daarna liep hij snel terug en keek op het scherm. Hij klikte een paar keer en zei toen: 'Er staat niets in haar agenda. Ze was niet met een cliënt bezig. In elk geval niet iemand die een afspraak had. Dus, heeft haar man het gedaan? Een minnaar? Of was het een uit de hand gelopen beroving?'

‘Ze draagt geen trouwring,’ zei Reacher. ‘Het kan een minnaar of een inbreker geweest zijn, maar dat betwijfel ik.’

‘Waarom?’

‘Heb je weleens van Willem van Ockham gehoord?’

‘Nee. Wie is dat?’

‘Was. Een filosoof. Geboren in de dertiende eeuw, gestorven in de veertiende. Hij is beroemd geworden dankzij een principe dat hij heeft bedacht. De mensen noemen dat principe het Scheermes van Ockham. Het komt erop neer dat als er meerdere verklaringen voor iets zijn, je moet uitgaan van de eenvoudigste, tenzij je bewijs hebt van het tegendeel. Artsen gebruiken het om te helpen bij het stellen van diagnoses. Hun versie luidt: “Als je hoefslagen hoort, denk dan aan paarden, niet aan zebra’s.” Dus, wat weten we? Martin verraadde haar cliënten. Buitte ze uit. Verpestte mogelijk hun levens. Met andere woorden, een ijzersterk motief voor moord. Daarom zijn wij hierheen gekomen. Ockham zou zeggen dat degene die haar heeft vermoord om dezelfde reden hier was.’

‘Wij kwamen niet om haar te vermoorden.’

‘Degene die dat wel heeft gedaan, was het ook niet van plan.’

‘Hoezo?’

‘Kijk eens naar haar borst. Dat is een uitgangswond. Ze is van achteren neergeschoten. De dader stond verder van de deur af dan zij. Als ze achter haar bureau of in haar stoel had gezeten, had ik me kunnen voorstellen dat er iemand binnen is komen lopen en haar heeft geëxecuteerd. Maar deze persoon is haar voorbijgelopen. Hij of zij was aan de andere kant van de kamer, misschien op zoek naar iets in haar bureau of de dossierkasten. Dr. Martin kwam toen ofwel net binnen en probeerde meteen te vluchten, of de dader probeerde haar medewerking af te dwingen en ze deed een poging om weg te komen zodra ze een kans zag. Onze dader raakte in paniek en haalde de trekker over. Daarna draaide hij haar om, waarschijnlijk om haar vitale functies te controleren en te zien of ze nog gered kon worden. En toen dat duidelijk niet zo was, deed hij haar ogen dicht. Dat wijst op spijt. Of duidt er in elk geval op dat moord niet de intentie was.'

'Het zal wel. Oké, dus we zoeken een cliënt van haar. Hoe komen we erachter welke?' Gilmour keek op zijn horloge. 'En hoe doen we dat snel?'

'We beginnen met de dossiers. Kijk of er gaten zitten tussen de dossiers die nog in de laden zitten. Degene die dit heeft gedaan, was goed georganiseerd. Hij heeft de camera's uitgeschakeld en kijk eens naar de muur.' Reacher wees naar een plek naast de deur. Daar zat een gat in het pleisterwerk ter grootte van een ei. 'Hij heeft de kogel en de patroonhuls meegenomen. Hij heeft niet de moeite genomen zich van het lichaam te ontdoen, wat inhoudt dat de politie het zal vinden en onderzoeken. Het meest voor de hand liggend is dus dat hij verder alles heeft weggehaald dat hem met het slachtoffer in verband kon brengen.'

'Ik ga meteen aan de slag.'

Gilmour begon aan de la met A erop en werkte verder omlaag en naar rechts. Reacher pakte een dot Kleenex-doekjes uit het doosje in de boekenkast om zijn vingertoppen te bedekken, begon bij Z en werkte omhoog en naar links. Bij de G kwamen ze elkaar tegen.

'Hoeveel ontbreken er bij jou?' vroeg Reacher.

'Vier.'

'Ik heb drie lege plekken gevonden.'

Reacher draaide zich om naar de dossiermappen op het bureau, pakte de bovenste op en controleerde de naam. YUNGBLUT. 'Dat is er een van mij,' zei hij.

De andere dossiermap was van een cliënt die Andersen heette. Gilmour wees ernaar en zei: 'En eentje van mij. Dan blijven er nog vijf over. Hoe brengen we die terug tot één?'

'Bevatten computers adresboeken, net als telefoons?'

‘Sommige. Waarom?’

‘Patten had de gegevens van dr. Martin. Misschien hield dr. Martin ook de adresgegevens van haar cliënten bij. Voor correspondentie. Facturering. Dat soort dingen.’

‘Slim.’ Gilmour opende een van de dossierladen. ‘De eerste lege hangmap zit tussen Carragher en Charles.’ Toen draaide hij zich om naar dr. Martins computer en klikte op Contactpersonen. De app opende bij de gegevens van dr. Martin zelf, dus Gilmour scrolde naar de C. Even later zei hij: ‘Gevonden. James Chaplin. Er zit niemand anders tussen Carragher, hem en Charles. Ik heb hier een notitie met… O, Chaplin heeft het niet gedaan. Hij is overleden. Oké, wie is de volgende?’

Gilmour herhaalde het proces nog vier keer en kon drie van de vier ontbrekende dossiers verklaren. Eén cliënt was naar Cincinnati verhuisd. Een andere was naar een andere therapeut overgestapt. En eentje was helemaal gestopt met therapie. Dr. Martins notitie maakte duidelijk dat ze dat een heel slecht idee vond.

Gilmour liet de muis los, rechtte zijn rug en zei: ‘Er is één naam die ik niet kan vinden. Er zit een gat in de la tussen Jung en Kay. En op de computer staat er niemand tussen hen in. Dus ofwel er ontbreekt geen dossier en er zit gewoon een hangmap te veel in de lade, of degene die we zoeken is pienter. Hij vermoedde wellicht dat zijn naam in de elektronische contactenlijst van de dokter stond, heeft die dus gewist plus het fysieke dossier gestolen. En we kunnen er niet achter komen welke naam er ontbreekt.’

‘Je had mijn foto verwijderd en hem daarna teruggehaald. Kun je dat ook doen met een naam die in het adresboek heeft gestaan?’

‘Niet hier. Niet zonder speciale software. We zouden haar telefoon kunnen proberen, maar die is nergens te zien. Hij moet in haar tas hebben gezeten.’

‘Wat…’

Gilmours telefoon ging over. Hij haalde hem tevoorschijn en drukte op Luidspreker. Meteen riep Patten: 'Politie! Ze zijn hierbuiten.'

'Blijf aan de lijn,' zei Gilmour. Hij haastte zich achter Reacher aan, die al op weg was naar de deur. 'Vertel ons wat ze doen.'

24

Reacher bleef in de deuropening staan, draaide zich om en keek de kamer rond. Tevredengesteld stapte hij de receptie in. Gilmour keek ook achterom en hield toen in. Hij pakte Reacher bij zijn arm en wees naar dr. Martins bureau. 'Kijk!'

'Waarnaar?' vroeg Reacher.

'De computer. Zie je dat kabeltje aan de achterkant? En het kastje dat eraan hangt, ter grootte van een pakje sigaretten?'

'We hebben geen tijd voor...'

'Dat is een externe harde schijf.' Gilmour sprak zacht en snel, als een veilingmeester. 'Je gebruikt ze voor back-ups. Op computers zoals die van dr. Martin staat een programmaatje dat Time Machine heet. Dat slaat wijzigingen dagelijks op vaste tijden op. Maar het punt is, wanneer het een nieuwe versie van iets opslaat, wordt de oude niet gewist. Ze worden allebei bewaard. Dus stel je voor dat je aan een lang en ingewikkeld document werkt. Je brengt voortdurend veranderingen aan. Dan besluit je op een ochtend dat je niet tevreden bent over wat je gisteren hebt gedaan. Je geeft de voorkeur aan de versie van de dag ervoor. Of een week ervoor. Met Time Machine kun je daarnaar terugkeren.'

Reacher voelde de seconden wegtikken. 'Werkt dat ook met het adresboek?'

'Dat zou wel moeten.' Gilmour bracht zijn telefoon omhoog. 'Sabrina, wat gebeurt daar?'

'Er is nog een politieauto gearriveerd. Hij is achter de eerste gestopt.'

Gilmour draaide zich om naar Reacher: 'Wat nu?' vroeg hij. 'Dit kan belangrijk zijn.'

'Ik pak het wel,' zei Reacher en hij liep naar het bureau.

'Je kunt het niet zomaar lostrekken.' Gilmour liep snel langs Reacher naar het bureau. 'Het is iets ingewikkelder.'

Pattens stem klonk via de telefoonluidspreker. 'De agenten uit de eerste auto zijn uitgestapt. Het zijn er twee.'

Gilmour liet zich op dr. Martins stoel vallen, maar sprong meteen weer overeind alsof hij op een punaise was gaan zitten. 'Verdomme! Dat ding staat alweer in de slaapstand.'

Pattens stem weer: 'De agenten uit de tweede auto zijn ook uitgestapt. Ook twee.'

Gilmour pakte het toetsenbord, stoof om het bureau heen naar het lichaam van dr. Martin, drukte haar vinger tegen de sensor en liep toen snel terug.

Patten: 'Ze lopen over het trottoir jullie kant op.'

Gilmour ging weer zitten, pakte de muis en begon te scrollen en klikken. Reacher liep de receptie weer in, trok de jaloezieën een beetje opzij en keek naar beneden.

Pattens stem, luider nu:' Ze zijn nog tien meter van de deur. Vijf. Ze gaan naar binnen.'

Gilmour sprong overeind en rende naar de deur. Hij botste bijna tegen Reacher op, hervond zijn evenwicht en draaide zich om. 'We moeten naar boven,' zei hij. 'De politie is al in het gebouw, dus we kunnen niet naar beneden. Daar is het te laat voor.'

Reacher pakte hem bij zijn schouder en trok hem naar achteren. 'Nee. We blijven hier.'

Reacher draaide de deur van de praktijk op slot, deed het licht uit en duwde Gilmour weer dr. Martins kantoor in. Hij deed zijn best om de binnendeur geluidloos dicht te duwen.

Ze hoorden voetstappen op de trap. Twee man. Zwaar, doelbewust, maar niet gehaast.

Gilmour fluisterde kwaad: 'Ben je gek? Wil je dat ze ons hier betrappen bij het lichaam, met deze uitdossing aan?' Hij wees naar de plastic tasjes aan hun voeten, zijn handschoenen en hun douchemutsen. 'Wil jij naar de gevangenis? Ik voel daar namelijk...'

Reacher drukte zijn vinger tegen zijn lippen en Gilmour zweeg.

De voetstappen klosten de gang door.

Pattens stem kwam weer door de luidspreker: 'Twee van de agenten staan nog steeds buiten. Ze versperren de ingang, hebben net een vrouw tegengehouden die naar binnen wilde.'

Reacher haalde zijn vinger langs zijn keel. Gilmour verbrak de telefoonverbinding.

De voetstappen kwamen steeds dichterbij. En stopten. Het klonk alsof ze voor de deur van de praktijk stonden.

Gilmour kneep zijn ogen dicht en wiegde van voor naar achter. Zijn lippen bewogen, maar er kwam geen geluid uit zijn mond.

De voetstappen gingen verder en liepen langzaam maar gestaag de volgende trap op. Het bleef een minuut stil. Twee minuten. Vier. Toen hoorden ze de voetstappen weer. Ze kwamen weer naar beneden, langzamer nu. Het klonk alsof er een derde stel voetstappen bij was gekomen. Deze bleven wat achter. Ze leken stijf, onwillig. De drie sets voetstappen bereikten de gang van de eerste verdieping. Ze naderden de buitendeur van dr. Martins praktijk. Gilmour kneep opnieuw zijn ogen dicht en hield zijn adem in. Maar de voetstappen stopten niet. Ze vertraagden niet eens, maar liepen de gang door en de trap naar beneden af. Ze klonken steeds zachter, steeds verder weg, tot ze eindelijk buiten gehoorsafstand waren.

Gilmour fluisterde: 'Hoe wist je dat?' Toen deed hij zijn ogen open. 'Wist je het echt? Je raadde er niet naar? Want...'

Reacher schudde zijn hoofd en wees naar de telefoon. Gilmour tikte op Pattens nummer en belde haar terug. Ze nam bijna meteen op. 'Waar was je? Wacht. Er gebeurt iets. Ze komen met iemand naar buiten. Het is niet Reacher. Dan moet het.... Wacht eens even, met wie spreek ik? Hoe kom je aan deze telefoon?'

'Sabrina, het is oké,' zei Gilmour. 'Ik ben het.'

'O. Juist. Nu zie ik het. Ze hebben iemand anders opgepakt. Hij is geboeid en volgens mij huilt hij. Is dat de moordenaar?'

'Geen idee wie dat is,' zei Gilmour. 'Hij heeft niets met dr. Martin te maken. Blijf jij daar rustig zitten. Laat ons weten wanneer de agenten weg zijn, dan komen we naar buiten.'

Het bleef even stil en toen vroeg Patten zacht: 'Is het heel erg, daar?'

'Ik ken leukere plekken.'

'Is de dokter echt dood?'

'Ze zal beslist geen uren meer factureren.'

'Hebben jullie iets gevonden?'

'We praten je bij wanneer we weer in de auto zitten.'

Gilmour liet de telefoon zakken en wendde zich tot Reacher. 'Hoe wist je dat nou? Ik zou die agenten recht in de armen zijn gelopen als je me niet had tegengehouden.'

'Denk even goed na,' zei Reacher. 'Als iemand het lichaam al had gevonden en de politie had gebeld, waren die agenten hier wel eerder geweest dan wij. De dokter is nog niet zo lang dood dat ze als vermist zou zijn opgegeven. Dus als de politie naar haar praktijk zou zijn gegaan, dan zou dat zijn omdat de moordenaar ze had gebeld. Vanwege een tactisch voordeel, of omdat zijn geweten hem parten speelde. Hij zou hoe dan ook niet gezegd hebben: "Ik heb het een uur geleden gedaan en ben nu ver genoeg uit de buurt." Hij zou er alleen vaag iets over hebben vermeld en de locatie hebben genoemd. Ik ben zelf op honderden anonieme telefoontjes afgegaan. Zo gaat het altijd. De agenten die hierheen kwamen, zouden hebben gedacht dat de dader mogelijk nog ter plaatse was. Ze zouden alert zijn geweest en het gebouw van twee kanten hebben benaderd, met getrokken wapen. Maar deze kerels hadden hun wapen nog in de holster zitten, dat kon ik door het raam zien. Ze waren ontspannen. Ze kwamen een onbeduidende arrestatie verrichten en waarschijnlijk kenden ze de man voor wie ze kwamen. Ze wisten dat hij niet gevaarlijk was en verwachtten geen problemen.'

'Het zal wel. Had ik het maar geweten. Ik kreeg zowat een hartinfarct.'

Pattens stem klonk weer, krachtiger deze keer. 'De kust is veilig. Beide auto's zijn weg.'

'Bedankt, we komen eraan,' zei Gilmour. Hij verbrak de verbinding, liep terug naar de dossierkasten en opende de lade met G erop.

'Wat doe je nou?' vroeg Reacher.

'Mijn dossier inzien.'

'Daar hebben we geen tijd voor.'

'Even maar. Ik ben nu zo dichtbij. Ik móét zien wat ze over me schrijft.' Gilmour haalde een dossiermap uit de la. Het dossier was maar dun en de map was stug. Die had nog geen tijd gehad om te verbleken en er zaten geen scheurtjes of vouwen in zoals bij de andere mappen die ze hadden gezien. Gilmour sloeg de map open, bladerde de pagina's door en draaide zich toen om naar Reacher. 'Het kreng,' zei hij. 'Moet je luisteren. Ze schrijft dat ik labiel ben. Paranoïde. Gemakkelijk te manipuleren. Niet te geloven. Ik wist wel dat ze een psychiater van niks was.' Hij stopte de dossiermap terug en wees naar de fotolijstjes aan de muur. 'Ik wed dat die diploma's niet eens echt zijn, dat ze ze via internet heeft gekocht. Wat een kwakzalver.'

Gilmour schoof de la dicht, stapte naar rechts en trok een andere open.

'Wat doe je nou?' vroeg Reacher.

Gilmour antwoordde niet. Hij koos een dossiermap uit en trok die omhoog.

Reacher zag welke la Gilmour had geopend – die met de P – en zei kortaf: 'Stop.'

Gilmour hield zijn hand stil en zei: 'Kom op. Sabrina hoeft het niet te weten. Het kan toch geen kwaad om even te kijken?'

'Stop het terug.'

'Wil jij dan niet weten wat er met haar aan de hand is? Het gaat vast om iets pikants. Ze doet zo geheimzinnig. En als ze op een of andere manier kwetsbaar is, kan ze een bedreiging voor ons vormen. Als dat zo is, moeten we dat weten.'

'Laat die map zitten. Doe de la dicht. En ga weg daar.'

Gilmour bleef nog even staan, maar zag de blik in Reachers ogen. Hij liet de map los, duwde met zijn heup de la dicht en liep mompelend naar de deur. 'Wie heeft jou tot haar beschermengel gebombardeerd? Je kent haar nog maar net.'

'Het maakt niet uit hoelang ik haar ken,' zei Reacher. 'Je hoort je woord niet te breken, haar vertrouwen niet te beschamen.'

'Ik kan wel horen dat jij nooit voor de inlichtingendienst hebt gewerkt.'

Reacher zette ook een stap in de richting van de deur, maar hield toen in en zei: 'Wacht, kom terug. Je hebt je handschoenen nog aan. Pak het dossier van Arlon James.'

'Wie?'

'De bewaker die Patten moest aannemen. Laten we eens kijken wat we over hem kunnen ontdekken.'

'Dus zijn dossier mogen we wel lezen, maar dat van Sabrina niet? Wat is dat nou?'

'Doe nou maar.'

Gilmour liep hoofdschuddend terug naar de dossierkasten. Hij opende die met de J erop, bladerde tussen de mappen, maar haalde er geen uit. 'Er zit geen dossier van hem in,' zei hij.

'Is het er uitgehaald? Nee, dan zou ik het gat gezien hebben toen we de laden controleerden. Kijk nog eens.'

'Dat heeft geen zin. Het ontbreekt niet. Er is geen ruimte voor vrijgehouden. Zo te zien bestaat het gewoon niet. Ik zal voor de zekerheid ook nog in het adresboek van de dokter kijken.' Hij zette de computer aan en herhaalde toen het ritueel met het toetsenbord en de vinger van dr. Martin. Hij klikte en scrolde, maar schudde toen zijn hoofd. 'Nee. Niets. Misschien heeft Sabrina de naam verkeerd onthouden.'

'Heb je de back-up ook gecontroleerd?'

Gilmour knikte. 'Ook niks.' Hij pakte zijn telefoon en belde Patten terug. 'Hoe heette die bewaker ook alweer die je na mij moest aannemen?' vroeg hij toen ze opnam.

Reacher kon haar antwoord net horen: 'Arlon James.'

'Weet je dat zeker?' vroeg Gilmour.

'Ja. Waarom?'

'We kunnen hier geen dossier van hem vinden en ik wilde even bij je checken of we de juiste naam hadden.'

'Lees je onze dossiers? Stop! Dat kun je niet...'

'Maak je geen zorgen. Ik heb het mijne bekeken, maar het jouwe niet aangeraakt. En Reacher ook niet. Toch?'

Gilmour hield de telefoon in Reachers richting en die riep: 'Precies. En dat gaan we niet doen ook.'

Gilmour hield de telefoon weer bij zijn oor, luisterde even en zei toen: 'Omdat we jou kennen. We weten hoe wij hier allebei bij betrokken zijn geraakt en waarom. Maar we weten niet hoe het met die James zit. Het zou helpen als we wisten hoe hij in het plaatje past en dat gaat sneller door zijn dossier te lezen dan door hem persoonlijk op te sporen. Dat is alles. Ik zweer het.'

Hij verbrak de verbinding, ademde luidruchtig uit en stond op.

'Zijn we klaar met die externe schijf?' vroeg Reacher. 'Of moeten we hem nog meenemen?'

'We zijn ermee klaar.'

'Hoe zit het met die andere ontbrekende persoon? Het

vijfde dossier, de naam die je probeerde te vinden toen de politie kwam.'

Er verscheen een glimlachje om Gilmours lippen. 'O ja. Die gegevens heb ik gevonden.'

'En hebben we daar iets aan'

'Als het gaat om het vinden van de naam en het adres van de moordenaar... ja, dan hebben we daar zeker iets aan.'

25

'Kathryn Kasselwood,' zei Gilmour toen Reacher en hij weer bij Patten in de auto zaten. 'Zij heeft dr. Martin vermoord.'

'Weet je het zeker?' vroeg Patten. 'Hoe weet je dat dan?'

Gilmour vertelde Patten hoe ze in het kantoor van dr. Martin te werk waren gegaan. Hij vertelde haar over de ontbrekende dossiers, de gewiste gegevens in het adresboek op de computer, en hoe hij die had teruggehaald toen hij de externe harde schijf van de dokter had gevonden.

'Kathryn Kasselwood?' zei Patten, alsof ze probeerde te bepalen of de naam klopte. 'Wie is dat?'

'We weten niet veel over haar,' zei Gilmour. 'Behalve haar adres en geboortedatum. Het ziet ernaar uit dat ze nog niet lang in Baltimore woont. Ze is zes maanden geleden verhuisd. Haar vorige adres luidde "per adres: Veterans Administration", dus ik vermoed dat ze een veteraan is. Dat is alles wat we hebben.'

Terwijl Gilmour en Patten praatten, werd Reacher overspoeld door een golf van onbehagen, een irritant gevoel in zijn achterhoofd. Het knaagde aan hem, vertelde hem dat er iets niet klopte. Het had iets met dr. Martins computer te maken. Beelden van hun zoektocht flitsten door zijn hoofd, als de scènes in een toverlantaarn. Ze bewogen snel en vloeiden in elkaar over. Hij wist dat een van deze beelden de sleutel moest bevatten, maar alles ging zo snel dat hij niet kon zien welke het probleem – wat dat dan ook mocht zijn – zou blootleggen.

Patten dacht even na over wat ze had gehoord en zei toen: 'Dus dr. Martin verraadde die Kasselwood, zoals ze ons heeft verraden. Kasselwood was ten einde raad, vermoordde dr. Martin en nam haar dossier mee om haar geheimen veilig te stellen en bij de politie buiten beeld te blijven. Maar hoe zit het dan met die man?'

'Welke man?' vroeg Gilmour.

'De man die ons chanteerde,' zei Patten. 'Waarom zou Kasselwood alleen dr. Martin vermoorden? Zou ze de klus niet willen afmaken? De chanteur ook uitschakelen? Dat zou ik namelijk doen als ik haar was.'

De stroom beelden in Reachers hoofd begon te vertragen.

Gilmour zei: 'Dat zou ze waarschijnlijk inderdaad doen, achter hem aan gaan. Hem misschien ook vermoorden. Dat kunnen we niet laten gebeuren. We moeten eerder bij hem zijn dan zij.'

'Maar hoe vinden we hem? Als Kasselwood dr. Martin aan het praten heeft gekregen voordat ze haar vermoordde...'

'We moeten naar Kasselwood. Ze moet ons vertellen wat ze van Martin te weten is gekomen.'

'En hoe vinden we haar dan?'

'Ik heb haar adres. Dat stond op Martins back-upschijf.'

De beelden in Reachers hoofd vertraagden nog verder en kwamen tot stilstand.

'Uitstekend.' Patten startte de motor, pakte haar telefoon en opende de navigatieapp.

Een van de beelden in Reachers hoofd zweefde naar voren. Het was helder en duidelijk, maar het duurde even voor hij het belang ervan inzag.

'Het is...'

Ineens zag Reacher het. 'Wacht even. Kasselwood heeft haar gegevens in het adresboek van dr. Martin gewist, nietwaar?'

Gilmour knikte.

'Wat gebeurt er als je iemands gegevens verwijdert?'

‘Niets,’ zei Gilmour. ‘Die verdwijnen gewoon.’

‘Wat gebeurt er dan op het scherm? Wat krijg je te zien?’

‘De gegevens van de volgende persoon, alfabetisch. Zoals wanneer je een bladzijde uit een fysiek boek scheurt.’

‘Dat had dan Kay moeten zijn. Dat was de naam op het dossier achter het gat waar Kasselwoods dossier eruit was gehaald.’

‘Precies. Kay. Die heb ik ook in de computer zien staan toen ik het controleerde.’

‘Waarom opende het adresboek dan met de gegevens van dr. Martin zelf toen je de computer de eerste keer uit de slaapstand haalde? Waarom niet met die van Kay?’

Gilmour zweeg even en zei toen: ‘Je hebt gelijk. Het opende met de gegevens van dr. Martin zelf. Ik heb geen idee waarom dat gebeurde. Het is niet logisch.’

‘Dr. Martin hoefde haar eigen adres niet op te zoeken. Ze wist waar ze woonde,’ zei Patten.

‘Zou er een bug in de software hebben gezeten? Misschien had ze hem niet bijgewerkt,’ opperde Gilmour.

‘Of Kasselwood heeft dr. Martins informatie opgezocht. Misschien dacht ze dat ze niet als verdachte in aanmerking zou komen als ze haar een mailtje stuurde nadat Martin overleden was. Of als ze bij het huis van de dokter opdook en ervoor zorgde dat alle buren haar zagen. Want wie mailt er iemand van wie je weet dat die dood is? Of rijdt de stad door om bij die persoon langs te gaan?’

‘Ik denk dat Kasselwood inderdaad het adres van dr. Martin wilde hebben,’ zei Reacher. ‘Het is zeker mogelijk dat ze zichzelf een alibi wilde verschaffen. Natuurlijk. Maar ik denk dat het zo is gegaan: dr. Martin gaf toe dat hetgeen wat haar in verband brengt met de chanteur in haar huis verborgen was. Niet in haar praktijk. Kasselwood wilde haar adres. Dr. Martin weigerde het te geven en probeerde te vluchten. Kasselwood schoot haar neer. Waarschijnlijk niet met opzet, maar eerder uit een reflex. Toen Kasselwood Martin daarna omdraaide, was dat niet omdat ze haar wilde proberen te redden, maar om te zien of ze nog in staat was te praten. Toen Kasselwood zag dat Martin dood was, dacht ze waarschijnlijk dat het daar te laat voor was. Maar toen herinnerde ze zich de computer. Die had ze al gebruikt om haar eigen gegevens te wissen, dus ze besefte dat ze het adres van dr. Martin daar ook op kon vinden. En dat is de reden dat dr. Martins adres nog op het scherm stond. Kasselwood had de computer als laatste gebruikt om dat te vinden.'

'Dat zou best kunnen,' zei Gilmour. 'De puzzelstukjes passen wel.'

'Als je gelijk hebt,' zei Patten, 'dan is Kasselwood niet naar huis gegaan, maar naar het huis van dr. Martin. En als ze het verband vindt met de chanteur, dan gaat ze achter hem aan. Dan kunnen wij ze geen van tweeën nog vinden.' Ze pakte haar telefoon. 'Wat is het adres van de dokter? We moeten opschieten.'

'We zijn al te laat,' zei Gilmour. 'Dr. Martin is al een uur geleden vermoord.'

'Laten we het toch maar proberen,' drong Patten aan. 'Misschien is Kasselwood niet rechtstreeks naar het huis van dr. Martin gegaan. Ze heeft die vrouw net doodgeschoten. Wie weet is ze in shock en heeft ze behoefte aan een borrel. Zelf zou ik dat zeker hebben.'

'Er is maar één manier om daar achter te komen,' zei Reacher.

'Dat is zo.' Gilmour wilde uitstappen. 'Ik loop snel nog even naar binnen voor het adres.'

'Dat is niet nodig,' zei Reacher en hij gaf Patten een adres in Fells Point.

Patten voerde het in haar telefoon in. Gilmour draaide zich duidelijk verbaasd om en zei: 'Hoe kun je dat onthouden hebben? Het stond maar een seconde of zo op het scherm. Heb je een fotografisch geheugen of zo?'

'Nee. Niets van dien aard,' zei Reacher. 'Maar het huisnummer – 10301 – is een omkeerbaar priemgetal.'

'Een wat?'

'Een priemgetal dat hetzelfde blijft als je het omdraait. Dat soort dingen vallen mij op.'

Reacher verwachtte dat het huis van dr. Martin in eenzelfde soort buurt zou staan als dat van Patten. Hij stelde zich iets pittoresks en elegants voor, met een keurig verzorgde tuin en genoeg ruimte voor een paar dure auto's. Ze vonden echter iets heel anders. Martins adres was midden in een groep oude fabrieksgebouwen, waar woningen van waren gemaakt. De hare was de enige die nog een bakstenen voorgevel had. De andere waren wit geschilderd, alsof de bewoners zich in Londen of Parijs waanden. De gebouwen liepen voor en achter tot aan de stoep – geen ruimte voor tuinen – en het terrein waar ze op stonden, was driehoekig van vorm, door het stratenplan van de aangrenzende straten. De ene kant van het gebouw was dus recht, maar de andere schuin. Een optimist zou zeggen dat het gebouw daarmee ruimte had gewonnen, dacht Reacher. Een pessimist zou van mening zijn dat het ruimte had ingeleverd.

Ze reden een keer langs de rechte kant van de gebouwen. Daar leken de hoofdingangen te zijn. De voordeur van dr. Martins woning was breed en hoog, alsof die ooit was gemaakt voor machines of andere apparatuur van aanzienlijk formaat. Aan beide kanten van de deur waren twee grote ramen met een klassieke verdeling in acht ruiten met glas-in-lood. Op beide bovenverdiepingen zaten nog eens zes ramen.

Patten keerde de auto en vond een parkeerplekje langs de stoep, waar ze goed zicht had op beide zijden van de driehoek. Reacher en Gilmour hadden een ruw plan uitgewerkt terwijl zij reed. Patten zou de wacht houden. Gilmour zou de voorkant van het huis voor zijn rekening nemen. Reacher de zijkant. Gilmour zou op de voordeur kloppen. Als er iemand thuis was, zou hij proberen zich naar binnen te kletsen. Was er niemand in huis, dan zou hij samen met Reacher aan de meer beschutte zijkant inbreken. Het was een simpele handelwijze, maar die zou moeten werken. Hoopten ze.

'Sabrina,' zei Reacher, die al één voet buiten de auto had, 'je hoeft niet te blijven. Als we moeten inbreken en de politie komt...'

'Ik blijf,' zei Patten.

'Als Kasselwood komt opduiken, kan het akelig worden. Die vrouw is tot alles in staat, dat hebben we al gezien.'

Patten draaide zich naar Reacher om en keek hem aan. 'Ik blijf. Dus hou op, dit kost alleen maar tijd. Ze zit vast allang binnen.'

26

Reacher nam de schuine zijkant van het gebouw, aangezien de gebruikelijke achtertuin ontbrak. De straat daar was smaller, eerder een steegje. Hier en daar stonden groepjes vuilnisbakken en bij alle ramen op de begane grond waren de gordijnen dicht, vast om privacyredenen. Aan deze kant van dr. Martins huis zat een kleinere deur. Eerder geschikt voor mensen dan voor machines. Ernaast was een nis. Reacher had geen idee wat daar oorspronkelijk de bedoeling van was geweest, maar hij maakte zich er niet al te druk om, want het was een ideale plek om te wachten.

Gilmour verscheen binnen twee minuten, door het steegje, niet door het huis. Hij hijgde, zijn mondhoeken wezen omlaag en hij fronste.

Reacher kwam de nis uit en zei: 'De deuren zien er stevig uit. Onze beste gok is een van de ramen.'

Gilmour schudde zijn hoofd. 'Vergeet het maar. We gaan niet naar binnen. Het is te laat. Ze is hier al geweest. Kasselwood. We moeten maken dat we wegkomen.'

'Is ze hier geweest? Hoe weet je dat?'

'Er was iemand thuis.'

'Heb je die persoon gesproken?'

'Dat kon niet. Geen idee wie het was, maar hij is dood. Als hier een verband te vinden was tussen Martin en de chanteur, dan moet Kasselwood daarvan het bewijs hebben gevonden.'

'Heb je die dode kerel gezien?'

'Zeker. In elk geval zijn voeten. Ik keek op weg naar de voordeur door het raam en zag ze uit een deuropening steken. Kom nou maar mee.' Gilmour draaide zich om en liep in de richting van de weg. 'Tijd om te gaan.'

Reacher pakte Gilmour bij zijn arm. 'Waarheen?'

'Het huis van Kasselwood.'

'Daar is ze vast niet.'

'Dat weet ik. Maar misschien vinden we daar iets met haar foto erop, en hopelijk iets met haar kentekenplaat. Als we haar niet vinden, vinden we ook nooit de man die mijn neefje bedreigt. Laat me los. We moeten opschieten.'

Reacher liet hem niet los. 'Hoeveel inwoners heeft Baltimore? Hoeveel auto's zijn er? Denk je dat je haar zomaar ergens zult zien rondrijden?'

Gilmour verzette zich niet langer tegen Reachers greep. Hij zweeg even en zei toen: 'Ik zou mijn maat in Wiesbaden kunnen bellen. Kijken of hij iemand kent bij het Pentagon, die weer iemand kent bij de politie van Baltimore. Of wat denk je van de gast die je kwaad hebt gemaakt, met die lui in de taxi's? Misschien kunnen we die vinden en hem dwingen ons te helpen.'

Reacher liet Gilmours arm los. 'Dat klinkt allemaal nogal wanhopig, vind je niet? Kasselwood is misschien niet eens meer in de stad. Maar wij wel. We zijn hier. We moeten eerst binnen gaan kijken. Dat kost ons maar vijf minuten.'

'Denk je dat Kasselwood het verband heeft gevonden met de man die ons chanteerde en het bewijs daarvoor heeft achtergelaten? Denk je echt dat ze zo stom is?'

'We weten niet zeker dat de man die je door het raam hebt gezien dood is. Hij kan ook bewusteloos zijn, of op het punt staan zijn laatste adem uit te blazen, maar nog wel in staat zijn om te praten. Dan kan hij ons misschien iets vertellen. En als hij dat niet kan, valt er misschien iets anders te vinden. Iets wat Kasselwood over het hoofd heeft gezien. Zoals de back-upschijf in het kantoor van dr. Martin.'

Gilmour zei niets.

Reacher liep naar het raam naast de deur en bekeek het slot.

'We kunnen beter kijken hoe Kasselwood binnen is gekomen en op dezelfde manier naar binnen gaan,' zei Gilmour.

'Ze is door de voordeur gegaan.'

'Hoe weet je dat?'

'Ze had een sleutel.'

'O ja?'

'Daarom had ze de tas van de dokter meegenomen.' Reacher keek over zijn schouder naar Gilmour. 'Heb je een creditcard?'

Gilmour kreunde en haalde zijn portemonnee tevoorschijn. 'En als er nou een alarm is?'

'Dat is er. Ik zie sensoren aan de binnenkant van het kozijn. En kijk daar eens?' Reacher wees omhoog. Tussen de ramen op de tweede verdieping hing een rode lamp aan de muur. 'Maar het staat niet aan.'

'Hoe weet je dat?'

'Er was iemand thuis toen Kasselwood verscheen. Een alarm zet je aan als je het huis verlaat, of als je naar bed gaat.'

'Misschien was zij als eerste binnen en werd ze daarna verrast door die man.'

'Dan was het alarm ofwel de hele tijd al uitgeschakeld of heeft zij het uitgezet.'

'Ze kan het weer aan hebben gezet toen ze wegging, om het te verkloten voor degene die na haar kwam. Zoals wij.'

'Als ze dat heeft gedaan, zou ik erg onder de indruk zijn.' Reacher stak zijn hand uit. 'Zorg dat je klaarstaat om hard weg te rennen...'

Gilmour opende zijn portemonnee, zocht even naar een creditcard en gaf die toen aan Reacher. 'Weet je zeker dat het gaat lukken met een pasje?'

'Niet als ze het hendeltje goed hebben geborgd,' zei Reacher. 'Maar de meeste mensen doen dat niet. Eens kijken.' Hij stak het pasje in de kier tussen het bovenste en onderste deel van het schuifraam omhoog, precies in het midden. In het begin ging dat gemakkelijk, maar na nog geen centimeter voelde hij wat weerstand. Hij wrikte een beetje met het pasje en duwde het weer iets verder door. Reacher drukte zijn gezicht tegen het glas en zag even later het pasje net tussen de kozijndelen uit steken. Hij duwde door tot het de onderkant raakte van het slothendeltje waarmee het onderste raamdeel vastzat aan het bovenste. Als het hendeltje geborgd was, zou hij het raam onmogelijk open krijgen. Maar als dat niet het geval was...

Reacher pakte het pasje steviger vast en duwde het weer omhoog. Hard. Het hendeltje kwam niet in beweging. Ook al was het niet geborgd, Reacher wist dat het principe van de hefboomwerking in zijn nadeel werkte. Het hendeltje was de hefboom en hij duwde daar vlak bij het draaipunt tegenaan. De minst gunstige plek. Hij draaide zijn hand zodat de rand van het pasje tegen de zijkant van zijn vinger drukte en duwde nog eens. Het hendeltje bewoog. Een paar millimeter maar. En toen nog een paar. Reacher duwde harder. Even gebeurde er niets. Toen wipte het hendeltje omhoog. Het knalde tegen de ruit, de creditcard schoot iets verder door en zat toen klem tussen de kozijndelen.

Toen Reacher het schuifraam omhoog wilde duwen, tikte Gilmour – die nieuwe latexhandschoenen had aangetrokken – hem op zijn schouder en zei: 'Laat mij maar. We moeten tenslotte geen vingerafdrukken achterlaten.'

Reacher ging achteruit. Gilmour nam zijn plaats in en keek waar de sensoren van het alarm zaten. Hij schoof het raam een klein stukje omhoog en keek naar de rode lamp boven hen. Die bleef donker en er klonk geen sirene. Hij hield zijn adem in en duwde het raam nog een paar centimeter omhoog. De creditcard schoot los en viel kletterend voor zijn voeten neer. Gilmour sprong geschrokken achteruit, raapte de creditcard op en duwde het raam verder omhoog, tot hij erdoorheen kon klimmen. Hij haalde zijn wapen uit zijn rugzak, draaide zich naar Reacher om en zei: 'Laten we dit snel doen. Wees voorzichtig. We hebben nu niets voor over ons haar of onze voeten. Ik wil geen tel langer binnen zijn dan nodig is. En blijf in godsnaam overal af.'

27

Gilmour ging op de vensterbank zitten, zwaaide zijn benen eroverheen en kroop door het raam naar binnen. Een halve minuut later zwaaide de achterdeur open en stapte Reacher een langwerpige ruimte in, die helemaal doorliep tot de voorkant van het gebouw. Het plafond werd ondersteund door zes sierlijke ijzeren pilaren, die elk in een andere kleur van de regenboog waren geschilderd, van rood tot indigo. De vloer was van gepolijst beton en de muren waren opgetrokken uit baksteen. Op sommige plaatsen was het oorspronkelijke ruwe oppervlak onder de afbladderende witte stuclaag zichtbaar. Links was een eethoek. Daar stond een lange, smalle tafel van verweerd hout met acht transparante kunststof stoelen eromheen. Daarachter waren drie banken van leer en chroom rond een haard geplaatst, die aan de roestvrijstalen schoorsteenpijp aan het plafond hing. Rechts bevond zich de keuken in een brede alkoof – een U-vorm van hoogglans-citroengele kasten en matzwarte apparatuur – en daar voorbij liep een ruwe betonnen muur door tot aan de voorkant van het gebouw. Die muur werd onderbroken door twee deuropeningen met zware schuifdeuren, die aan zichtbare rails hingen. De dichtstbijzijnde stond open en Reacher kon door de opening de helft van een bad zien. De andere deur was voor drie kwart dicht. Een paar blote mannenvoeten, waarvan de tenen naar het plafond wezen, hield de deur open.

Reacher was als eerste bij de deur. Hij duwde hem met zijn elleboog verder open, stapte een rechthoekig kantoor binnen en keek op het lichaam neer. Die kerel zou hun niets meer vertellen, geen sprake van. Hij was morsdood, van dichtbij in zijn slaap geschoten. De huid rondom de ingangswond was verschroeid en zat vol kruitspoortjes. De andere kant van zijn schedel ontbrak helemaal. Stukken ervan zaten tegen de zijmuur geplakt en op het bureaublad en de laptop die erop stond zaten vlekken opdrogend bloed en hersenen. Het was niet nodig dat de man nog in staat was iets te zeggen, Reacher herkende hem toch wel. Hij had het hoekige gezicht en de kille, smalle ogen eerder gezien. Niet persoonlijk, maar op het schermpje van Gilmours telefoon.

Reacher hoorde dat Gilmour over de harde vloer dichterbij kwam en in de deuropening abrupt bleef staan. Hij draaide zich om en voor de tweede keer die middag stonden ze zwijgend naar een dode te kijken.

Toen Gilmour eindelijk iets zei, klonk er ongeloof door in zijn stem. 'Wat doet die hier in vredesnaam?'

'Kennelijk woonde hij hier.' Reacher boog voorover en trok de portemonnee van de man uit diens broekzak. Hij sloeg hem open en haalde er zijn rijbewijs uit. 'Hij heette Zachary Weaver. En inderdaad, dit is zijn adres.'

'Dat verklaart een hoop, neem ik aan,' zei Gilmour. 'Ze waren een stel, die Weaver en dr. Martin. Geen wonder dat ze Kathryn Kasselwood haar adres niet wilde geven.' Hij kwam de kamer in. 'Dr. Martin dolf de informatie op. Weaver maakte er misbruik van. Ik vraag me af hoe ze elkaar ooit hebben gevonden. Een therapeut en een afperser. Niet de match die je zou verwachten.'

Reacher wees naar Weavers rechterpols. Daaromheen was een prikkeldraadtatoeage aangebracht. Artistiek gezien niet heel slecht gedaan, maar de randen waren vervaagd en de blauwe kleur van de tatoeage was verbleekt. 'Lijkt me gevangenistatoeage. Ik neem aan dat hij ooit door een rechter naar haar toe is gestuurd. Maar dat doet er nu niet toe, wel?'

Gilmour zweeg even en zette toen grote ogen op. 'Sodeju! Nu hij dood is, is de keten verbroken. Een dode kan zijn dreigement niet uitvoeren. Mijn neefje is veilig. En ik ook.'

'Je bent zo vrij als een vogel. Je kunt nu meteen wegvliegen.'

Gilmour bleef een halve minuut staan. Een hele minuut. Toen liep hij achteruit de kamer uit en zei: 'Je hebt gelijk. Kom mee. Laten we teruggaan naar de auto, het aan Sabrina vertellen en dan weggaan... waarheen ik maar wil.'

Reacher luisterde naar Gilmours voetstappen, die naar de achterdeur verdwenen. Hij haalde zijn schouders op en hurkte toen neer om Weavers andere zakken te controleren. Hij vond alleen een telefoon. In die houding kon hij echter verder onder Weavers bureau kijken dan toen hij rechtop stond. En ook verder onder een leren leunstoel. Daar lag iets, dicht bij de rechtervoorpoot. Iets zachts en pluizigs, als een stofvlok die de stofzuiger had gemist. Als de rest van de begane grond een rommeltje was geweest, zou Reacher er verder geen aandacht aan hebben besteed. Maar de hele verdieping was smetteloos schoon en zou zo gebruikt kunnen worden in een reclamespotje voor een peperdure schoonmaakdienst. Hij stak zijn hand onder de stoel en viste er... een pluk roestkleurig haar onderuit. Aan de ene kant waren de punten ongelijk, alsof ze zo waren gegroeid. Maar aan de andere kant waren de uiteinden gelijk. Afgeknipt. Kortgeleden. Daar twijfelde hij niet aan.

Reacher richtte zich op en hoorde dat Gilmour zich in de woonkamer omdraaide en terugkwam.

Een paar tellen later verscheen Gilmour inderdaad in de deuropening. 'Wat doe je?' vroeg hij. 'Kom nou mee.'

Reacher schudde zijn hoofd.'Ga jij maar. Neem Patten mee. Ik ben hier nog niet klaar.'

'Hoe bedoel je?'

'Zoals je al zei, is de keten verbroken. Dus jullie zijn veilig. Maar ik moet uitzoeken wat het verband is tussen deze kerel en degene die de zending probeert te stelen.'

'Waarom?'

'We weten niet waar de lading uit bestaat. Maar tien tegen één dat het niets goeds is. En in dat geval wil ik niet dat het in de verkeerde handen valt.'

'Dat is niet jouw probleem, toch?,' zei Gilmour. 'Daar is de CIA verantwoordelijk voor. Of een particuliere beveiligingsdienst. Laat het gewoon over aan degenen die hebben besloten de lading ons land binnen te brengen. Die moeten het zelf maar afhandelen.'

'Misschien kunnen ze dat. Misschien ook niet. Maar ik ben dan ook geen gokker.'

Gilmour wendde zich af, zette woedend twee stappen in de richting van de deur, maar hield toen in en kwam terug. 'Ik ook niet,' zei hij. 'Niet meer. Goed dan. Hoe pakken we dit aan?'

'We moeten denken zoals Kasselwood.' Reacher opende zijn hand zodat Gilmour de haren kon zien die hij had gevonden. 'Dit lag onder de stoel.'

'Opvallende kleur, die heb ik eerder gezien.' Gilmour zweeg even. 'Het is van dr. Martin. Kasselwood moet het hebben meegebracht als pressiemiddel. Ze zal gedaan hebben alsof de dokter nog leefde en tegen Weaver hebben gezegd dat hij moest meewerken als hij wilde dat dat zo bleef.'

'Kasselwood is dus niet alleen hierheen gekomen om Weaver te vermoorden. Ze wilde iets van hem.'

Gilmour dacht even na. 'Ze nam haar dossier mee uit dr. Martins praktijk. Misschien kwam ze erachter dat de dokter hier een kopie bewaarde.'

'Of dat Weaver een kopie had,' zei Reacher.

'Dat kan allebei. En dan zou ze het evengoed willen meenemen. Om te voorkomen dat de politie haar met de moord in verband brengt. Moorden, meervoud, nu. En misschien ook om een geheim dat ze dr. Martin had verteld onder de pet te houden.'

'En om aansprakelijkheid te vermijden als de samenzwering waaraan ze gedwongen was deel te nemen aan het licht komt.'

'Aan welke samenzwering was ze gedwongen deel te nemen?'

'Daar komen we nooit achter, tenzij we het dossier vinden. Of Kasselwood zelf.'

Er stonden geen dossierkasten in het kantoor, dus Reacher liep om het bureau heen. Het was een reusachtig gevaarte, veel te groot voor de ruimte. Het was gemaakt van mahoniehout, met groen leer op het blad. Het leer was bekrast en geschaafd en op sommige plaatsen helemaal doorgesleten. Van het ingewikkelde houtsnijwerk waren stukken afgebroken, gedeukt en bekrast. Het bureau had betere tijden gekend, zelfs voordat Weavers bloed en hersenen eroverheen waren gespetterd.

Het bureau had een grote la in het midden en aan weerskanten daarvan twee ladeblokken met elk drie laden. De onderste laden waren groot genoeg voor hangmappen met dossiers. In beide ladeblokken zat bovenin een sleutelgat. En ongeveer midden onder het bureau lag een sleutelbos op de vloer. De sleutelhanger had de vorm van een honkbalknuppel en was iets meer dan vijf centimeter lang. Er hingen minstens een stuk of tien sleutels aan. Reacher keek of Gilmour zijn handschoenen nog steeds aanhad en wenkte hem toen. Gilmour liep snel om, keek Reacher aan en vroeg: 'Waar wil je beginnen?'

Reacher wees naar rechts. 'Daar zitten meer krassen rond het sleutelgat, dus hij gebruikte deze laden vaker dan die aan de andere kant.'

Gilmour probeerde de onderste la aan de rechterkant. Die ging gemakkelijk open. Hij was in drieën gedeeld. Op elke ladeverdeler zat een handgeschreven etiketje. Voorin BESCHIK-

BAAR. In het midden AAN DE SLAG. Achterin UITGESCHAKELD. Achter elke ladeverdeler zaten dossiermappen. Voorin misschien twintig, allemaal vrij dun. In het midden twee. En achterin nog eens minstens twintig. Gilmour pakte er een uit het voorste deel van de la. Er was een naam op geschreven. Er zat maar één vel papier in. Hij hield het omhoog, zodat Reacher mee kon lezen. Het was handgeschreven. Bovenaan stond dezelfde naam als op de map, gevolgd door – vermoedden ze allebei – een samenvatting van dr. Martins volledige dossier. Het ging over een lokale rechter. Hij ging naar dr. Martin omdat hij zich aangetrokken voelde tot een bepaald type meisjes. Een type dat hij beschreef als 'een tikkeltje aan de jonge kant'. Gilmour snoof vol afkeer, stopte het dossier terug en haalde er een ander uit. Dit bevatte de gegevens van een zakenman die graag potloodventte in de tuinen dicht bij het standbeeld van burgemeester Schaefer. Gilmour zuchtte en stopte dat ook terug.

'Kijk in het middelste gedeelte,' zei Reacher. 'Daar zouden degenen in moeten zitten die momenteel actief zijn. Jij en Patten, dus. En Arlon James. Kijk of Kasselwood er ook tussen zit.'

Gilmour haalde de eerste map uit het middengedeelte. Er stond een bedrijfsnaam op. MARYLAND MODEGROOTHANDEL FASHION LLC. In de map zaten drie vellen papier met samenvattingen. Over een lasser. Een fitnessinstructeur. En een vrachtwagenchauffeur. Gilmour bekeek ze alle drie en zei toen: 'Wat denk jij? Jat er iemand kleren? Lijkt me nogal saai.'

'Heel saai,' zei Reacher. 'Aangenomen dat het bedrijf alleen maar kleding verkoopt. Misschien slaan ze ook nog iets anders op in hun pakhuis.'

'Ergens hoop ik dat maar.' Gilmour pakte de tweede map. VEILIGE HAVEN AANLEUNWONINGEN. Daar zaten gegevens over vier mensen in. Een verpleegkundige. Een taxichauffeur. Een arts met een praktijk in de binnenstad. En een man die de claims beoordeelde bij een verzekeringsmaatschappij. 'Het is niet moeilijk om hier het verband te zien. Maar dan nu mijn vraag: Kasselwood zit er niet in, en wij ook niet. Waarom zou ze onze dossiers hebben meegenomen?'

'Misschien heeft ze dat helemaal niet gedaan. Controleer de rest van het bureau. Misschien vinden we nog meer.'

Gilmour keek alle laden na. Er zaten geen andere dossiermappen in, maar hij vond wel drie mobiele telefoons, allemaal uitgeschakeld. Hij legde ze naast elkaar op het groene leer, uit de buurt van het opdrogende bloed. 'Wegwerptoestellen, vermoed ik. Laten we eens kijken waar Weaver ze voor gebruikte.' Hij pakte de linkertelefoon en drukte een knopje aan de zijkant in. Het scherm lichtte op en er verscheen een numeriek toetsenbordje. Gilmour negeerde het, nam de telefoon mee naar Weavers lijk en hield hem voor zijn gezicht. De telefoon reageerde niet. Gilmour richtte zich weer op. 'Oké, hij had Face ID uitgeschakeld. Geen probleem. Ik omzeil zijn pincode wel. Geef me een paar minuten. Ik zal ook zijn computer checken. Er stonden geen data in die dossiers. Misschien zijn ze oud. Wie weet? Misschien is hij inmiddels ook in de eenentwintigste eeuw gearriveerd.'

'Ga je gang,' zei Reacher. 'Ik doorzoek de rest van het huis. Misschien bewaarde hij de nieuwste dossiers ergens anders.'

28

Steve McClaren klopte aan de deur van Morgan Stricklands kantoor, maar ditmaal wachtte hij de reactie van zijn baas af voordat hij binnenstapte.

Strickland zat achter zijn bureau met zijn telefoon te hannesen. Hij keek op en zei: 'Heel even, Steve. Even een sms'je sturen.'

McClaren zag Stricklands geworstel. Keer op keer ging zijn duim naar Backspace. Kennelijk raadde Strickland zijn gedachten, want hij zei: 'God, wat heb ik hier de pest aan. Met twee handen is het al erg genoeg...'

McClaren zei: 'Zelf berichten typen is niet meer nodig, weet je. Je kunt het dicteren. Het werk aan Siri overlaten.'

Strickland schudde zijn hoofd. 'Dat soort zaken vertrouw ik niet – die virtuele assistenten. Ik snap niet waarom er mensen zijn die daarvan gebruikmaken. Dan kun je net zo goed meteen een afluistermicrofoon in je zak stoppen. Ze zeggen dat dat systeem je echt niet afluistert, maar als dat zo is, waarom worden de opnames dan steevast opgevraagd bij rechtszaken?'

'Jij vindt het gewoon niet fijn om geholpen te worden, niet door mensen en niet door apparaten.'

Strickland haalde zijn schouders op. 'Wat zal ik zeggen? Ik doe het allemaal liever zelf. Ik hou niet eens van die tekstaanvulling bij de sms. En over die Autocorrect wil ik het niet eens hebben.'

'Die kun je anders gewoon uitzetten.'

'Weet ik. Heb ik gedaan.'

'Mooi zo. Oké, luister even, Morgan, ik wil je mijn excuses aanbieden. Ik heb me na die eindoefening laten meeslepen door mijn slechte humeur. Sorry.'

Strickland legde zijn telefoon neer. 'Daar hoef je geen sorry voor te zeggen, Steve. Je bedoelde het goed. Dat weet ik. En eerlijk gezegd: er zat wat in, wat je zei. Die rekruten waren niet best. We moeten op zoek naar betere. Maar dat wil nog niet zeggen dat ze nergens goed voor zijn. Dus wat dacht je hiervan: we zetten een nieuwe groep op voor mensen van dat niveau, en daarmee mikken we dan op een ander marktsegment. Ik weet nog niet wat, maar iets gemakkelijkers. Privébeveiliging misschien. Iets waarmee we een compleet nieuwe bron van inkomsten kunnen genereren, zodat we niet langer op één paard wedden.'

'Interessant. Dat was niet bij me opgekomen. Daar moeten we verder naar kijken.'

'Prima. We steken de koppen bij elkaar. Kijken wat we kunnen verzinnen. Maar het is al laat. Wat vind jij van morgenochtend? Negen uur?'

'Ik dacht dat Violeta Vardanyan om tien uur arriveerde. Hebben we dan genoeg tijd?'

Strickland schudde zijn hoofd. 'Vardanyan heeft vertraging. Ze komt wat later.'

'En die vergadering met Hewson, donderdag?'

'Dat zal geen probleem zijn. Rond die tijd, misschien een halfuurtje eerder of later, is ze er wel. Misschien schuif ik Hewson twee uurtjes op, gewoon voor de zekerheid. Maar later wil ik het niet maken. Hewson is toch al behoorlijk kopschuw.'

'Er zijn nog andere mensen in het Pentagon, hoor. Ambitieuze types. Ik weet dat Hewson en jij elkaar al tijden kennen, maar als hij een blok aan ons been wordt...'

'Duidelijk. En...'

Stricklands telefoon begon te trillen op het bureau, en daar klonk Metallica. Hij keek op het scherm en zei: 'Als je het over de duvel hebt... Hewson. Ik kan dit maar beter aannemen. Tot morgenochtend.'

Strickland wachtte tot McClaren buiten stond en de deur achter zich had dichtgetrokken, en toen drukte hij op de groene knop.

Hewson stak meteen van wal. 'We hadden toch afgesproken: geen veranderingen?'

'Waar heb je het over?' vroeg Strickland.

'Het contract. Geen veranderingen, hadden we gezegd.'

'Beschouw het dan niet als veranderingen. Beschouw het als correcties. Als je het meteen de eerste keer...'

'Niet zo bijdehand, Morgan. Jij hebt geen idee hoe ingewikkeld het allemaal is aan mijn kant, en ik kan dit niet zomaar aan Juridisch geven. Ik moet discreet zijn. Er zijn misschien maar twee...'

'Prima. Sorry. Wat dacht je hiervan? We zoeken iemand die die correcties veilig kan aanbrengen. En dan kun je donderdag, zodra je getekend hebt, naar hartenlust tegen me gaan staan brullen. Een gratis therapiesessie, zeg maar.'

'Morgan. Even serieus.'

'Ik ben serieus. We moeten onze werkrelatie in prima conditie houden. Dus ik stel het volgende voor: jij komt hier om tien uur naartoe, zoals afgesproken. Ik schuif Vardanyan op naar twaalf uur. Dan hebben we even rustig de tijd.' En dan krijg ik de kans om iets te verzinnen als zij niet meewerkt, dacht Strickland.

Het bleef even stil aan de andere kant, en toen zei Hewson: 'Klinkt oké. Tot donderdag dan.'

Een kwartier later stapte Reacher Weavers kantoor weer binnen. Jammer dat hij zich niet even ergens kon wassen, dacht hij. Niet omdat hij iets vies aangeraakt had – hij was overal afgebleven. Althans met zijn handen. Maar hij voelde zich altijd smerig na een huiszoeking. Dat was altijd zo geweest, al bij de militaire politie, toen het zijn werk was geweest. Zelfs als hij wist dat de bewoner tot op het merg verdorven was. Hinderlijk, maar hij kon er niets aan doen. Zo zat hij nu eenmaal in elkaar.

Gilmour zat nog aan het bureau. Weavers laptop stond opengeklapt voor hem. Links ervan lagen twee telefoons, en rechts eentje. 'Heb je iets gevonden?' vroeg hij.

Reacher schudde zijn hoofd. 'Jij?'

'Ik kan je zeggen wat voor porno hij keek. Van welke sportteams hij fan was. De laatste duizend items die hij bij Amazon heeft besteld en zijn favoriete vakantiebestemmingen. Maar ik ben niets tegengekomen over Kasselwood, mij, Patten of Arlon James. Sterker nog, er stond helemaal niets op over zijn voormalige, huidige of toekomstige chantageslachtoffers. Volgens mij hield hij dat allemaal op papier bij, niet in de computer. En daar valt iets voor te zeggen. Papier kun je onmogelijk hacken. En het is makkelijk te verbranden. Tenzij je voor je kop geschoten wordt voordat je de kans krijgt. En in dat geval doet het er niet meer toe, computer of papier.'

'Dus die computer heeft niets opgeleverd?'

'Jawel. Ik heb één interessant gegeven gevonden. Een document met een wachtwoordbeveiliging.'

'En dat noem je interessant?'

'Meestal wel. Dat was steevast waar we ons als eerste op richtten als we in Wiesbaden de laptop van een verdachte moesten doorzoeken. Die versleutelde documenten zijn zoiets als een safe in een hotelkamer. Een plek waar mensen al hun waardevolle spullen opbergen in de veronderstelling dat ze daar veilig zijn, maar in werkelijkheid weet het eerste het beste kamermeisje hoe je zo'n ding open krijgt.'

'En jij bent zo'n kamermeisje?'

'Precies. Dus ik heb dat document opengebroken, en raad eens wat ik daar vond? Pincodes van een hele reeks telefoons.

Niet alleen van deze, maar van alle telefoons die hij ooit heeft gebruikt, en waarschijnlijk allang weggegooid heeft. Ook voor klussen uit het verleden. Met een van die pincodes ging de telefoon van Maryland Mode open.' Hij wees naar het toestel uiterst links. 'Maar toen ik de pincode gebruikte die bij de telefoon voor de diefstal van de zeevracht moest horen, werkte die niet.' Hij wees naar de telefoon die apart lag. 'Dus heb ik dat toestel op de ouderwetse manier gehackt. En vervolgens merkte ik dat dit een heel andere soort telefoon is. Deze gebruikte hij om te bellen met zijn vrouw, dr. Martin, als ze het moesten hebben over een lopende operatie of een van hun chantageslachtoffers. Hij heeft naar mij gevraagd toen die gast die hij naar de koffiebar had gestuurd, vóór onze afspraak de pijp uitging.'

'Oké, moet er dan niet nog een pincode voor een vierde telefoon zijn? Voor het dossier over Kasselwood?'

'Geen spoor. Daarover communiceerde hij vast op een andere manier.'

'Waar is de telefoon van de vrachtklus?'

'Niet hier. We hebben de pincode, dus we weten dat hij bestaat, maar het toestel zelf hebben we niet.'

'En de telefoon dan die ik in Weavers zak heb gevonden?'

Gilmour schudde zijn hoofd. 'Heb ik naar gekeken. Die gebruikte hij alleen voor gewone zaken. Volstrekt onschuldig.'

'Dan moet Kasselwood de ontbrekende telefoon meegenomen hebben. Samen met de dossiers.'

'Dat moet haast wel. Maar hoor eens, ik heb nog iets gevonden. Geen idee of we er iets aan hebben, maar ik vertel het toch maar even. In dit document stonden behalve de pincodes ook details voor een stel online-berichtenaccounts. Zo te zien is Weaver die gaan gebruiken op hetzelfde moment als de wegwerptelefoons, zowat een halfjaar geleden.' Hij wees weer naar de telefoons. 'Want zie je, dit zijn smartphones. Die kun je zo instellen dat je berichten – je sms'jes, zeg maar – niet alleen daar maar ook op je computer verschijnen.'

'En dat is gunstig?'

'Voor de meeste mensen is het wel handig. Maar voor Weaver was het fantastisch. Als hij het huis uitging en toch een oogje in het zeil wilde houden bij de diverse actieve klussen, dan hoefde hij niet al die telefoons mee te sjouwen. En dat is geweldig, want als je aangehouden wordt met een koffer vol wegwerptelefoons kun je linea recta mee naar het bureau. Dat is wel duidelijk.'

'Oké.'

Gilmour zag Reachers gezichtsuitdrukking. Hij tikte op de spatiebalk om Weavers computer uit de slaapstand te halen en zei: 'Kom eens hier staan, dan laat ik het zien.'

Reacher liep langzaam om het bureau heen.

Gilmour opende een document, kopieerde een aantal gegevens, schakelde naar een browser en klikte en plakte van alles in wat volgens Reacher een ingewikkeld inlogproces moest zijn. Uiteindelijk verscheen er een stel tekstballonnetjes op het scherm. Links grijs, rechts blauw. Gilmour wees naar een blauw ballonnetje bijna onderaan het scherm. 'Zie je die daar? Die is van vanochtend. Vlak nadat ik Weaver de bevestiging had gestuurd dat de gegevens van de vracht niet veranderd waren. Hier geeft hij die informatie meteen door aan zijn contactpersoon.'

'Waar is jouw bericht dan?' vroeg Reacher

'Dat is hier niet te zien, want ik gebruik geen smartphone. Ik heb nog een ouderwetse "domme" telefoon. Die werken anders. Hoe dan ook, het volgende bericht in de reeks is van Weavers contactpersoon… Ho, wacht eens even. Wat krijgen we nou?' Gilmour veerde overeind in zijn stoel.

'Wat is er?'

'Kijk eens helemaal onderaan. Die laatste twee berichten – die zijn nieuw. Die stonden er nog niet toen ik het account vond, vijf minuten geleden.'

Reacher keek. Hij zag eerst een blauw en toen een grijs bericht. In het blauwe stond: LET OP. *Losschema veranderd ivm medisch probleem op schip uit China. Pakket 24 uur vertraagd. Eerste mogelijkheid nu donderdag 10.00.* Het grijze vormde een soort bevestiging. *Duilijk. Contact ppnemen in geval van verdere omtwikkelingen.* Het blauwe bericht was vier minuten geleden verstuurd. Het grijze was een minuut later gearriveerd. 'Jij had die update niet verstuurd?' vroeg Reacher.

Gilmour schudde zijn hoofd. 'Natuurlijk niet. Het is niet waar.'

Reacher zei: 'Zo te zien had Weavers contactpersoon haast. Hij typt even beroerd als ik.'

De computer maakte een geluid alsof iemand met een vork tegen een wijnglas tikte. Gilmour deed iets met het touchpad en er verscheen een nieuwe reeks berichten. Dit leek een dialoog tussen Weaver en Arlon James te zijn. Een minuut of zes geleden was er een bericht verstuurd vanuit Weavers account. BELANGRIJK, begon het. *Aankomst 24 uur uitgesteld. Zorg dat je donderdagochtend dienst hebt.* James' antwoord, waardoor de computer zijn pingel had laten horen, was: *Komt goed. Wsch te laat voor officiële wijziging, dus ga ruilen met collega.*

Reacher ging half zitten op een lege hoek van het bureau. 'Als er een bericht wordt verstuurd via een telefoon met dezelfde account, dan komt dat hier te staan, op de computer?'

Gilmour knikte.

'Dan moet dit Kasselwood geweest zijn. Daarom heeft ze die telefoon meegenomen. En het dossier waar jij en Patten in voorkomen. Want zij wordt ook gechanteerd.'

'Hoe kan ze nou zowel in ons dossier als dat van haar staan? Wilde Weaver haar soms twee dingen tegelijk laten doen?'

'Nee. Er is niet nog een dossier. Alleen het jouwe ontbreekt.'

Gilmour zweeg even. Zijn blik schoot van links naar rechts alsof hij een onzichtbaar boek las. Toen zei hij: 'Godsamme.

Het klopt allemaal. Ze heeft haar persoonlijke dossier uit dr. Martins kantoor weggehaald om zich te beschermen tegen de politie. Ze heeft Weavers dossier meegenomen om haar rol in de vrachtroof, of in ieder geval het complot daarvoor, te verhullen. En ze heeft de telefoon meegenomen om foute info te versturen naar Weavers contactpersoon en Arlon James, zodat de hele diefstal zal mislukken. Ze heeft de hele zooi aan kant geveegd. Alles opgelost en afgewerkt. De CIA, of de onderaannemer, kan wat het ook is ongemoeid in beslag nemen. De dieven komen een dag te laat opdraven en dan valt er niets meer te jatten. Goed beschouwd is Kasselwood eigenlijk best geniaal. Je zou haar bijna willen ontmoeten.'

Toen ze weer in de auto zaten, luisterde Patten naar Gilmours verslag van wat er binnen gebeurd was. Na afloop van het verhaal vroeg ze: 'Dat is het dus? We zitten goed? Zeker weten?'

'Absoluut zeker weten,' antwoordde Gilmour. 'Niet te geloven, toch? De nachtmerrie is voorbij.'

Patten schudde haar hoofd. 'Zo raar. Ik heb zo op dit moment gehoopt. Ik dacht dat ik uitzinnig van blijdschap zou zijn als het eenmaal zover was. Dansen en champagne, dacht ik. Maar nee. Ik voel me... mat. Misschien omdat er eerst twee mensen dood moesten gaan voordat we vrij waren. Ik weet niet.'

'Er zijn twee hufters doodgegaan.'

'Maar het blijven wel mensen. Dat mogen we niet uit het oog verliezen.'

'Maar het blijven wel hufters,' zei Gilmour binnensmonds.

Patten stak haar hand uit naar het contactslot, maar aarzelde. 'Eén ding begrijp ik niet. Hoe is Kasselwood uiteindelijk in hetzelfde complot terechtgekomen als wij?'

'Nou, op dezelfde manier als wij, lijkt me,' antwoordde Gilmour. 'Dr. Martin had tijdens de therapie ook bij haar iets ontdekt wat gevoelig lag. En Weaver maakte daarvan gebruik om haar voor hun karretje te spannen.'

'Zeker. Dat is heel goed mogelijk. Maar wat voor rol speelde zij? Waarvoor hadden ze haar nodig? Jij, ik, Arlon James: onze rollen spreken voor zich. Maar wat was haar taak?'

'Doet dat er echt toe?'

Patten haalde haar schouders op. 'Misschien wel. Misschien niet. Ik wil het alleen graag weten.'

En anders ik wel, dacht Reacher. Hij voelde weer dat gekrabbel achter in zijn hoofd. Het begon weer. Het dreinde.

'Maar goed, moeten jullie vanavond ergens naartoe?' vroeg Patten.

'Ik had eigenlijk de stad uit gewild, maar dat kan ook best tot morgen wachten,' zei Gilmour.

'Ik ga wél weg,' zei Reacher. Hij wilde het portier opendoen.

'Nee, wacht even,' zei Patten. Ze startte de motor. 'Kom met mij mee naar huis. Even, althans. Ik maak iets te eten, of we bestellen wat. Het is niet niks wat we samen doorgemaakt hebben. Ook al dachten we dat we er alleen voor stonden. Maar we hebben het overleefd. We moeten ten minste ons best doen het te vieren.'

Reacher had geen bezwaar. Gilmour ook niet. Patten voegde in het verkeer in en reed langzaam naar huis. Ze leek er niet helemaal bij met haar hoofd. Twee keer moest er een achterligger remmen om niet op haar te knallen. Tijdens de rit zei niemand iets. Het was drukker dan voorheen. Meer auto's in het verkeer, meer langs de stoeprand geparkeerd. Iemand in een Mercedes die voor hen reed had zijn knipperlicht aangezet om links af te slaan. Zo te zien wilde hij rechtsomkeert maken en op de laatste onbezette plek parkeren. Maar voordat hij klaar was met draaien, had een tegemoetkomende Maserati plankgas gegeven en was net voor hem langs het plekje op geschoten. De man in de Mercedes toeterde. Hij draaide zijn raampje omlaag en brulde dat hij die plek als eerste had gezien. De Maserati-bestuurder lachte alleen maar en stak zijn middelvinger op.

Hoofdschuddend merkte Patten op: 'De buurt holt achteruit. Dat is een maand geleden begonnen. Toen is er een nieuwe buurtbewoner gekomen. Vrijgezel, maar hij heeft het grootste huis in de hele straat gekocht. Aan de lopende band feesten. Tientallen vrienden, die komen aanzetten in hun dure sportwagens en alle parkeerplekken bezetten zodat de bewoners nergens meer terechtkunnen.'

Gilmour vroeg: 'Kunnen die dan niet gewoon op hun oprit parkeren? Of in hun garage?'

Reacher boeide het niet waar de bewoners parkeerden of hoe andermans gasten zich gedroegen. Bij de gedachte alleen al wilde hij maken dat hij wegkwam. Maakte niet uit waarnaartoe. Hij had net willen zeggen dat hij niet bleef eten en te voet naar het Greyhound-station ging, maar plotseling voelde hij weer die tinteling in zijn achterhoofd, alleen nu sterker. Nog steeds had hij geen idee waar dat door kwam, maar hij wist dat het iets te maken moest hebben met Baltimore. Met de stad zelf, of met iets wat hier gebeurd was of binnenkort stond te gebeuren. Hij had het gevoel dat de plek zelf een sleutelrol speelde, dus vond hij dat hij maar beter kon wachten tot wat het ook was duidelijker werd. Al hoopte hij wel dat dit niet te lang op zich liet wachten.

29

Patten manoeuvreerde met haar Lexus om de neus van een Ferrari heen die haar oprit deels versperde, parkeerde en ging de mannen voor naar binnen. Gilmour deed een paar weinig enthousiaste pogingen tot een gesprekje. Reacher zei niet veel. Patten deed wat ze maar kon om de stemming te verbeteren. Ze zette muziek op. Ze bestelde Thais eten. Ze trok een fles wijn open. Daarna een tweede. En een derde. Ze zaten op een rijtje aan de ontbijtbar in haar keuken, Patten in het midden, en zij begon haar levensgeschiedenis te vertellen. Althans, delen daarvan. Opgegroeid in Cleveland, Ohio, met de droom balletdanseres te worden. Een reeks mislukte audities in New York en San Francisco, waarna ze in Baltimore was beland. Een zomer in Parijs. En een in Milaan. Een kortstondige flirt met stand-up comedy. En uiteindelijk het met tegenzin aanvaarde inzicht dat ze een baan moest zoeken, al was het maar tijdelijk, om het gat in haar bankrekening te dichten en belangrijke zaken in het leven te regelen, zoals een ziektekostenverzekering en sparen voor haar pensioen. Tegen het eind van het verhaal lette Reacher absoluut niet meer op, maar van één ding was hij zich bewust: in dat hele relaas had ze zorgvuldig vermeden iets te zeggen over wat het ook was waardoor ze in dr. Martins spreekkamer beland was.

Reacher spitste pas weer zijn oren toen Gilmour over zijn tijd bij het leger begon. Gilmour en hij hadden allebei vier jaar militaire academie achter de rug, maar daar hield de overeenkomst tussen hen op. Gilmour was geboren in de VS, Reacher in Duitsland. Gilmour had op één plek gewoond, in Pittsburgh, vanwege het werk van zijn moeder. Reacher had als kind nooit langer dan een paar maanden op één plek gezeten vanwege het beroep van zijn vader. Stan Reacher was kapitein geweest bij de marine en werd continu overgeplaatst, maar altijd buiten de VS. Afgezien van trainingsmissies had Gilmour zijn hele loopbaan doorgebracht op één basis. Reacher had overal ter wereld gediend.

Na een tijdje was Gilmour klaar met zijn verhaal. Patten nam het weer over, maar ditmaal stelde ze voornamelijk vragen. Aan Reacher. Zijn legertijd boeide haar niet zozeer. Het ging haar meer om de keuzes die hij daarna had gemaakt. Ze bleef maar terugkomen op de zaken die hij volgens haar moest missen. Een huis. Een auto. Bezittingen. Kleren. Hij had overal afstand van gedaan, antwoordde hij, en voelde zich nu des te rijker. Maar hij spande zich niet al te zeer in. Ofwel mensen begrepen zijn manier van leven, ofwel ze begrepen die niet. Dat wist hij uit ervaring. Mensen wilden vastigheid, óf ze wilden vrijheid. Ze wilden een baas hebben, óf eigen baas zijn. Ze wilden structuur of flexibiliteit. Het had geen zin te proberen iemand op andere gedachten te brengen. En al had het gekund, Reacher had het niet gewild. Zelf je weg bepalen, dat was feitelijk waar het om ging.

Patten werd als eerste moe. Ze mikte de restanten van het eten in de vuilnisbak, zette haar lege wijnglas in de gootsteen en slofte de trap op, vaag mompelend over logeerkamers en schone handdoeken. Gilmour was de volgende. Reacher wachtte tot hij ze niet meer boven hoorde rondlopen en keek toen hoe laat het was. Op de klok van Pattens magnetron stond dat het elf over twee in de ochtend was. Volgens de klok in Reachers hoofd moest het acht over twee zijn. Hoe dan ook zouden er nog bussen gaan. Reacher wist niet precies hoe ver het was naar het Greyhound-station, maar dat maakte hem ook niet veel uit. Hij vond het prettig om een eind te gaan lopen, en hij had absoluut geen zin om in huis te blijven voor een verkaterd afscheid later die ochtend. Hij legde de telefoon die Gilmour hem had geleend op de keukentafel, pakte zijn jas en ging op weg naar de voordeur. Maar plotseling draaide hij om. Nog steeds had hij dat gevoel in zijn achterhoofd, misschien nog wel sterker dan voorheen. En zeer zeker aanhoudender. Het zou niet afnemen als hij Baltimore verliet. Dat wist Reacher zeker. Hij ging hij naar Pattens woonkamer, vouwde zijn jas op tot een kussen en legde dat op de langste van haar twee banken. Hij maakte zijn veters los, trok zijn schoenen uit en zette ze zo neer dat hij er meteen in kon stappen als dat nodig was. Daarna ging hij liggen, sloot zijn ogen en maakte zich op voor een paar uur slaap.

Maar die nacht kon hij de slaap niet goed vatten, terwijl hij meestal heel snel vertrokken was. Er was iets wat hem uit de slaap hield, en als hij af en toe al even indommelde, had hij bizarre dromen. Een was er wel heel vreemd. Hoewel, achteraf bekeken was het eerder een herinnering dan een droom. Een recente herinnering, aan de Mercedes en de Maserati die voor het huis op straat geparkeerd stonden. De twee bestuurders die ruzie hadden om die ene plek.

Toen die beelden eindeloos herhaald door zijn hoofd waren gegaan, ging Reacher rechtop zitten. Hij baalde van zichzelf. Auto's boeiden hem niet. Parkeerplekken boeiden hem niet, en buurtruzies over rumoerige feestgangers ook niet. Voor dat soort gedachten was geen plek in zijn hoofd. Die moesten weg. Hij moest zijn hoofd leegmaken, dus hij liep naar de keuken, dronk een glas water en ging terug naar de zithoek. Hij ging weer liggen en deed zijn ogen dicht. Hij begon weg te glijden. Hij viel half in slaap, en toen helemaal, en dat bleef zo tot één minuut voor zes. Toen kwam hij weer bovendrijven en merkte dat die twee auto's nog steeds in zijn hoofd zaten. Twee auto's, één plek. Alleen wist hij nu wat ze daar deden.

Reacher ging rechtop zitten. Hij hoorde lichte voetstappen de trap af komen, en even later stond Patten in de deuropening. Ze had een flessengroene nachtpon aan. Van dunne stof, zijde of een ander soort glanzend textiel, en die trok ze dicht om zich heen. Haar haar zat haastig opgestoken boven op haar hoofd. Haar gezicht was bleek, afgezien van de donkere kringen onder haar ogen. Ze keek Reacher even aan alsof ze verbaasd was hem daar aan te treffen, en zei toen: 'Heb je honger? Ik kan iets te eten maken.'

Nog voordat Reacher antwoord kon geven, kwam Gilmour aan gewankeld. Hij had zijn kleren al aan, maar zijn haar was nat en er waren druppels op de kraag van zijn overhemd gedropen. Hij gromde iets van een groet, wrong zich langs Patten, liep onvast naar de korte bank en liet zich daarop vallen. Daar bleef hij met bloeddoorlopen ogen naar Reacher en Patten liggen kijken.

'Alleen koffie, graag,' zei Reacher. 'Maar eerst wil ik je iets vragen. Kathryn Kasselwood, werkt die bij de haven? Kun je daar op de een of andere manier achter komen?'

Gilmour gromde iets onsamenhangends en ging op zijn zij liggen.

'Koffie is geen probleem,' antwoordde Patten. 'Maar waarom vraag je naar Kasselwood?'

Reacher ging op het randje van de bank zitten en zei: 'Die hele toestand met haar, en die diefstal van een vracht, dat heeft iets wat ik niet snap.'

'Moet je het leven dan snappen?' Patten hief beide handen. 'Maak me dan maar meteen af.'

Gilmour ging weer op zijn rug liggen en deed zijn ogen op een kier open. 'Wat snap jij niet?'

Reacher zei: 'We hebben tot nu toe aangenomen dat zij, net als jullie tweeën, iets te maken had met de geplande diefstal.'

Gilmour hees zich deels overeind. 'Ze móét er wel mee te maken hebben. Anders is er geen verklaring voor wat ze gedaan heeft.'

‘Ermee te maken hebben, ja. Maar net als jullie? Daar begint het verhaal vaag te worden.’

‘Hoezo?’

‘Denk eens aan dat dossier dat ze had meegenomen van Weavers bureau. Wat moest ze daarmee?’

‘Voorkomen dat de politie haar in verband zou brengen met het misdrijf.’

‘Maar dan kon ze toch gewoon die ene bladzij pakken waar haar naam op stond? Nergens voor nodig het hele dossier mee te nemen.’

‘Misschien was ze bang dat iemand haar zou verraden als de politie op onderzoek uitging.’

‘Wie zou dat nou doen? De enigen die over haar wisten waren Martin en Weaver. En die zijn allebei dood. Dat wist zij maar al te goed, want daar heeft ze zelf voor gezorgd.’

‘Twee moorden,’ zei Patten. ‘Ik zal je wat zeggen. Dat zit mij ook niet helemaal lekker. Is het niet een beetje... buiten proportie, als ze alleen maar probeerde los te komen uit een complot waarbij ze door chantage betrokken was geraakt? Als die overval had plaatsgevonden en zij gearresteerd was, had ze verzachtende omstandigheden kunnen aanvoeren. Dat was mijn eigen plan voor als de pleuris uitbrak.’

‘Dan zal Kasselwood proactiever zijn dan jij, lijkt me,’ was Gilmours reactie. ‘Of misschien is ze een sociopaat. Ze was tenslotte wel in therapie.’

‘Dat was jij ook. En ik ook. Wij zijn geen sociopaten. Althans, ik niet.’ Patten slaakte een soort zucht en zei toen: ‘En nog iets. Jij dacht dat ze die telefoon had meegenomen om nepberichten te versturen zodat de diefstal niet zou plaatsvinden. Maar als de diefstal niet doorging, viel haar naam ook niet te koppelen aan een misdrijf. Dan was er dus niks aan de hand.’

Gilmour liet zich onderuit zakken. ‘Misschien was ze extra voorzichtig. Misschien had ze er niet goed over nagedacht. Nu hebben we makkelijk praten. Maar gisteren zat zij er tot over haar oren in. Of misschien was het een nieuwe ontwikkeling in haar plan. Ze ging naar Weaver om het dossier te halen. Ze kon niet weten dat haar naam maar op één pagina voorkwam. Ze heeft het hele dossier meegenomen omdat ze dat toch al van plan was. En toen de kans zich voordeed die telefoon mee te nemen, deed ze dat gewoon, onvoorbereid. Een bonus. Ze vond het niet terecht dat een stel dieven en chanteurs ervandoor zou gaan met een kapitaal, dus heeft ze daar een stokje voor gestoken.'

'En toch blijf ik het eigenaardig vinden dat ze dat hele dossier meenam,' zei Reacher. 'En die nepberichten vind ik ook raar. Als ze de overval echt wilde stopzetten, had ze dan niet beter kunnen zorgen dat de overvallers werden opgepakt? Zou ze dan niet die ene pagina hebben meegenomen om buiten schot te blijven? Want zodra Martin en Weaver van het toneel waren verdwenen, was er geen enkel aantoonbaar verband meer met haar. Dan had ze de rest van het dossier kunnen laten liggen. Nee, ze had er zelfs de aandacht op kunnen vestigen door het op het bureau te laten liggen. Aan de muur te plakken. Het aan Weavers kille, dode voorhoofd vast te nieten. Wat je maar verzinnen kunt om te zorgen dat de politie het zou vinden en dan actie zou ondernemen.'

Gilmour wreef in zijn ogen. 'Dus waarom heeft ze het volgens jou meegenomen?'

'Om te zorgen dat de politie niets te weten kwam over die diefstal. Zodat ze hem ook niet konden verhinderen.'

'Dus jij denkt dat ze die overval wél wil laten doorgaan?'

'Ja.'

'Waarom?'

'Er is maar één lading op komst, maar wie zegt dat er maar één dief is die hem wil ontvreemden? Misschien hebben we één vracht en twee dieven?'

'Zou Kasselwood dan Weavers mensen tegengewerkt hebben?' wilde Patten weten. 'In plaats van met hen te hebben samengewerkt?'

Reacher knikte. 'Dat denk ik wel.'

'Twee dieven. Dat klinkt wel heel toevallig,' zei Gilmour.

'Nee, hoor. Als bekend werd dat jij een miljoen in contanten onder je matras had, dan stonden de inbrekers rijen dik bij je op de stoep.'

'Als het bekend werd. Maar we hebben het hier over een vrachtje van de CIA.'

'Er zijn ook andere mensen bij betrokken. Dat heb je zelf gezegd. De agent die de speciale formulieren heeft ingevuld. Douanepersoneel. Dokwerkers. Heel wat kansen om mensen om te kopen.'

Gilmour ging rechtop zitten. 'Dus Weaver had informatie over die vracht gekocht en wilde die verkopen aan degene aan wie hij mijn updates stuurde. En misschien heeft hij dezelfde informatie ook aan Kasselwood verkocht? Er is best kans dat dr. Martin Kasselwood uitkoos als slachtoffer op basis van wat ze tijdens de therapie gezegd had. Maar hoe onderhield Weaver contact met Kasselwood? Hij moest haar tenslotte wel updates sturen, net als aan die andere gast. Dan had er dus nog een telefoon moeten zijn, en die was er niet. En er was ook geen sprake van berichten van hem aan haar, zelfs niet in de online-accounts.'

Reacher schudde zijn hoofd. 'Niet als het net andersom was. Als het plan oorspronkelijk uit Kasselwoods koker kwam. Als zij iets had laten vallen tegenover Martin. Als die het aan Weaver had doorgebriefd. En als Weaver het dan weer aan iemand anders had doorverkocht.'

'Als jij een misdaad beraamde, zou je dat dan aan je therapeut vertellen?' vroeg Gilmour.

'Jij hebt haar over jouw situatie verteld. Namen. Getallen. Genoeg om er tot over je oren in verzeild te raken. En je bent maar twee keer bij haar geweest.'

Even bleef het stil, toen schraapte Patten haar keel. 'Persoonlijk, uit eigen ervaring, kan ik zeggen dat je niets, maar dan ook niets geheim kon houden voor dr. Martin, als die eenmaal een vermoeden ergens van had. Hoe hard je ook je best deed. Je houdt niet voor mogelijk wat ik haar allemaal heb toevertrouwd. En wat jullie gisteren in die dossiers aantroffen? Rechters die toegeven pedofiel te zijn. Zakenlieden die bekennen heel zieke gedachten te koesteren. Het is wel duidelijk dat niemand lang bleef zwijgen met haar in de buurt. En nog iets. Het kan ook samenhangen met de reden waarom Kasselwood in eerste instantie in therapie was gegaan. Stel dat het iets te maken had met die geplande diefstal? Dat ze bijvoorbeeld in therapie ging omdat ze in haar jonge jaren ontspoord was na misbruik of iets in die richting. Dan had ze minder reden om haar plannen onbesproken te laten. Het kan zelfs rechtstreeks de reden zijn. Misschien was dit plan het kernpunt waarom het bij haar ging. Misschien was het haar hoop op verlossing.'

Gilmour onderdrukte een geeuw. 'Het zal allemaal wel.'

'Oké,' zei Reacher. 'Stel dat Kasselwood iets heeft laten vallen tegenover dr. Martin, of dat ze de informatie gekocht heeft van Martin. Hoe dan ook, hoe komen we erachter of zij bij de haven werkte?'

'Wacht even,' zei Patten. Ze veerde uit haar stoel overeind, liep de kamer uit en kwam even later terug met haar laptop. 'Ik heb thuis toegang tot mijn computer op het werk. Sinds corona werken sommigen van ons nog steeds af en toe thuis.' Ze opende de computer en wachtte tot die verbinding had. Ze typte, klikte en scrolde een tijdje en keek toen op het scherm. Ze schudde haar hoofd. 'Nee. Geen Kasselwoods op de loonlijst. Ook niet in het verleden.'

'Kun je haar huisadres zoeken?' vroeg Reacher.

'Denk ik wel.'

'Hoe dan?' vroeg Gilmour. 'Ik ben het allang vergeten. En jullie hebben het geen van beiden op Martins computer zien staan.'

Er verscheen een klein glimlachje op Pattens gezicht. 'Geen probleem. Het staat nog in mijn navigatie-app van toen we bijna naar haar toe gereden waren.' Ze opende haar telefoon, nam de gegevens over op haar laptop en bekeek opnieuw de database met werknemers. Deze keer knikte ze. 'Kijk eens aan. We hebben ene Kathryn Kennedy op hetzelfde adres. Kennedy/Kasselwood. Zou dat een en dezelfde persoon zijn? Hoe komen we daarachter?'

'Wanneer is zij in dienst gekomen?' vroeg Reacher.

'Een maand voordat Gilmour bij ons kwam werken.'

'Geeft haar baan toegang tot vrachtinformatie?'

'Zeer zeker.'

'Heb je een foto van haar in het dossier?'

Patten knikte. 'Dezelfde die ook op haar badge staat.'

'Kun je hem afdrukken?'

'Misschien wel. Hoezo?'

'Die moeten we haar buren laten zien voordat die naar hun werk gaan. Kijken onder welke naam zij haar kennen.'

'Ik kan hem naar mijn telefoon overzetten. Dat is net zo goed.' Patten klikte en scrolde weer en hield toen haar telefoon omhoog zodat de anderen het scherm zagen. De foto deed Reacher denken aan een politiefoto. Een vrouw die met een neutrale blik strak voor zich uit keek, donker haar in een staart, minimale make-up. Zo te zien was ze achter in de veertig, hoewel haar gezicht de tekenen van een zwaar leven vertoonde. Rond haar ogen zat een netwerk van rimpels. Haar haar vertoonde grijze strepen. En over haar linkerwang liep een vijf centimeter lang vurig, rood litteken.

Gilmours mond zakte open, en even later zei hij: 'Krijg nou wat. We hoeven haar buren niets te vragen. Ik weet wie dit is.'

30

Eerder uit gewoonte dan uit noodzaak nam Sabrina Patten haar laptop mee naar de keuken. Ze legde hem op het aanrecht neer en ging koffie zetten. Reacher liep met haar mee en keek toe. Een paar minuten later volgde ook Gilmour. Hij plofte neer op dezelfde plek aan de ontbijtbar als de vorige avond, diepte uit een rieten mandje een afstandsbediening op en zette de tv aan. Die stond op een nieuwszender. Het journaal had in wezen niet veel meer te melden dan wat Reacher al in de krant in de koffiebar had gelezen. De hoofdmoot werd gevormd door de dreigende crisis in Armenië. Er was nog steeds sprake van een mogelijke invasie. Intussen ging het er kennelijk al niet meer om of die er zou komen, maar wanneer. Het enige wat nog onduidelijk leek, was de vraag of de hele operatie uitsluitend door particuliere milities zou worden afgehandeld of dat ook de Amerikaanse krijgsmacht erbij betrokken zou zijn. Het onderwerp werd afgesloten met een clipje van de vrouw die was overgelopen uit de groep Nagorno-Karabach-separatisten. Zij ging in op de hulp die haar groep aan Iran bood bij het verrijken van uranium. Ze moest ergens in de dertig zijn. Het leed geen twijfel dat ze hoogopgeleid was en bekend met kernwapentechnologie. Een goed onderlegde, fotogenieke ooggetuige, vond Reacher. Heel iets anders dan het merendeel van de hufters die hij destijds had moeten ondervragen.

Patten wachtte tot de koffie doorgelopen was, pakte drie

bekers uit de vaatwasser en schonk die vol. Met een blik op Gilmour vroeg ze: 'Melk?'

'Graag,' wist Gilmour schor uit te brengen.

Patten trok de koelkast open, maar deed hem meteen weer dicht. 'Wat dacht je van zwart?' vroeg ze.

Ditmaal beperkte Gilmour zich tot een grom.

Patten gaf Reacher een beker aan en zette de laatste op haar eigen plek aan de ontbijtbar. Ze zette de tv uit, ging op haar kruk zitten en merkte op: 'Wéér oorlog. Zo deprimerend.'

'Zeker,' zei Reacher. 'Maar dat is niet ons onmiddellijke probleem. We moeten een plan bedenken. De vracht ligt om tien uur aan de kade. Dat is al heel snel. De tijd die we hebben, moeten we optimaal gebruiken. Ik stel het volgende voor: Sabrina, jij neemt de buren van Kathryn Kasselwood voor je rekening. Je laat haar foto zien. Hopelijk zal iemand haar herkennen.'

'Doe ik,' zei Patten.

'Hoeft niet,' zei Gilmour. 'Ik zei toch al, het is Kasselwood. Ik heb haar van dichtbij gezien. Dit is de vrouw die op zoek was naar mijn collega, de eerste keer dat ik aan het rondsnuffelen was naar de details van de vracht. Kijk.' Gilmour pakte zijn telefoon en selecteerde een foto. 'Dezelfde. Kijk maar naar dat litteken op haar wang. Identiek.'

'Nathan, is er ook maar íémand op aarde van wie jij niet stiekem een foto hebt gemaakt?'

Gilmour wendde zijn blik af.

'Dr. Martin is natuurlijk dood, maar er zijn andere psychiaters...'

'En toch wil ik officieel bevestigd hebben dat zij het is,' zei Reacher.

'Geen probleem,' zei Patten. 'Ik ga bij haar in de buurt informeren.'

'Mooi. Maar doe voorzichtig. We hebben geen idee waar Kasselwood uithangt. Voor hetzelfde geld zit ze thuis. En dan wil je haar niet tegen het lijf lopen.'

'Komt goed, ik pas op. En mocht het allemaal misgaan: jij hebt geen idee hoe hard ik lopen kan.'

Reacher keek naar Gilmour en zei: 'Nathan, neem jij contact op met je maat in Wiesbaden. Praat hem bij. Maak hem duidelijk wat voor extra gevaar de vracht loopt. Vraag of hij vindt dat we al genoeg hebben om hulptroepen in te roepen.'

Gilmour keek op zijn horloge om het tijdsverschil met Duitsland uit te rekenen en zei toen: 'Prima. Ik vraag het hem.'

'Sabrina, kunnen we er op de een of andere manier achter komen of Arlon James vandaag nog werkt?'

'Uiteraard.' Patten pakte haar laptop en klapte hem open. Na een minuutje zei ze: 'Hij zou op de Seagirt Terminal moeten zitten. Vroege dienst. James en nog iemand.'

Gilmour keek op. 'En morgen?'

Patten keek even en antwoordde: 'Morgen... Seagirt. Late dienst.'

'Heeft hij geen actie ondernomen na Kasselwoods bericht?'

'Valt niet te zeggen. Het is kort dag. Als hij bijvoorbeeld met een collega geruild heeft, dan staat dat hier niet in. Dat is dan iets onofficieels. Daar zijn ze op kantoor niet blij mee, maar het komt voor.'

Gilmour sloeg zijn armen op de bar over elkaar, boog voorover en legde er zijn hoofd op. 'Te veel wijn,' zei hij. 'Niet genoeg slaap. Ik ben hier te oud voor.'

Reacher probeerde mee te kijken op Pattens computer.. 'Heb je daar een foto van James?' vroeg hij.

Patten klikte een paar keer met haar muis en draaide haar computer iets meer naar hem toe. Op het scherm stond een foto van een man met gemillimeterd haar en een rond, vriendelijk gezicht. 'Dit is hem,' zei ze. 'Zal ik hem doorsturen?'

'Nee. Ik herken hem wel. Nathan en ik gaan naar hem op zoek. We lichten hem in en gaan dan naar de plek waar de vracht in ontvangst genomen gaat worden.'

'Waarom?'

'In dit stadium kunnen we maar één ding doen: kijken. We hebben twee mogelijke scenario's, het ene gunstig, het andere niet. Als Kasselwood die nepberichten gebruikte om het vege lijf te redden en Weavers dief op een dwaalspoor te zetten, zal niemand ook maar iets proberen te stelen. Dan neemt de CIA de container zonder problemen in ontvangst. Maar als ze dat deed om zelf vrij spel te hebben, zal zij proberen te jatten wat het ook is dat de CIA heeft laten verschepen. Als de CIA haar kan tegenhouden, prima. Dan laten we het aan hen over. Zo niet, dan bellen we James. Zodat hij de uitgang kan barricaderen. Kasselwood zo lang mogelijk ophouden terwijl wijzelf de een of andere instantie vragen ons te hulp te schieten. Is dat wat?'

'Eh... ja,' zei Patten.

Gilmour tilde zijn hoofd van zijn armen en zei: 'Niet echt. Maar meer hebben we niet.'

Als de benedenloop van de Patapsco een vinger is die vanuit de kust naar het hart van Baltimore wijst, is de Seagirt-zeehaven een stuk eelt op de binnenrand, tussen de knokkels in. De Francis Scott Key-brug loopt over de rivier naar het zuiden, als een ring, en de Harbor-tunnel duikt eronderdoor naar het noorden, als een ader. Gilmour kende beide, maar die ochtend nam hij Reacher mee door de Fort McHenry-tunnel en stuurde vanuit het westen op de haven aan, want hij had per se langs zijn flat willen rijden om zijn eigen auto om te ruilen voor de gehuurde. Hij verliet de I-95, nam Keith Avenue naar Broening Highway en reed toen recht op de hoofdingang voor autoverkeer af. Onderweg hadden ze afgesproken dat dit niet het moment was voor sluwe trucjes. Gilmour zette de auto stil en meteen zagen ze Arlon James. Diens schouders waren breder dan zijn hr-foto deed vermoeden, en hij bewoog zich lichter dan je van zo'n boom van een vent zou verwachten. Reacher en Gilmour keken om zich heen, maar zagen geen tweede bewaker in de buurt van de poort.

'Kom op.' Reacher opende zijn portier. 'Het ijzer is heet.'

Gilmour liep achter Reacher aan naar het raampje in het bewakershuisje. James kwam van zijn kant van de slagboom aanlopen en stapte het huisje in. Hij gebaarde dat Gilmour en Reacher hun pasjes van de sleutelkoorden moesten halen en aan hem geven. Dat van Gilmour bekeek hij amper, maar Reachers pas werd uitgebreid aan de voor- en achterzijde bestudeerd. James controleerde zelfs de lengte en breedte van het pasje. Eindelijk gaf hij de pasjes terug en deed de poort open. Gilmour reed het terrein op en stopte. Ze sprongen uit de auto en met Reacher voorop liepen ze terug naar het huisje. James sprong van zijn kruk en zei: 'Wat is dit, jongens?'

'Kunnen we even praten?' vroeg Reacher.

'Waarover?' James verstrakte en hij klonk plotseling argwanend.

'Rustig maar. We komen je niet omkopen en we zijn niet van hr.'

'Dat hoop ik dan maar.'

'Sta je vandaag in je eentje?'

James knikte. 'Mijn collega is ziek. Hij belde op het laatste moment af. Maakt niet uit. Ik zit er niet mee.'

Reacher en Gilmour wisselden een blik.

Reacher begon: 'Oké, ik ga je iets zeggen wat misschien als een verrassing komt. Misschien zelfs als een schok. Dus je moet eerst nadenken en dan pas iets doen, oké?'

'Kom maar op,' reageerde James.

'Het zit zo. Wij weten waarom jij hier staat. Niet in detail, maar wel in grote lijnen.'

James leunde achterover, maar bleef zwijgen.

'Iemand heeft je een voorstel gedaan. Nog niet zo lang geleden. Hij zei dat hij iets voor je zou regelen of fiksen of misschien een geheim voor je zou bewaren. De enige tegenprestatie was dat je hier een baan moest regelen, geen problemen veroorzaken en dan zou hij op een dag vragen om iets voor hem te doen. En die dag is vandaag. Klopt dat?'

'Nee.'

Gilmour drong aan. 'Geeft niks. Je hoeft je nergens voor te schamen. Het is mij ook overkomen. Maar er is intussen iets veranderd.'

'Hoe bedoel je?' vroeg James.

'De man met het voorstel was ene Weaver,' zei Reacher. 'Die is dood. Sinds gisteren. Hij is vermoord. Niemand heeft jou meer in zijn macht. Je kunt zo weglopen, als je dat wilt. Nu meteen. Niemand houdt je tegen. Maar wij willen je vragen nog één dag te blijven. Misschien zelfs maar een uur.'

James' telefoon maakte het geluid van een rinkelende bel. Hij haalde hem uit zijn zak en keek naar het scherm. Er verscheen een rimpel in zijn voorhoofd.

'Alles oké?' vroeg Reacher.

James borg zijn telefoon weg. 'Ja. Dat was een collega die vroeg of we morgen van dienst konden ruilen. Dat is nu dus geen probleem meer, neem ik aan. Want tegen die tijd ben ik al weg. Maar waarom zou ik vandaag nog blijven als het niet hoeft?'

'Weaver wilde je hier hebben omdat hij een diefstal aan het voorbereiden was. Dat had je zelf inmiddels ook wel begrepen, neem ik aan. Volgens ons is hij vermoord door een rivaliserende groep. Ze hebben zijn telefoon gestolen en een nepbericht verstuurd om te zeggen dat de vracht waarop Weaver zat te wachten vertraging heeft opgelopen en morgen pas komt. Jou hebben ze ook zo'n bericht gestuurd. Dat hebben we gezien. Je hebt geantwoord. Dat hebben we ook gezien. Volgens ons hebben ze dat bericht verstuurd om zelf straks probleemloos bij de vracht te kunnen komen. Wij gaan kijken wat er gebeurt. En als we gelijk hebben, moet jij ze een tijdje hier houden.'

James dacht even na, en vroeg toen: 'De vracht heeft dus geen vertraging? Hij arriveert vandaag, op schema?'

'Precies.'

'Hoe weet je dat?'

'Die vracht volgen was mijn aandeel in de puzzel,' antwoordde Gilmour.

'Oké,' zei James, 'maar waarom maakt het jullie iets uit of die bepaalde container gestolen wordt? Of wie dat doet?'

'Vanwege wat erin zit,' zei Reacher. 'Volgens ons is dat iets geheims. Misschien iets gevaarlijks. We willen niet dat onschuldige mensen de dupe worden.'

James staarde even voor zich uit en keek hen toen weer aan. 'Oké,' zei hij. 'Ik blijf zolang jullie er zijn. En als het moet, gooi ik de complete terminal dicht.'

31

Morgan Strickland worstelde met het bed tot het weer de vorm van een bank had. Wat hem betrof was die bank eerder een martelwerktuig en hij ging er zelf dan ook nooit op zitten. Het voordeel van het onding was wel dat besprekingen in zijn kantoor nooit erg lang duurden.

Strickland liep om zijn bureau heen en ging zitten. Hij had nog een paar minuten voordat Steve McClaren werd verwacht en hij wilde snel wat discussiepunten opschrijven over zijn idee voor een nieuwe dochteronderneming. Hij had het gisteravond pas bedacht, maar dat hoefde McClaren niet te weten. En niet alleen omdat hij zijn gezicht wilde redden. Hij dacht echt dat het plan potentie had. Een extra bron van inkomsten was een goed idee. Spreiding van investeringen ook. En het was zeker een goed idee als het hem een gegronde reden bood om waardeloze rekruten toch aan te nemen. Buitengewoon goed zelfs, als je het hem vroeg.

McClaren klopte om 8.55 uur bij hem aan. Strickland riep hem binnen en beduidde hem te gaan zitten. McClaren was nog steeds op zoek naar de minst oncomfortabele plek op de bank toen Stricklands telefoon op zijn bureau één keer trilde.

Strickland pakte het toestel op en keek op het schermpje. Zijn gezicht betrok.

'Weer een berichtje?' vroeg McClaren. 'Wil je dat ik je antwoord intik?'

Strickland schudde zijn hoofd. 'Nee,' zei hij, 'maar ik moet onze bespreking wel verzetten.'

'Problemen?'

'Nog niet. Maar die komen er wel als ik niet snel orde op zaken stel.'

De Seagirt-scheepvaartterminal had de vorm van een reusachtige rechthoek waar één hoek af was gesneden. Eén lange zijde en de korte zijde lagen aan het water. Aan de andere lange zijde stonden lage, brede pakhuizen en loodsen. Langs de schuine zijde liep een smalle ventweg. Aan die kant werd de terminal afgeschermd door een hek van bijna tweeënhalve meter hoog. De bovenkant boog buitenwaarts en was afgezet met prikkeldraad. De panelen waren van plaatgaas, dat na jarenlange blootstelling aan de zilte zeelucht donker was verkleurd door roest. Ze zaten tussen vierkante betonnen palen, waar de roest van het wapeningsstaal zich doorheen naar buiten had gevreten en vlekken veroorzaakte op het ruwe oppervlak.

Er lagen die morgen twee schepen pal achter elkaar aan de kade, onder een rij reusachtige witte kranen. De kraangieken strekten zich uit over de laadruimen en door een speling van het licht leek het alsof ze vooroverbogen terwijl ze de containers eruit tilden, als prehistorische roofdieren die hun prooi het vlees van de botten trokken. De grond achter de kranen zat vol krassen en butsen door tientallen jaren van contact met containers die werden verplaatst, opgeslagen en op vrachtwagens geladen voor verder transport.

Reacher en Gilmour stapten weer in de huurauto en reden parallel aan de schepen tussen de stapels containers door over de terminal. Sommige stapels waren maar drie containers hoog. De hoogste wel zeven. De smalste stapels waren twee containers breed. De breedste zes. De containers zelf hadden allerlei kleuren en tinten. Sommige waren nieuw en blonken nog, andere zaten vol deuken en waren dof. Reacher herinnerde zich dat Gilmours makker bij de inlichtingendienst het over dieven had gehad die in containers op haventerreinen zoals deze woonden en ze gebruikten als uitvalsbasis voor hun overvallen. Kijkend naar de clusters van containers die over het terrein verspreid stonden, kon Reacher dat best geloven. Het waren net kleine bolwerken. Je kon je er waarschijnlijk wekenlang in verschuilen. Misschien zaten er nu wel mensen in verborgen, dacht hij. Kasselwood, wellicht.

Gilmour reed geduldig door tot de auto bijna de schuine zijde van de terminal had bereikt. Hier waren de containers anders opgesteld. Er stond een rij in een hoek van ongeveer zestig graden ten opzichte van het hek. De rij was drie containers lang, drie hoog en een breed. Een andere stapel – ook drie containers hoog – stond daar dwars op, verder naar achteren. Daardoor bleef er achteraan ruimte over tussen de stapels en het hek, als tussen golfbrekers. Maar de containermuur was duidelijk gebouwd om nieuwsgierige blikken te weren in plaats van golven of het getij.

Gilmour dumpte de auto achter de voorlaatste stapel vrijstaande containers, haalde zijn wapen tevoorschijn en hing zijn rugzak om zijn schouders. Reacher ging hem lopend voor. Hij naderde de open ruimte tussen de containers en het hek, liep door en zag dat die niet leeg was. Er stond één container, aan de kant. Hij was felrood geverfd en de zegels op de vergrendeling ontbraken.

Gilmour kwam naast Reacher staan. 'Is die het? Zijn we te laat?' vroeg hij.

'Daar komen we maar op één manier achter,' zei Reacher. 'Ik ga erin kijken. Hou jij de wacht voor het geval deze het niet is.'

Gilmour draaide zich om en wilde weglopen, maar Reacher pakte hem bij zijn arm en wees naar een ladder aan de zijwand van de dichtstbijzijnde container. 'Daarboven,' zei hij.

'Meen je dat nou?' vroeg Gilmour.

'Ja, dat meen ik. Niemand kijkt ooit omhoog. Dat is gewoon zo. Geloof me.'

Gilmour keek Reacher aan alsof hij niet goed wijs was, maar stak toch zijn wapen achter zijn broeksband en klom naar boven.

Reacher wachtte tot hij boven op de stapel uit het zicht verdwenen was en sloop toen naar de rode container. Nog drie meter. Nog anderhalf. Hij voelde in zijn zak. Daar zat de zaklamp nog in die hij twee nachten geleden in het pakhuis had gebruikt. Hij haalde hem eruit, zette nog een stap en stak zijn hand uit naar de grendel waarmee de container was afgesloten. Toen hoorde hij van boven en achter hem de stem van Gilmour.

'Stop. Er komt iemand. Nog dertig seconden.'

Reacher stopte de zaklamp meteen terug en rende naar de lange stapel containers, naar het eind van de rij, waar de ladders waren. Hij begon te klimmen. De stapel was drie containers hoog. Dat gaf hem tien tellen per container. Zeg voor de zekerheid negen, omdat hij er ook naartoe had moeten lopen. Gilmour had minder tijd nodig gehad, maar Reacher was langzamer dan Gilmour. Zwaarder. De sporten waren onhandig klein voor zijn grote handen en de ruimte tot aan de containerwand was bijna te ondiep voor zijn tenen. Zijn rechtervoet gleed een keer weg. Hij moest zichzelf afremmen. Gestaag en doelbewust doorgaan. Toen hij de bovenkant van de eerste container bereikte, vertelde de klok in zijn hoofd hem dat hij drie seconden te langzaam was. Hij klom iets sneller verder en besefte dat hij iets hoorde. De motor van een voertuig. Een zwaar geluid, dat overduidelijk dichterbij kwam.

Reacher negeerde het geluid en richtte zich op de ladder. Bovenaan de tweede container lag hij nog maar een seconde achter. Maar toen gleed zijn linkervoet weg. Dat kostte hem weer een seconde. Hij ging stug door. Nog sneller. Zijn handen vonden de bovenrand van de bovenste container. Hij trok zich erop en ging op zijn buik liggen. Gilmour lag aan het andere eind van de rij, ook op zijn buik. Hij had zijn rugzak afgedaan en naast zich neergelegd. Voor hem bewogen twee staken van metaal. Langzaam. Parallel, als twee verticale balken of rails. Ze waren net zo hoog als de stapel containers waarop Reacher lag. Ze bewogen gelijkmatig, alsof ze zweefden, maar ze moesten met iets op de grond verbonden zijn. Waarschijnlijk met het voertuig dat Reacher hoorde naderen. Maar hij kon niet zien wat het was. Hij lag te ver naar achteren, dus de containers belemmerden zijn zicht. Wat inhield dat de bestuurder hem dus ook niet kon zien.

Reacher kwam iets overeind, rende gehurkt midden over de containers en ging toen naast Gilmour liggen. Hij wurmde zich een klein stukje verder naar voren, tot hij zicht had op het voertuig. Het was een reusachtige, feloranje geschilderde vorkheftruck, formaat kleine vrachtwagencabine. Het ding had vier wielen met gigantisch grote, brede banden. Die waren elk zo hoog als de gemiddelde gezinsauto. Aan de hoge staanders die hij als eerste had gezien, de masten, staken brede vorken naar voren, met daarop nog een container, met de brede kant naar voren, bijna twee meter boven de grond. Deze was blauw.

De vorkheftruck hield in en draaide toen scherp naar links, zodat hij recht voor de doorgang naar de vrije ruimte stond aan het eind van de stapel containers waar Reacher en Gilmour op lagen. Het gevaarte kroop naar voren. Er was aan weerskanten maar een paar centimeter speling. De vorkheftruck draaide weer naar links en stopte. Het bleef even stil, maar toen veranderde het geluid van de motor. De blauwe container zakte naar de grond. Even later klonk er een holle dreun en stond de container op de grond, ruwweg parallel aan de rode.

De rechterdeur van de rode container zwaaide open en er

kwam een vrouw uit. Ze was helemaal in het zwart gekleed. Laarzen, spijkerbroek, hoody en handschoenen. Haar capuchon hing op haar schouders. Haar donkere haar, met aardig wat grijs erin, zat in een paardenstaart. Gilmour haalde een kleine verrekijker uit zijn rugzak en richtte die op haar.

'Ze is het,' fluisterde hij. 'Kasselwood.' Hij gaf de verrekijker aan Reacher. 'Kijk maar naar haar litteken.'

Reacher keek en knikte toen. 'Je hebt gelijk.'

'Ze is de CIA vóór. Waar blijven die gasten in godsnaam? Heeft ze back-up? Moeten wij haar tegenhouden?'

'Nee. Misschien hoort dit bij het plan. Misschien willen die kerels van de CIA haar op heterdaad betrappen. Wij kijken alleen maar toe. Voorlopig.'

Kasselwood opende de tweede deur en haastte zich toen naar de blauwe container. Ze liep wat mank, leek haar linkerbeen te ontzien. Ze haalde een mes uit haar broekzak, sneed de zegels op de vergrendeling door, maakte de grendels los en trok beide deuren open. Daarna rende ze terug naar de rode container en ging die weer binnen. Er werd nog een motor gestart en er kwam iets achterstevoren naar buiten rijden. Een kleinere vorkheftruck, compacter dan het standaardformaat en met kortere masten. Kasselwood bestuurde hem. Ze keerde hem, zette hem voor de blauwe container en reed naar binnen. Reacher en Gilmour hoorden gebrom en gebons en toen kwam de vorkheftruck weer achterstevoren naar buiten gereden, nu met een houten kist van pakweg een meter twintig breed en een meter vijftig lang en hoog. Kasselwood keerde en reed de vorkheftruck terug de rode container in. Even later kwam ze er weer uit gelopen, deed de deuren van de blauwe container dicht en gaf de andere chauffeur een envelop. Hij groette zwijgend, tilde de blauwe container een meter op, draaide zijn voertuig en reed de omsloten ruimte uit.

Kasselwood rende terug naar de rode container, stoof naar binnen en kwam een paar minuten later weer naar buiten op de vorkheftruck, zonder de kist. Ze zette hem naast de container, schakelde de motor uit, zette haar capuchon op en rende terug de container in. Er werd een andere motor gestart en er kwam een pick-uptruck achterstevoren naar buiten gereden. Een bronskleurige Toyota, de wielkasten vol modderspetters en de kist vastgezet op het laadvlak. De chauffeur sprong eruit, haar capuchon nog steeds op. Ze gooide de containerdeuren dicht, sprong weer in de pick-uptruck en reed met grote snelheid in de richting van de poort van de terminal.

'Bel James,' zei Reacher. 'Zeg dat hij de boel dichtgooit.'

Reacher kroop naar de ladder, zwaaide zijn been over de rand, zette zijn voet op een sport en klom naar beneden. Hij dwong zichzelf het rustig aan te doen. Goed vasthouden. Gestaag doorgaan. Zijn linkervoet gleed een keer weg, maar hij bereikte zonder grote problemen de grond. Gilmour volgde even later en wilde al weglopen. Reacher greep zijn arm beet en wees naar de rode container. 'Ik wil daar even in kijken,' zei hij. 'Kasselwood dacht misschien dat ze toeschouwers had.'

Reacher pakte zijn zaklamp, opende de rechterdeur van de container en stapte naar binnen. Er hing nog vaag een geur van uitlaatgas. Op de vloer lag een plasje olie, waarschijnlijk van de vorkheftruck. Naast de linkerwand lag een koevoet en achter een verstevigingsbalk aan de achterkant zat een betonschaar. In de hoek daar het dichtst bij lag een wikkel van een snoepreep. Maar verder was de container leeg. Reacher pakte de koevoet en haastte zich toen weer naar buiten.

Toen Gilmour de terminal in reed had hij voorzichtig gereden, maar nu, op de terugweg naar de poort, hield hij zich niet in. Een paar dokwerkers moesten voor hem aan de kant springen en waren bepaald niet beschaafd in hun commentaar op zijn rijstijl. Gelukkig kwamen ze geen andere voertuigen tegen. Maar Reacher zag wel een zwart busje tussen de volgende rijen containers de andere kant op rijden.

James had zijn werk gedaan. De Toyota stond vlak voor de poort. Gilmour stopte erachter en Reacher sprong uit de auto. De kist stond nog steeds op het laadvlak van de pick-uptruck. De motor draaide. Reacher liep naar de zijkant en zag dat de bestuurder over het stuur gebogen zat, de capuchon nog steeds op. James stond met zijn revolver in de hand naast haar portier.

'Ik heb haar niet aangeraakt,' zei hij. 'Ze weigert iets te zeggen.'

Reacher liep naar de achterkant van de pick-uptruck, liet de achterklep zakken, sprong op het laadvlak, maakte de banden los die de kist op zijn plaats hielden en ging toen aan de slag met de koevoet. Binnen een paar tellen was het deksel los. Hij duwde het opzij, keek in de kist en sprong toen weer omlaag.

Gilmour stapte uit en vroeg: 'Nou?'

James kwam dichterbij. 'Wat heeft ze gestolen?'

'Niets,' zei Reacher. 'De kist is leeg.'

'Hoe kan dat nou?' reageerde Gilmour. 'Ze heeft geen tijd gehad om te stoppen en hem leeg te maken.'

'Kan ze hem omgewisseld hebben?'

'Nee.' Reacher sprong weer op de passagiersstoel. 'Het is nep, een afleidingsmanoeuvre. Arlon, hou die vrouw hier. Nathan, kom op. We moeten terug naar de container.'

32

Gilmour keerde en trapte het gaspedaal nog dieper in dan zojuist. Deze keer waren de dokwerkers op hem voorbereid. Ze sprongen ruim op tijd weg en bekogelden de auto met frisdrankblikjes en afval toen hij voorbijraasde. Gilmour negeerde hen. Hij hield pas in toen hij vlak bij de opening was, aan het eind van de containers waar ze eerder op waren geklommen.

'Stop hier,' zei Reacher. 'In het midden. Zodat niemand erin of eruit kan.'

Gilmour remde wat af en toen ze door de opening reden, zagen ze een ander voertuig staan. Het zwarte busje dat Reacher net had zien rijden. Het stond dichter bij de rode container dan bij het hek en braakte uitlaatgassen uit. Het passagiersportier stond open en aan de andere kant, tussen het busje en de container, stond een man. Hij droeg een olijfgroen uniform in militaire stijl en sleepte een vrouw aan haar voet over de grond. Ze was helemaal in het zwart gekleed en had een capuchon op, zodat haar gezicht niet te zien was, maar bij haar ene slaap ontsnapten een paar plukken grijs haar.

De man hoorde de auto. Hij liet de voet van de vrouw los en greep naar zijn wapen. Reacher was hem voor. Hij had het wapen uit Gilmours broeksband getrokken en opende zijn portier. De man draaide zich om en richtte op de voorruit, maar aarzelde toen even. Hij had eigenlijk de bestuurder,

Gilmour, neer willen schieten, maar Reachers actie overviel hem.

Reacher aarzelde echter niet. Hij richtte en haalde de trekker over. Hij had op de borstkas van de man gericht, maar de auto reed net over een barst in het beton. De kogel raakte de man daardoor te hoog, in zijn keel in plaats van in zijn borst. Door de kracht van het schot wankelde hij achteruit en toen begaven zijn knieën het. Hij viel met zijn benen gespreid en zijn armen naast zijn zij op de grond. Het bloed spoot als een fontein uit de wond in zijn nek.

Gilmour trapte op het rempedaal. Reacher sprong uit de auto. Hij zette een stap naar het busje toe en hief het wapen. De achterwielen van het busje begonnen te spinnen en er steeg rook van het beton op. Het busje stond nog een halve tel stil en schoot toen naar voren, recht op het hek af. De bestuurder corrigeerde de richting iets om een betonnen paal te ontwijken, gaf toen plankgas en stortte zich op het roestige plaatgaas. Het busje vertraagde iets, heel even maar. Toen ramde het door het hek heen. Reacher rende erachteraan. Hij was net op tijd het hek door om het busje met grote snelheid over de smalle ventweg te zien verdwijnen.

Gilmour stond voor de auto naar de twee lichamen te kijken toen Reacher weer terugliep. 'Wat doe je nou?' riep Gilmour. 'Je hebt net een CIA-agent doodgeschoten. Met míjn wapen.'

Reacher schudde zijn hoofd. 'Hij was niet van de CIA.' De slagaderfontein was drooggevallen. De man was duidelijk dood, maar Reacher controleerde toch zijn hartslag aan de onbeschadigde kant van zijn nek. Hij voelde niets, dus liep hij naar de vrouw en trok haar capuchon omlaag. Ze lag met de linkerkant van haar gezicht omhoog. Er zat een nieuwe snee in haar slaap en een ouder litteken op haar wang.

Gilmour kwam naast Reacher staan en zei: 'Is Kasselwood hier, niet in de pick-uptruck? Lading én chauffeur als afleiding? Dus ze was toch gewoon een dief. Ik moet zeggen dat ik best een beetje teleurgesteld ben.'

Reacher voelde aan Kasselwoods hals en trok toen de rits van haar hoody open. Ze droeg een kogelwerend vest. 'Ze ademt nog,' zei hij. 'Ik vermoed dat het schot een voltreffer was. Het vest heeft haar leven gered, maar ze is tijdens haar val keihard met haar hoofd op de grond gekomen en daardoor bewusteloos geraakt.'

'Oké, en hij daar? Als hij niet van de CIA is, wie is hij dan?'

'Een van de oorspronkelijke dieven. We hebben het voor Kasselwood verkloot, da's duidelijk, en die andere gasten zijn er met de buit vandoor.'

Gilmour liep naar de auto. 'Laten we dan zorgen dat we hier weg zijn voordat de CIA alsnog komt.'

'Rustig maar. De CIA komt niet. Die heeft er nooit iets mee te maken gehad.'

'Hoe...'

'Ik heb mijn tweede regel van het militaire leven geschonden: "Vertrouw nooit op de informatie." De lading werd niet gesmokkeld door de CIA, maar door iemand die ex-CIA was. Iemand die recent genoeg is opgestapt om de actuele ladingcodes te kennen.'

'Heeft Kasselwood dan bij de CIA gezeten?'

'We wisten al dat ze een veteraan was. Ze is door de Veterans Administration naar dr. Martin verwezen.'

'Ja, natuurlijk. Oké, en wat nu?'

'Wat mij betreft gaan we. Ik maakte me zorgen dat er iets geheims in verkeerde handen terecht zou komen, maar in feite hebben een stel dieven gewoon een smokkelaar bestolen. Het ene stel klootzakken kan me net zo weinig schelen als het andere. Jou wel?'

'Ik denk het niet.'

'Goed dan. Ik zal het alarmnummer bellen zodra we uit de buurt zijn. Laat de politie de rotzooi maar opruimen.'

'En de man die je hebt neergeschoten? We willen niet dat de politie ons in de peiling krijgt.'

'Is het wapen geregistreerd?'

Gilmour wendde zijn blik af. 'Nee.'

'Heeft het sentimentele waarde?'

'Nee, het is gewoon een wapen.'

'Dan vegen we het schoon en leggen het in Kasselwoods hand.'

'Maar zij heeft het niet gedaan.'

'Ze heeft twee andere doden op haar geweten. Drie, als je gelijk hebt over je collega.'

'Dat is niet hetzelfde. Al is ze natuurlijk niet bepaald een heilige.' Gilmour draaide zich om en keek even naar Kasselwood. 'Er is nog iets wat ik niet begrijp. Blijkbaar zijn de oorspronkelijke gasten in haar nepbericht getrapt. Waarom waren ze anders niet meteen hier?'

'Ik denk dat ze er inderdaad ingetrapt zijn,' zei Reacher.

'Waarom waren ze dan nu hier? Wat heeft ze van gedachte doen veranderen?'

'Niet wát, maar wie.'

'Ik snap je niet.'

'Dr. Martin had een dossier over jou. Ook van Patten. Maar van wie niet?'

Gilmour dacht even na en zei toen: 'Van Arlon James.'

'Weet je nog dat Patten zei dat ze die hele heisa om James de baan te bezorgen niet begreep, omdat hij er gewoon geschikt voor was? Ik denk dat degene aan wie Weaver de informatie verkocht geen computermannetje had. En niemand bij hr. Hij had Weaver dus nodig om jou en Patten te rekruteren. Maar hij wist wel iemand die in de beveiliging kon werken. Dus hij had Patten alleen maar nodig om James op z'n plek te krijgen, niet om iemand voor die plek te vinden. Maar toen wij vanmorgen opdoken en James vertelden dat het bericht over de vertraging nep was...'

'Belde hij zijn baas en die stuurde de kerels in het busje.

Verdomme. En James heeft ons gezien. Hij kan ons aan de politie beschrijven. Kom op. We moeten hier weg.' Gilmour haastte zich naar de auto.

'Maak je niet druk, James is er vast allang vandoor,' zei Reacher.

Gilmour bleef staan. 'Ik vraag me af of James wist wat er is gestolen. Ben jij daar niet nieuwsgierig naar? Wat maakte al dat gedoe de moeite waard?'

'Het gaat er niet om wát er weg is,' klonk een vrouwenstem, hijgend en schor, vanaf de grond achter hen.

Ze draaiden zich om en zagen dat Kasselwood haar ogen open had. 'Maar wie!'

Kasselwood krabbelde moeizaam tot in zit overeind. Reacher stak haar een hand toe, maar die mepte ze weg. Toen ze het lichaam achter haar zag liggen, vroeg ze: 'Hebben jullie dat gedaan?'

Reacher antwoordde niet.

Kasselwood wees naar het kapotte hek. 'Zijn ze zo weggekomen? Goed gedaan, jongens.' Ze ademde diep in, kreunde even, maar slaagde erin te gaan staan, met haar gewicht vooral op haar linkerbeen. Ze drukte haar hand tegen haar ribben en keek Gilmour aan. 'Jij werkt bij de planning. Je hebt ze verteld waar ze moesten zijn. En wanneer.' Toen wendde ze zich tot Reacher. 'Ik weet niet wie jij bent, maar ik heb je hulp niet nodig. Blijf bij me uit de buurt, jullie allebei.'

Kasselwood keek hen allebei nog een keer lelijk aan en liep toen weg, langs Gilmours huurauto en in de richting van de terminalingang.

Reacher gaf het wapen aan Gilmour en liep toen naar het lichaam. 'Keer de auto alvast,' zei hij. 'We moeten Kasselwood tegenhouden. Ik kom zo.'

Gilmour opende het bestuurdersportier en zei: 'Tuurlijk. Hoe ga je ervoor zorgen dat ze haar mond houdt?'

Reacher doorzocht de zakken van de dode man. 'We moeten eerst met haar praten. Ze zei dat het erom ging wíé er weg was. Je hebt gezien hoe groot die kist was. Er kan een kind in hebben gezeten. Of een kleine vrouw. Als dit om mensensmokkel gaat, kunnen we er niet zomaar vandoor gaan.'

33

Nadat Morgan Strickland in Irak was opgeblazen, had zijn revalidatie voor een deel bestaan uit psychotherapie. Tijdens hun eerste sessie vertelde zijn therapeut hem dat het psychisch herstel meer moeite zou kosten dan het fysieke. Hij zei dat het langer zou duren. En hij zei ook dat het belangrijker was. Strickland moest leren omgaan met een nieuwe rol. Hij kon niet langer in actieve dienst werken. Hij kon helemaal geen soldaat meer zijn. De therapeut vertelde hem dat het herdefiniëren van zijn identiteit zijn belangrijkste overlevingsstrategie was. Strickland had destijds gedacht dat hij nog nooit zo'n hoop flauwekul had gehoord. Maar nu, twintig jaar later, moest hij toegeven dat er wel enige waarheid in zat. En als hij eerlijk was, moest hij ook toegeven dat hij zich – ondanks alles wat hij in de tussenliggende jaren had bereikt met zijn bedrijf – nog steeds niet helemaal had aangepast. Die morgen was daar een voorbeeld van. In plaats van zelf in de haven alles af te handelen, was hij op de basis achtergelaten, gedwongen om op informatie uit de tweede hand te wachten. Hij kon zich niet concentreren. Hij kon geen plan maken. Hij zou geen after-actierapport schrijven, omdat hij niet had deelgenomen aan de actie.

Strickland rukte en trok aan zijn bank tot die weer in een bed veranderde en plofte erop neer. Hij kon niet stilliggen. Elke cel in zijn lijf vibreerde. Hij ging kapot aan die spanning. Het ergste was dat hij niet wist wat er gebeurde. Als de operatie overzee had plaatsgevonden, hadden de technici hun radiodekking kunnen uitbreiden tot in de haven, maar hier was dat niet mogelijk. Hier stonden te veel wetten en regels in de weg. Hij pakte zijn telefoon, keek ernaar, wilde dat die zou overgaan. Na nog eens tien minuten, die wel tien uren leken, gebeurde dat eindelijk. De man aan de andere kant van de lijn noemde zijn naam niet en zei alleen: 'We hebben de vrouw. Eén man gesneuveld. Uit.'

Strickland ontspande. Hij wist niet hoe er een slachtoffer onder zijn jongens had kunnen vallen tijdens zo'n simpele operatie, maar strategisch gezien was het verlies acceptabel. De financiële gevolgen kon hij pas bepalen als hij meer informatie had. Voor nu kon hij alleen maar hopen dat de man aan de telefoon niet zo stom was geweest om het lichaam achter te laten.

Ze zagen Kasselwood honderd meter verderop lopen. Gilmour weerstond de verleiding om naar haar toe te scheuren. Ze hadden nog tijd genoeg om haar in te halen voordat ze de poort bereikte, en hij wilde geen aandacht trekken. Hij wilde niet dat ze ergens tussen de stapels containers dook waar ze haar moeilijk weer tussenuit zouden krijgen. En hij wilde absoluut niet dat een van de dokwerkers die kwaad op hem waren, haar zou helpen. Dat zou voor niemand goed aflopen.

Reacher had het wapen van de dode man opgeraapt en alles meegenomen wat hij in diens zakken had gevonden, waaronder een extra magazijn. Dat hield hij. Verder was er een telefoon, die hij opzij legde zodat Gilmour er later naar kon kijken. En een versleten leren portemonnee met honderdtwintig dollar erin. Het geld stak Reacher in zijn zak. Dat was een traditie die hij koesterde. Oorlogsbuit. Een pinpas. En een ID-kaart van zijn werk. Reacher haalde die eruit en liet hem aan Gilmour zien. De kaart was verstrekt door een bedrijf dat Strickland Security Solutions Inc. heette.

'Ooit van gehoord?' vroeg Reacher.

Gilmour schudde zijn hoofd. 'Het zullen vast klootzakken zijn.'

'Denk je?'

Ze waren Kasselwood tot op drie meter genaderd. Gilmour reed haar voorbij en stopte toen midden op het pad tussen de stapels containers. Reacher leunde achterover en opende het achterportier. Kasselwood ontweek het openstaande portier en liep door, nog steeds met haar hand tegen haar ribben gedrukt.

Reacher liet zijn raampje zakken en riep haar na: 'Accepteer op z'n minst een lift naar de uitgang. Dat gaat sneller. Je hebt duidelijk pijn. Dan kun je vanaf daar verder met je maatje, je pick-uptruck ophalen en je gang gaan.'

Kasselwood bleef even stilstaan, draaide zich toen om en liep naar de auto. Ze stapte in, voelde met haar vingertoppen aan het litteken op haar wang, trok het portier dicht en zei: 'Vooruit dan maar. Laten we gaan.'

Gilmour drukte op de knop die alle portieren sloot en schakelde toen de motor uit. Hij haalde het wapen uit zijn broeksband, draaide zich naar Kasselwood om en zei: 'Ik heb eerst een vraag. Lieg niet, want dat heb ik meteen door. Verder moet je weten dat dit een huurauto is, die op een valse naam staat. Ik kan je hoofd van je romp schieten en dan hoef ik niet eens de rommel op te ruimen.'

Kasselwood keek hem recht aan. 'Heb je een vraag? Kom maar op.'

'Goed. Heb jij mijn collega vermoord?'

Kasselwood bleef hem aankijken. 'Nee, dat heb ik niet gedaan,' zei ze zacht en kalm.

'Je kwam naar ons kantoor. Je zocht hem. Je was kwaad. En even later was hij dood. Leg dat eens uit.'

'Ik was gefrustreerd, niet kwaad. Er had iemand naar informatie zitten snuffelen over de zending waar ik op zat te wachten. Duidelijk met de bedoeling de lading te stelen. Ik nam aan dat hij de spion was. Maar in werkelijkheid was jij het. Heb je zijn inlogcodes gebruikt?'

Gilmour knikte. 'Je hebt hem vermoord omdat je dacht dat hij je bespioneerde.'

'Nee. Ik wilde met hem praten. Ik wist dat er ergens een lek zat. Ik nam aan dat het dr. Martin was. Ik vermoedde dat ze Zack Weaver had overgehaald die kerel te rekruteren en dat ze hem op de planning hadden neergezet. Dat wilde ik bevestigd hebben. Dus denk even na. Hem vermoorden voordat ik hem gesproken had... dat slaat nergens op.'

'Je wist al van dr. Martin en Weaver?'

'Alleen van dr. Martin, maar ik vermoedde dat ze samenwerkte met een sterke man. Ik zag haar het vuile werk niet zelf doen.'

'Was je cliënt bij haar?'

Het duurde even voor Kasselwood antwoordde. 'Ja. Jij ook?'

'Kort,' zei Gilmour.

'Lang genoeg, blijkbaar.' Kasselwood keek Reacher aan. 'En jij?'

'Wat denk je?' zei Reacher.

'Ik schat van niet,' zei Kasselwood. 'Ik geloof niet dat jij openstaat voor persoonlijke groei. Dus wie ben je? Op welke manier ben jij hierbij betrokken?'

'Hou je bij het onderwerp,' zei Reacher. 'Je hebt dr. Martin vermoord. Waarom?'

Kasselwood antwoordde niet meteen. 'Dat was een ongeluk. Begrijp me niet verkeerd, ik zit er niet mee dat ze dood is en onder andere omstandigheden had ik met plezier een kogel door haar hoofd gejaagd. Maar gisteren wilde ik alleen maar informatie vergaren. Ik nam aan dat ze had uitgevogeld wat ik van plan was en de details doorgaf aan haar partner. Ik wilde de naam van die partner van haar, maar die wilde ze me niet geven. Zelfs niet toen ik haar bedreigde. En geloof me, na wat ik haar tijdens onze sessies had verteld, wist ze precies waartoe ik in staat was. Ik heb voor de CIA in Irak gezeten en heb daar dingen gedaan waar ik niet trots op ben. Als ze haar mond kon houden terwijl ze dat allemaal van me wist, moest er sprake zijn van een emotionele band, dacht ik. Een echtgenoot, een minnaar of een kind. Iemand die bij haar in huis woonde. Dus wilde ik haar adres hebben. Ze ging door het lint, dus ging ik ervan uit dat ik goed zat. Ze probeerde me te wurgen. En toen dat niet lukte, probeerde ze te vluchten.'

'Dat moest je verhinderen.'

'Ze had hem in een paar tellen kunnen waarschuwen als ze dat kantoor uit had weten te komen. Dan had hij wel kunnen verdwijnen. Dat kon ik niet riskeren, dus schoot ik haar neer. Het was niet mijn bedoeling haar te doden. Ik wilde haar alleen maar vleugellam maken, maar hé... we zijn hier niet in Hollywood.'

'Dus je ging naar haar huis.'

Kasselwood knikte.

'Daar trof je haar partner, Weaver. En je schoot hem ook neer.'

'Nee, dat deed hij zelf. Ik maakte hem wijs dat zijn vrouw nog leefde, om te zorgen dat hij meewerkte. Ik kreeg wat ik nodig had. Toen besefte hij dat ik tegen hem had gelogen. Hij had een verborgen wapen dat ik over het hoofd had gezien. Dat was stom van me. Hij greep het en zette het tegen zijn slaap.'

'En "wat je nodig had" was zeker de naam van de man aan wie ze je hadden verraden?'

'Wat? Nee, die kende ik al.'

'Om wie gaat het dan?'

'Een klootzak die Morgan Strickland heet. Je hebt waarschijnlijk wel van hem gehoord. Zijn bedrijf is regelmatig in het nieuws. Hij zit te popelen om Armenië binnen te vallen met zijn bende speelgoedsoldaatjes.'

'Waarom moest je Weaver dan nog onder druk zetten?'

'Ik moest weten hoe hij met Strickland communiceerde.'

'Om Strickland valse informatie te sturen. Hem voor de gek te houden.'

'Zoals jij het zegt, klinkt het alsof ik fraudeerde op school. Je moet de omvang van de operaties begrijpen. Strickland heeft letterlijk een privéleger. Ik neem het samen met maar één andere persoon tegen hem op, plus een bemanningslid op het schip, dat we hebben omgekocht. Ik kan er niet vol in gaan, hoe graag ik dat ook zou willen. Ik moet het slim aanpakken. En ik zou gewonnen hebben als jullie idioten je neus er niet in hadden gestoken.'

'Je had een schuilplaats in de container. De rode.'

'Uiteraard. Ik wist dat Strickland het verhaal over het uitstel misschien niet zou geloven, maar ik hoopte dat het in elk geval wat twijfel bij hem zou zaaien. Dat hij aan zichzelf zou gaan twijfelen. En als hij dan op de oorspronkelijke tijd zou komen kijken en dacht dat de kist een afleidingsmanoeuvre was, zou hij de container gaan controleren. En als die leeg leek, zou hij misschien iets gemakkelijker te overtuigen zijn dan normaal. Dan zou hij wellicht sneller achter de kist aan gaan.'

'Het moet een kleine schuilplaats geweest zijn.'

'Piepklein. Recht tegenover de open deuren. Het mocht niet te groot zijn, anders zou het opvallen en ons verraden.'

'Je was van plan het hek door te knippen. Ik zag de betonscharen.'

'Dat was de voor de hand liggende weg naar buiten. Maar het ging allemaal mis omdat ik jou binnen zag komen. Ik nam aan dat je een van Stricklands mannetjes was. Ik zag je de koevoet oppakken, dus ik nam aan dat je het op de kist gemunt had. We kwamen naar buiten. Jij was weg. En bám, Stricklands mannen kwamen eraan. Getipt door jullie, begrijp ik nu. Je wordt bedankt. Dus wat zeg je ervan om een eind aan dit gesprek te breien en door te rijden? Er is een vrouw ontvoerd. Ze is in gevaar en ik moet haar terughalen.'

'Zou ze bij jou veiliger zijn?'

'Natuurlijk.'

'Waarom? Zachtere lakens? Betere clientèle?'

'Wat? Ho even! Suggereer je nou... Ja, dat doe je. Oké. Stap uit, zeg dat dan nog eens en zie wat er dan gebeurt.'

'Ze zal wel heel veel waard zijn als je haar in haar eentje het land binnen smokkelt. Ik dacht dat jullie meestal tientallen vrouwen tegelijk hierheen haalden. Schaalvoordelen, of zoiets. Er staat vast een hoop geld op het spel.'

Kasselwood zuchtte en deed alsof ze haar ogen ten hemel sloeg, ook al zat het autodak in de weg. 'Ik probeer een oorlog te voorkomen,' zei ze, 'en dan moet ik deze bullshit aanhoren?'

'Welke oorlog probeer je te voorkomen?'

'De invasie van Armenië, natuurlijk. De bijzondere militaire operatie waar Strickland zo op aandringt.'

Gilmour keek Kasselwood aan. 'Luister, misschien is die Strickland inderdaad een klootzak. Misschien is oorlog voeren voor eigen gewin moreel gezien dubieus. Maar wil je echt dat Iran uranium in handen krijgt dat geschikt is om wapens te maken? Wordt de wereld daar soms veiliger van?'

Kasselwood rolde met haar ogen. 'Luister. Er is geen uranium. Iran heeft er niets mee te maken. Het krijgt gewoon de zwartepiet toegeschoven. De Nagorno-Karabach-separatisten zijn hier helemaal niet bij betrokken. Ze weten van niets. Je moet begrijpen dat de hele basis voor de invasie één grote zwendel is. Strickland heeft het allemaal verzonnen, van begin tot eind. Hij heeft de persberichten opgesteld. Het ooggetuigenverslag. De posts op sociale media. Alles. Het is allemaal een voorwendsel zodat zijn bedrijf meer geld kan verdienen.'

'Hoe weet je dat?'

'Ik ken Strickland. Ik hou al meer dan twintig jaar in de gaten hoe hij te werk gaat.'

‘Wie is de vrouw die hij heeft meegenomen?’ vroeg Reacher. ‘Waarom is ze zo belangrijk?’

‘Ze heet Violeta Vardanyan. Ze is zijn kroongetuige in de rechtszaal van de publieke opinie. En alles wat ze tot nu toe voor de camera heeft gezegd, is gelogen.’

34

Gilmour startte de motor en reed door naar de uitgang, iets harder nu. De Toyota stond nog op dezelfde plaats en blokkeerde de poort. De lege kist stond nog op het laadvlak. Aan de andere kant stonden vier vrachtwagens achter elkaar. En Arlon James was nergens te bekennen.

Kasselwood stapte uit de auto. De voorste vrachtwagen begon te toeteren. Ze trok zich er niets van aan, liep naar de Toyota en opende het bestuurdersportier. De vrouw die net zo was gekleed als zij, zat er nog in. Ze had haar capuchon op en haar gezicht was vrijwel niet te zien. Haar rechterarm was door een van de openingen in het stuur gestoken en haar polsen waren met een tiewrap bij elkaar gebonden.

'Gaat het?' vroeg Kasselwood.

'Haal me hier verdomme uit,' zei de vrouw.

Kasselwood pakte haar mes en sneed de tiewrap door. De andere vrouw wreef over haar polsen, schoof haar capuchon naar achteren, duwde een pluk haar achter haar oor en stapte uit. Nu Reacher haar goed kon zien, besefte hij dat ze een acceptabele dubbelgangster voor Kasselwood was. Niet perfect, maar redelijk goed. Ze was een paar centimeter kleiner en had iets smallere schouders. Haar haar was even lang, maar iets lichter – kastanjebruin – en zonder grijs erin.

'Is met Violeta alles in orde?' vroeg de vrouw.

Kasselwood schudde haar hoofd.

'Verdomme. Heeft Strickland haar te pakken gekregen?'

'Daar ziet het wel naar uit.'

'Wat doen we nu?'

'We halen haar terug. Voor het te laat is.'

'Hoe?'

'Goeie vraag. Waar zijn de sleutels?'

'Die bewaker heeft ze afgepakt nadat hij me had geboeid.'

'Is hij weggegaan?'

'Zodra die twee sukkels in de auto doorhadden dat hun een loer was gedraaid met die kist. Wie zijn ze trouwens?'

'Ik weet niet hoe ze heten, maar het ziet ernaar uit dat we ze nog even te vriend moeten houden. In elk geval tot we hier weg zijn.'

Reacher, Gilmour, Kasselwood en haar dubbelgangster – die Ellie Taylor heette – stelden zich snel aan elkaar voor en kwamen een verdeling van de taken overeen. Kasselwood en Taylor zouden de Toyota schoonmaken, omdat ze hem niet konden verplaatsen en de auto vol zat met hun vingerafdrukken. Reacher en Gilmour zouden op de uitkijk staan, voor het geval vervangende bewakers, politie of een serie woedende dokwerkers in aantocht waren.

De vrouwen werkten snel. Ze vlogen door de pick-uptruck heen en maakten elk oppervlak dat ze eerder hadden aangeraakt schoon met alcoholdoekjes die ze uit het dashboardkastje haalden. Achter hen zwermden dokwerkers om de stapels containers heen. Kranen en vorkheftrucks hesen containers op, lieten ze zakken en laadden ze in. Motoren brulden. Transmissies gromden. Metaal kletterde tegen metaal. Rubber piepte op asfalt. Maar niemand besteedde aandacht aan de activiteiten bij de poort. De twee kleine voertuigen en de mensen die ermee bezig waren, gingen op in een zee van lawaai en beweging.

Toen ze meenden dat ze de Toyota veilig konden achterlaten, kropen Kasselwood en Taylor op de achterbank van Gilmours huurauto. 'Hoe komen we hier weg?' vroeg Taylor.

'Misschien kunnen we de poort wel open krijgen, maar dan staan de vrachtwagens nog altijd in de weg, en zij kunnen niet naar binnen. Het duurt de hele middag om het op te lossen.'

'Geen probleem,' zei Gilmour. Hij keerde de auto – deze keer een stuk beschaafder – en reed zo rustig naar de achterste hoek van de terminal dat de dokwerkers hem amper opmerkten. De meesten van hen richtten nu hun woede om een of andere reden op een vorkheftruckchauffeur. Gilmour reed ze voorbij en om het uiteinde van de rij containers heen de ruimte erachter in. Taylor zag het lichaam bij de rode container liggen, hapte naar adem en vroeg aan Kasselwood: 'Heb je...'

Kasselwood onderbrak haar. 'Vraag het maar niet. Hij heeft zijn verdiende loon gekregen. Dat is het enige wat telt.'

Gilmour stuurde wat naar rechts en reed de auto door het gat dat het busje in het hek had gemaakt. Hij bleef op de weg even staan en vroeg: 'Welke kant op?'

'Links,' zei Reacher.

'Waarom?'

'Dat is een regel. Bij twijfel, linksaf.'

Gilmour sloeg links af. Iedereen zweeg tot de auto honderd meter verder was, alsof ze bang waren dat iemand in de haven hen zou kunnen horen. Toen zei Reacher: 'Er is een gemakkelijke uitweg uit deze situatie, weet je.'

'We laten Violeta niet in de steek,' zei Kasselwood. 'Ze heeft een fout gemaakt, dat klopt. Maar ze is er tot op zekere hoogte ingeluisd. Ze is nu hier om dat recht te zetten. We moeten haar helpen, en niet alleen voor háár bestwil. Ook voor dat van de soldaten – de huurlingen – en de Armeniërs die gedood zullen worden als die volstrekt ongerechtvaardigde invasie doorgaat.'

'Ik stel ook niet voor dat we haar in de steek laten. Ik wil alleen maar zeggen dat ontvoering een zwaar misdrijf is. Je zou de FBI moeten bellen. Het hen laten afhandelen. Zij hebben de middelen en de expertise. Het is dom om daar geen gebruik van te maken.'

Kasselwood schudde haar hoofd. 'Dat kan niet.'

'Waarom niet?'

'Omdat Strickland connecties heeft. Vrienden op hoge posities. Taylor en ik zaten bij de CIA toen we ontdekten waar Strickland mee bezig was. Ik meldde het bij mijn meerderen. Twee nachten later stond er een stelletje klootzakken op het parkeerterrein voor mijn appartement.' Kasselwood wees naar het litteken op haar wang. 'Zie je dit? Ze pikten niet mijn portemonnee. Ze raakten mijn auto niet aan. Ze jatten niet mijn sleutels om mijn appartement leeg te roven. Ze haalden alleen een mes over mijn gezicht. Als waarschuwing. Dus ik nam ontslag, en Taylor ook. En nu moeten we dit zelf opknappen.'

'Waarom denk je dat Violeta nog leeft? Als ik Strickland was, zou ze al met een doorgesneden keel in de Patapsco liggen.'

'Dat zou natuurlijk kunnen. Maar het zou me verbazen. Violeta is het gezicht van Stricklands campagne. Journalisten en politici beginnen echter aan zijn campagne te twijfelen. Als hij de kans krijgt om haar voor hun neus te zetten en haar te dwingen haar oorspronkelijke verhaal te herhalen – misschien de zwakste delen ervan wat aan te dikken – dan zal hij die niet laten schieten. Als ze meewerkt, is ze veilig. Doet ze dat niet, dan heeft ze wellicht nog een dag of twee terwijl hij probeert haar alsnog over te halen.'

'Hoe weet je dat haar oorspronkelijke verhaal nep was? Misschien vertelde ze toen de waarheid en liegt ze nu.'

'Nee, ik weet het zeker. Toen ik de eerste video zag die Violeta had gemaakt, wist ik dat het bullshit was. Ik spoorde haar op in Turkije, waar ze op dat moment woonde en praatte met haar. Ik liet haar inzien wie Strickland echt was. Dat hij haar gebruikte. Het was niet gemakkelijk, maar ik wist haar vertrouwen te winnen. Ze stemde ermee in naar de Verenigde Staten te komen en de zaak recht te zetten. Dus nu moeten we weten waar Strickland haar naartoe heeft gebracht. Ik moet er niet aan denken wat hij haar aandoet als ze weigert mee te werken. Voor het geval ik het nog niet had gezegd, die man is door en door verrot.'

'Weet je niet waar zijn bedrijf gevestigd is?'

'Ik weet wat er publiekelijk bekend is. Waar het bedrijf geregistreerd staat. Waar hij belasting betaalt. Dat soort dingen. Maar het operationele deel van zijn bedrijf houdt hij geheim. Hij zal wel denken dat het bijdraagt aan zijn mysterieuze imago of zoiets.'

'Goed, laten we het dan uitvogelen. De mannen die vanmorgen kwamen opduiken, moeten van ergens binnen een straal van vijftig kilometer zijn gekomen.'

'Hoe weet je dat?'

'Door de tijd die verstreek vanaf het moment dat wij met Arlon James, de bewaker, spraken tot hun komst.'

'Oké, maar een cirkel met een straal van vijftig kilometer? Dat is algauw... wat? Vijfenzeventighonderd vierkante kilometer. Hallo, speld in een hooiberg.'

'Niet helemaal zo groot. Een deel van die cirkel is zee. Maar we kunnen het verder terugbrengen. Hij zal haar waarschijnlijk op een afgelegen plek vasthouden. Vast iets wat hij huurt of wat zijn eigendom is, om te voorkomen dat er toevallig iemand binnenloopt, haar hoort gillen als hij haar mishandelt, of haar om hulp hoort schreeuwen. En het moet een plek zijn waar veel kalksteen ligt. Misschien een steengroeve. Of een mijn. Het kan zelfs een bevoorradingspost voor aannemers zijn.'

'Hoe kom je op kalksteen?'

'De man die ik heb neergeschoten had witte brokjes en poeder in het profiel van zijn laarzen. Ik ga ervan uit dat het kalksteen was. En op de zoom van James' broekspijpen zat poeder met dezelfde kleur. Net als in de wielkasten van hun busje.'

'Weet je zeker dat het kalksteen was? Ben je geoloog of zo?'

'Nee. Maar ik heb vaker kalksteen gezien en dit zag er hetzelfde uit. Heb jij iets beters?'

Kasselwood antwoordde niet.

'Het kan geen kwaad om te kijken.' Taylor duwde een pluk haar achter haar oor, pakte haar telefoon en opende Google. Even later zei ze: 'Ik heb iets gevonden.' Ze liet het aan Reacher en Kasselwood zien. Het was een nieuwsartikel van drie jaar geleden over een particulier militair bedrijf dat een verlaten steengroeve ging huren. Het idee was om er voertuigen te stallen tussen de troepeninzetten, aldus de verslaggever. Op een foto was de eerste lichting humvees te zien, sjofel met hun verbleekte woestijnkleur en in een ongelijke rij aan de voet van een rotswand geparkeerd.

Kasselwood vergrootte de foto, tuurde er even naar en zei toen: 'Nee, sorry, Ellie. Kijk eens naar die voertuigen, naar de logo's op de portieren. Het lijken wel mislukte middeleeuwse wapenschilden. De tekst is te klein om te lezen, maar ik heb dat ontwerp eerder gezien. Het is van United Allies, dat vanuit Florida wordt geleid door een arrogante eikel die de Zerbi wordt genoemd. Ze hebben niets met Strickland te maken.'

'Kan Strickland die locatie van hen hebben overgenomen?' vroeg Gilmour.

Taylor pakte haar telefoon terug, en zei: 'Dat zoek ik uit,' en begon weer op het schermpje te tikken.

Kasselwood streek met haar vingertop over het litteken op haar wang, wendde zich tot Reacher en zei: 'Je dacht dat ik een hoerenmadam of zo was. Hoe kwam je daarbij?'

'Je smokkelde een vrouw in een kist het land in en vertelde toen dat ze haar van je hadden afgepakt alsof je het over een stuk bezit had.'

'Ze heeft niet helemaal vanaf Turkije in die kist gezeten. Alleen de laatste paar uur, zodat we de afleidingsmanoeuvre konden uitvoeren.'

‘Je bent een echte mensenvriend.’

‘Wat dacht je dat ik deed voordat je van Violeta wist?’

‘We dachten dat je de CIA probeerde te bestelen.’

‘De CIA bestelen? Wat hadden jullie gerookt?’

‘Gilmour herkende de code die je op de douaneformulieren had gebruikt.’

Kasselwood keek Gilmour aan. ‘Serieus?’

Gilmour knikte.

‘Hoe dan?’ vroeg Kasselwood.

‘Militaire Inlichtingendienst. Buiten dienst.’

‘O. Nou, dan zal dat wel, neem ik aan.’ Ze wendde zich weer tot Reacher. ‘En jij?’

‘Militaire Politie. Ook buiten dienst.’

‘Nou zeg. Dan zijn jullie kennelijk toch niet zulke sukkels. Misschien hebben we dan alsnog een kans van slagen.’

35

Morgan Strickland lag op zijn rug en concentreerde zich op zijn ademhaling. Hij visualiseerde rustgevende taferelen, zoals hij jaren geleden in het ziekenhuis had geleerd. Hij hield het vijfentwintig minuten vol – en die voelden als een eeuwigheid – tot er eindelijk op zijn deur werd geklopt. Hij stond op, trok zijn shirt recht, liep om zijn bureau heen en riep: 'Binnen.'

De deur ging open en er strompelde een vrouw de kamer in. Ze bewoog stijfjes en keek angstig en was duidelijk naar binnen geduwd door iemand die nog op de gang stond.

Strickland kwam achter zijn bureau vandaan, keek de vrouw aan en zei: 'Neem me niet kwalijk.' Vervolgens liep hij langs haar heen de deur uit.

De man op de gang was degene die het busje naar en van de haven had gereden en die Strickland had gebeld met zijn verslag.

'De man die gesneuveld is,' zei Strickland. 'Heb je zijn lichaam meegebracht?'

De man slikte moeizaam. Zijn adamsappel wipte ver omhoog. Hij haalde even diep adem en zei toen: 'Dat was niet mogelijk, meneer. Ik moest hem daar achterlaten.'

Strickland balde zijn hand tot een vuist en zei: 'Niet mogelijk?'

'Het kon niet anders, meneer. Ik lag onder vuur. Aanhoudend vuur. Als ik zelfs maar een minuut langer was gebleven, had ik niet kunnen instaan voor het welslagen van mijn missie, het veilig meevoeren van Violeta Vardanyan.'

Er verscheen een idiote uitdrukking op het gezicht van de man. Strickland vroeg zich af of hij misschien zelfvertrouwen dacht uit te stralen. Of vastberadenheid. Strickland vond hem eruitzien als een clown. Zo praatte hij in elk geval. "Instaan voor het welslagen van mijn missie"? Strickland dacht dat de man niet eens zijn eigen kont kon vinden met een zaklamp en een spiegel. Hij wilde die stomme grijns van zijn gezicht slaan. Hij wilde hem in een lijkzak stoppen. Hij wilde... Hij dwong zichzelf tot kalmte. De man kon er niets aan doen dat hij inferieur was en dat alle competente manschappen al elders ingezet waren. Hij kon er niets aan doen dat hij niet het grote geheel zag en niet wist hoeveel geld hij die ochtend had verspild. Strickland prentte in zijn geheugen dat hij een verhaal moest bedenken voor de politie wanneer die het lichaam vond. Hij zou de dode uiteraard moeten opofferen, zeggen dat die deel uitmaakte van een samenzwering waar Strickland niets mee te maken had. Het zou de man zijn reputatie kosten en dat zou moeilijk te verteren zijn voor zijn familie, maar dat was jammer. Het was de prijs van zijn falen.

Strickland richtte zich weer op de man. 'Even kijken of ik het goed begrijp,' zei hij. 'Er werd op je geschoten door Kathryn Kasselwood. Eén vrouw. Tegen jullie samen.'

De man schudde zijn hoofd en zei: 'Nee, meneer. Kasselwood was al neergegaan. We werden beschoten door twee mannen. Die zal zij wel hebben ingehuurd.'

'Was Kasselwood neergegaan? Weet je dat zeker?'

'Ik zag haar met eigen ogen op de grond vallen.'

'Maar was ze ook dood?'

'Geen twijfel mogelijk, meneer. Tim had een paar kogels in haar lijf gejaagd en trok haar lichaam achter zich aan toen die twee kerels verschenen.'

Strickland stond zichzelf een glimlachje toe. Als Kasselwood dood was, was hij van een grote lastpak verlost. Hij gaf de man een schouderklopje en zei: 'Oké dan. Goed gedaan. Je kunt gaan.'

Violeta Vardanyan stond midden in het kantoor toen Strickland weer binnenkwam. Ze keek recht voor zich uit naar de lege muur. Haar gezicht was uitdrukkingsloos, als van een mannequin op de catwalk. Strickland was opgelucht dat ze er was. Hij was blij dat het oorspronkelijke tijdschema toch juist was geweest. De extra dag tot de bespreking met Mark Hewson kon van onschatbare waarde blijken voor het geval er zaken moesten worden gladgestreken. Tot dusver leek Vardanyan niet erg bereid om mee te werken. Heel anders dan bij hun vorige ontmoeting, nabij de grens tussen Turkije en Armenië. Hij vroeg zich af met wat voor informatie Kathryn Kasselwood haar had vergiftigd. Hij bestudeerde Vardanyans gezicht, zocht naar een aanwijzing voor wat ze dacht, maar vond die niet.

Strickland dwong zichzelf tot een glimlach, liep naar zijn kant van het bureau en ging zitten. 'Violeta,' zei hij, 'het spijt me van de onconventionele vervoersmethode en het drama in de haven. Ik ben blij dat je alles heelhuids hebt doorstaan. En nu je hier bent, zal ik ervoor zorgen dat het je aan niets ontbreekt zolang je mijn gast bent.'

Vardanyan reageerde niet. Ze bleef naar de muur kijken.

'Ik zal zorgen dat er goed voor je wordt gezorgd, maar daar wil ik wel iets voor terug. Twee dingen, in feite. Ten eerste wil ik dat je met een andere belangrijke bezoeker praat. Mark Hewson, die in het Pentagon werkt. Het ligt in zijn macht om onze operatie goed te keuren, maar dat doet hij alleen als hij jouw verhaal gelooft. Ik wil dat je hem dezelfde dingen vertelt die je mij al hebt verteld, over de separatisten die Iran helpen. Precies dezelfde dingen. En ten tweede wil ik dat je nog een video maakt. We hoeven dat natuurlijk niet nu meteen te doen. Je krijgt een dag of twee om het script te leren, net als de vorige keer.'

Vardanyan bleef zwijgen en verroerde geen vin.

'Hebben we een probleem, Violeta?' vroeg Strickland.

Vardanyan keek hem aan en zei: 'Ik niet. Jij wel. Want ik ben niet meer je marionet. Ik ga dat niet doen.'

Strickland haalde even diep adem. 'Denk nog eens na over wat je zegt. Iets als "ga ik niet doen" helpt nou niet bepaald. Het antwoord waar ik op zit te wachten is "Ja, natuurlijk doe ik die twee simpele dingen voor je in ruil voor al het geld dat je me hebt betaald."'

'Als je een buikspreekpop wilt, dan zoek je maar iemand anders.'

'Dit kan niemand anders doen, Violeta. De wereld heeft jouw gezicht al gezien. Iedereen heeft je stem gehoord. Jij moet het doen. Je moet doorzetten.'

Vardanyan wendde haar blik af. 'Ik doe het niet,' zei ze.

Strickland stond op en zei, zachter nu: 'Violeta, je doet het wel. Je kunt er hier en nu mee instemmen, waar het warm en aangenaam is. Of later ergens anders, op een plek die geen van beide is. Dus denk even na over de consequenties. En maak daarna een verstandige keuze.'

'Het maakt niet uit waar je me naartoe brengt of wanneer je het me vraagt. Het antwoord blijft hetzelfde. Nee.'

'Weet je het zeker? Want ik zou niet graag zien dat het je... dat je op de een of andere manier ongemak moet ervaren.'

'Bewaar je dreigementen maar voor iemand die zich door jou laat intimideren. Ik ga niet meer voor je liegen.'

'Het zij zo.' Strickland haalde zijn telefoon uit zijn zak en tikte op een nummer in zijn favorietenlijst. Toen er werd opgenomen, zei hij: 'Staat dat nieuwe bed al klaar? Mooi. Ik breng haar over een paar minuten.'

36

Gilmour trapte op de rem, reed de parkeerplaats van een Target-hypermarkt op en kwam tot stilstand op een plek waar geen andere auto's stonden. 'Dit is gekkenwerk,' zei hij. 'We kunnen niet de hele dag blijven rondrijden. We moeten een plan verzinnen.'

'We bellen de FBI,' zei Reacher.

'Nee,' reageerde Kasselwood.

'Dan moeten we zien uit te vissen waar Strickland naartoe is gegaan met Vardanyan.'

Taylor streek een haarlok achter haar oor en hield haar telefoon in de lucht. 'Ik heb nog een mogelijke locatie gevonden,' zei ze.

Reacher en Kasselwood draaiden zich om en keken naar het scherm. Daarop stond een ander nieuwsbericht. Dit was ouder, van vier jaar geleden. En het bevatte veel minder details. Het ging over de verkoop van een uitgeputte kalksteenmijn aan een veteraan, tegenwoordig ondernemer, uit Kansas. De naam van de koper stond er niet bij, en ook niet wat hij met de mijn van plan was. Er werd geopperd dat die mogelijk zou worden gebruikt als stalling voor auto's en andere apparatuur, vanwege de gigantische uitgegraven mijngangen, die een zee aan ruimte boden. De verslaggever leek er niet van overtuigd dat de onderneming veel toekomst had. Hij eindigde met een gerucht dat de vorige eigenaar het had moeten verkopen vanwege de overweldigende kosten om alles in overeenstemming te brengen met de regelgeving. Hij suggereerde dat er overtredingen hadden plaatsgevonden. De ergste daarvan was kennelijk wel dat er maar één in- en uitgang was, wat rampzalig zou zijn mocht er ooit brand uitbreken. Bij het artikel stond een foto waarop de ingang te zien was. Die zat in een vlak, halfrond stuk rotswand en bestond uit twee deuren, maar die zaten pal naast elkaar. Daarachter lag waarschijnlijk één grote, open ruimte. De ene deur was voor mensen en zag eruit als een reguliere huisdeur. De andere was voor motorvoertuigen, het soort dat je bij garagebedrijven ziet, maar dan zo groot dat er enorme vrachtwagens doorheen konden.

'Dat artikel laat veel vragen onbeantwoord,' zei Kasselwood.

'Ik hoop eerlijk gezegd dat het niet daar is,' merkte Taylor op. 'Kijk eens naar die oprit. Stel je voor dat je daar een inval wilt doen. Dat is gewoon zelfmoord.'

Kasselwood pakte de telefoon en bewoog haar vingers over het scherm. Ze tuurde en staarde, legde daarna haar hoofd in haar nek en deed even haar ogen dicht.

Taylor pakte de telefoon terug om te zien wat Kasselwood had gevonden. 'Verdomme,' zei ze, en ze gaf de telefoon aan Reacher.

'Ik zie twee gasten die elkaar de hand schudden,' zei Reacher. 'Zo te zien poseren ze voor de foto. De koper en de verkoper, neem ik aan. Die ene mist een arm. En een oog. Dat moet de veteraan zijn. Dus wat is hier zo bijzonder aan?'

'Stricklands humvee is in Irak op een bermbom gereden,' zei Kasselwood. 'Daarbij is hij zijn linkerarm en zijn linkeroog kwijtgeraakt.'

'En raad eens waar hij geboren is,' zei Taylor. 'In Topeka, Kansas.'

'Sorry, Ellie,' zei Kasselwood. 'Dit moet het wel zijn. Ik vraag me af waar hij die mijn nu voor gebruikt. Ik zie Strickland geen genoegen nemen met een opgeleukte opslagruimte.

Tenzij hij daar kernwapens bewaart. Of een stel Abrams-tanks.'

'Ik vraag me af of hij er sinds de koop veel aan heeft veranderd.' Taylor pakte haar telefoon weer terug en koos een app voor landkaarten. Ze tikte het adres van de voormalige mijn in en op het scherm verscheen een streetview-versie van de locatie waar de krantenfoto genomen was. Er was nog steeds maar één ingang, maar de deuren waren nu olijfgroen geschilderd. Een ondermaats boompje dat op de een of andere manier kans had gezien wortel te schieten op een vlak stukje boven de rotswand, was iets groter geworden. Er waren een paar nieuwe antennes bijgekomen. En het parkeerterrein bij de auto-ingang van de mijn was vergroot, zodat er meer auto's naast elkaar konden staan. 'Aan de buitenkant is er niets radicaal veranderd. Hoe zou het binnen zijn, vraag ik me af.'

'Aan die opname valt dat niet te zien,' merkte Kasselwood op.

'Er valt überhaupt niets te zien,' vond Taylor. 'Want je kunt er onmogelijk naar binnen. Met ons vieren knokken we ons daar niet in. En met bluf redden we het ook niet. Strickland kent jou, en hij kent mij. En een van zijn mannetjes heeft Reacher en Gilmour vanochtend gezien.'

'"Onmogelijk" bestaat niet,' zei Reacher. 'Maar er bestaat wel slechte planning. Hoelang duurt het om vandaar naar het centrum te komen?'

Taylor keek op haar kaart. 'Pakweg vijfentwintig minuten.'

Reacher keek Gilmour aan. 'Die koffiebar waar wij elkaar ontmoet hebben, weet jij daar het adres van?'

Gilmour knikte.

'Mooi,' zei Reacher. 'Mag ik dan even je telefoon? Ik moet Patten bellen.'

Patten nam meteen op. 'Nathan?' vroeg ze. 'Wat gebeurt daar allemaal?'

'Je spreekt met Reacher.'

'O.' Haar toon kreeg iets bezorgds. 'Alles goed met Nathan?'

'Prima. Hij staat hier naast me. Waar zit jij?'

'Bij een traiteur niet ver van kantoor. Niet dat ik nou echt trek heb, maar het leek me beter een tijdje bij de haven weg te blijven. De hele Seagirt-terminal krioelde daarstraks van de zwaailichten.'

'Verbaast me niks. Luister, kun je iets voor me doen? Nathan gaat je het adres van een koffiebar sturen. Wil je daarnaartoe gaan en kijken of er ene Kevin aanwezig is? Een jonge knul, barista. Zeg tegen hem dat de man naar wie zijn baas op zoek is in de voormalige Kinsella-kalksteenmijn zit. Met vier maten van hem, allemaal zo'n beetje hetzelfde kaliber. Ze zitten daar nog een halfuur, en dan gaan ze de stad in. Ze zijn uit op rottigheid. Rottigheid die geld gaat kosten. En overal waar ze komen, laten ze een flyer achter met een foto van de baas, plus het bericht dat hij vergeefs heeft geprobeerd hen tegen te houden.'

Gilmour reed het parkeerterrein af en volgde de aanwijzingen van zijn telefoon-navigatie. Het terrein zelf bevestigde wat hij al uit de foto's had opgemaakt: het gebied tot aan de ingang was ideaal te verdedigen. Daarmee werd het een nachtmerrie voor Reacher en de anderen. De enige ingang lag aan het eind van een kaarsrechte zandweg, oorspronkelijk aangelegd voor vrachtwagens. Er was de laatste paar honderd meter geen enkele dekking te vinden. Maar al was dat zo geweest, een voertuig op die weg joeg dichte wolken wit kalksteenstof op, zodat je onmogelijk ongezien dichtbij kon komen. Gilmour bracht de auto tot stilstand op ruim een kilometer van de ingang en keerde. Hij liet de motor draaien, zodat hij indien nodig snel weg kon. Zijn pistool legde hij op de rand van zijn stoel, naast zijn dijbeen. Met zijn verrekijker speurde hij het doelwit af, daarna gaf hij de kijker aan Reacher.

'In het echt ziet het er nog erger uit,' merkte Gilmour op. 'Het lijkt wel een bunker, of een dok voor een onderzeeër. En 's nachts zal het niet veel beter zijn. Het staat er bomvol ledschijnwerpers. En waarschijnlijk massa's infraroodsensoren.'

Reacher gaf de verrekijker aan Kasselwood. Die bestudeerde het tafereel even, wreef toen over haar knie en zei: 'Ik zie drie verschillende manieren om binnen te komen. Alleen: voor alle drie zijn apparatuur en manschappen nodig die wij niet hebben en niet kunnen krijgen.'

Taylor vroeg: 'Is het nog wel de moeite waard om het te proberen? Misschien kunnen we beter weggaan. De aftocht blazen en dan een nieuw plan bedenken.'

'Daar hebben we geen tijd voor,' reageerde Kasselwood. 'Als Violeta daar zit...'

Reacher zei: 'We komen wel binnen.'

'Weet je zeker dat jouw afleidingsmanoeuvre zal werken?'

'Dat weet ik zeker.'

'Wie is die baas aan wie jij een bericht stuurt?'

'Ene Kelleher. Een huftertje dat daar de buurt terroriseert.'

'Wat heeft hij te maken met Strickland?'

'Niets. Ik ben zuiver toevallig een paar dagen geleden een van zijn onderknuppels tegen het lijf gelopen. Ik vrees dat ik nogal een domper op hun feestvreugde was. Sindsdien zit Kelleher me dwars. Dit leek me een gelegenheid om de zaken recht te zetten.'

'Als je het zo zeker weet, waarom is er dan niemand?'

'Ze komen echt wel.'

'Wanneer dan?'

'Heel binnenkort.'

Er verstreken vijf minuten. Tien. Er kwam niemand de mijn uit. Er ging niemand naar binnen.

Reacher keek Kasselwood aan en zei: 'Vertel eens over Vardanyan. Hoe is zij betrokken geraakt bij Stricklands plannen?'

'Dat is het eind van het verhaal, daar gaat het nodige aan vooraf. Je moet bij het begin beginnen. Bij Strickland.'

'Oké.'

'Maar dat is een lang verhaal.'

'Heb jij momenteel iets beters te doen?'

Kasselwood keek even uit het raampje, draaide haar hoofd toen terug en begon: 'Ik ken Morgan Strickland al ruim zesentwintig jaar. We hebben samen de basistraining doorlopen. We zijn een paar maal samen uitgezonden. Ik zat in ons kampement in Irak toen we hoorden dat hij getroffen was.'

'Was hij op patrouille?'

'Dat is de officiële lezing. Maar dat is niet waar.'

'Wat is er dan gebeurd?'

'Ten eerste moet je een paar dingen weten over Strickland. Hij is slim. Hij is creatief. Hij is een doorzetter. Maar bovenal is hij iemand met haast. Jij hebt zelf in het leger gezeten. Je kent het daar. Je weet dat die dingen niet goed samengaan. Strickland stootte de een na de ander voor het hoofd. Hij had ideeën. Vaak waren ze best goed. Soms werden ze uitgevoerd. Maar ook als dat het geval was, ging het hem nooit snel genoeg. Hij zeurde de commandant continu aan het hoofd om sneller te gaan. Hij was ontzettend lastig. Na een tijdje kreeg hij de bijnaam GBSM – Groter, Beter, Sneller, Meer.'

'Wat vond hij daarvan?'

'Het maakte hem niet uit. Hij deed gewoon wat hem uitkwam, tot aan 2003, toen we op een basis belandden die verbonden was aan kamp Ashraf, niet ver van de grens met Iran. Het was in het begin van de oorlog, en de voorschriften waren nog zo goed als heilig. Ten eerste mochten we vooral geen agressie tonen jegens de vijand, tenzij die onmiskenbaar gevaarlijk was. Dat hield in dat die persoon dan gewapend moest zijn, wat ongetwijfeld geweldig klinkt op papier, ergens op kantoor in het Pentagon of tijdens een indeksessie van een willekeurige onderzoekscommissie binnen het Congres. Maar in de praktijk was het een ramp. De opstandelingen hadden er niet blijer mee kunnen zijn. Neem die mortierploegen van ze. Elke nacht was het wel een paar keer raak, strijk-en-zet. En daar konden we niets tegen ondernemen. De man met de lanceerinstallatie bleef in dekking zodat we niet bij hem konden komen, maar zijn spotter kon gewoon open en bloot rondlopen en per telefoon de doelwitten doorseinen. Die spotter was het eigenlijke gevaar, en dat wist iedereen, maar zolang hij niet met een wapen in zijn handen stond, waren we machteloos. We konden alleen maar toekijken bij zijn pesterijen, terwijl zijn makker onze kazerne onder vuur nam.'

'Daar heb ik destijds over gelezen. Mensen waren daar behoorlijk boos over.'

'En er zijn heel wat onnodige slachtoffers gevallen. Dus zoals je waarschijnlijk al vermoedt: het zat Strickland niet lekker dat wij ons aan zo'n idiote regel moesten houden. Maar daar wist hij wel iets op. Hij wilde het telefoongebruik van de spotters in real-time volgen – daar waren we toe in staat. Als wij konden aantonen dat zo iemand tijdens een aanval contact had met de lanceerinstallaties, dan kun je redelijkerwijs aannemen dat ze updates doorbriefden over bereik, richting enzovoort. En dan kon je de telefoon als wapen beschouwen.'

'En ze neerschieten.'

'Precies. Stricklands idee werd naar de leiding doorgestuurd, en daar raakte het als gebruikelijk verzand in bureaucratie. De hoge omes zaten dag in, dag uit hun imago te overpeinzen en politieke debatten te voeren, en onze jongens zaten dag in, dag uit op een plek waar de kogels hen om de oren floten. Dus zette Strickland de commandant onder druk. Als die methode om doelwitten aan te wijzen voor hun nachtelijke exercities goed genoeg was voor generaal McChrystal en de jongens van de Special Forces, dan was hij goed genoeg voor ons. Daar was Hewson – destijds onze bevelvoerder – het mee eens en de regel werd van kracht.

Onofficieel, dat wel, maar iedereen ging ervan uit dat de hoge omes vanzelf zouden bijdraaien.'

'Ik krijg het gevoel dat dit verhaal niet goed afloopt.'

'Klopt. Er liepen een paar zaken uit de hand. Ten eerste heeft een van de soldaten een klacht ingediend. De nieuwe regel was logisch en redde levens, maar feitelijk was die niet wettig. Daar kon je niet omheen. Er gebeurde niets met die klacht. Ik heb geen bewijs, maar ik heb zo'n donkerbruin vermoeden dat Hewson de klacht getorpedeerd heeft. Een week later stond er weer een spotter in het veld om doelwitten door te geven. Zijn communicatie met de man van de lanceerinstallatie kon bevestigd worden, en een scherpschutter kreeg het groene licht. Hij vuurde. Er was prima zicht. Geen wind. Geen regen. De afstand was minimaal. Er was een kans van een op een miljoen dat hij zou missen. Maar hij miste. Iets mis met de munitie, hij was moe, hij was afgeleid, ik weet het niet. Maar hij trof wel iets anders. Een passerende auto. Een burgervoertuig met acht leden van één gezin aan boord. De auto sloeg over de kop, ramde een flatgebouw, vloog in brand en explodeerde. Er waren in totaal tweeëndertig doden.'

'En toen ging het mis.'

'Niet meteen. Hewson heeft alles op alles gezet om dit stil te houden. Uiteindelijk was het natuurlijk wel zijn pakkiean. Maar er waren wel dodelijke slachtoffers gevallen, en daar zat de soldaat mee die de oorspronkelijke klacht had ingediend; net als het feit dat die hele toestand in de doofpot was verdwenen. Zij besloot de hele hiërarchie te omzeilen. De klok te luiden. Daar kwam Strickland achter. Hij hoorde dat ze een humvee had gepakt en op weg was naar kamp Victory. Het gerucht ging dat ze contact had opgenomen met generaal Jacoby zelf. Dus sprong Strickland in een tweede humvee en ging achter haar aan. Wat er uiteindelijk is gebeurd, weet niemand. Schijnbaar had Strickland haar ingehaald. En toen – of zijn dreigementen nou een rol speelden of dat het domme pech was – heeft ze een bermbom laten afgaan. Zij zat erbovenop, dus zij werd het zwaarst getroffen en heeft het niet overleefd. Strickland wel. Zijn verwondingen heb je gezien.'

'De legerleiding had eerder moeten reageren. Ze hadden Stricklands idee moeten goedkeuren.'

'Inderdaad. Maar dat is niet gebeurd. Dus had Hewson voet bij stuk moeten houden. Niet zo snel moeten toegeven. En wij, de rest van ons? We wisten dat we in overtreding waren. Ik wist dat. Ik had kunnen proberen er een stokje voor te steken, maar dat heb ik niet gedaan. Zijn er levens door gered? Ja, zeker weten. Maar hoeveel? Dat valt onmogelijk te zeggen. Was het genoeg om die tweeëndertig doden te compenseren, de burgers en de klokkenluider die het leven hadden gelaten? Bestaan er überhaupt rekenformules voor dat soort zaken?'

37

Gilmour hief zijn hand: ze moesten stil zijn.

'Horen jullie dat?' vroeg hij.

In de verte was iets te horen. Automotoren. Meer dan een. Het geluid werd duidelijker: ze kwamen hun kant uit. Gilmour pakte zijn verrekijker en tuurde naar de horizon. 'Daar zijn ze,' zei hij. 'Vier pick-ups. Twee SUV's. Naderend, minder dan zestig seconden.'

Kasselwood schoof naar het midden van de achterbank. Reacher klapte de passagiersstoel neer tot die bijna plat lag. Hij keek naar de groter wordende stofwolk die steeds dichterbij kwam, en toen hij het chroom van de grille op de voorste pick-up in de zon zag glinsteren, bukte hij zich om uit het zicht te zijn. De stofwolk bereikte de auto. Het werd schemerig en Reacher hoorde het konvooi voorbij daveren. Gilmour wachtte een halve minuut en zette de auto toen in zijn vooruit. Langzaam reed hij weg, keerde en reed de weg naar de mijn op. Reacher hees zich iets omhoog en wierp een snelle blik door de voorruit. Hij zag de pick-ups – drie Fords en een Chevrolet – en de SUV's, Grand Cherokees, een eind verderop. Ze stonden nu bij de ingang van de mijn en vormden een halve cirkel met de neuzen naar de auto-ingang toe. Er stapten mensen uit. Allemaal mannen, van uiteenlopende leeftijd. Reacher zag jongens die in de twintig leken te zijn tot en met enkelen die misschien de zestig al wel gepasseerd waren. Hij zag honkbal- en gummiknuppels en telescopische wapenstokken. Een van hen had een eind hout bij zich waar aan het uiteinde spijkers uit staken.

Gilmour reed rustig verder en probeerde geen aandacht te trekken. Op vijftig meter van de mijningang stopte hij. Hij opende zijn portier en stapte uit. Achter hem deed Taylor dat ook. Ze wisselden van plaats: Taylor kroop achter het stuur, Gilmour op de achterbank. Toen reed Taylor verder op de mijn af. Ze parkeerde aan het linker eind van de halve cirkel, net iets verder naar voren dan een gehavende blauwe F150 met een enorme deuk in het achterpaneel. In plaats van die te repareren had de eigenaar een sticker van Road Runner in het diepste deel van de deuk geplakt.

De menigte begon rumoerig te worden. Niet het georganiseerde geroezemoes van politieke bijeenkomsten, met leuzen en protestkreten. Dit klonk primitiever. Onheilspellend. Dreigend. De mannen liepen door elkaar heen, gingen op de mijningang af, trokken zich weer terug, groepeerden zich opnieuw en stroomden weer voorwaarts als een woeste zee. Zelfs in de auto voelde Reacher de spanning in de lucht, alsof die vol benzinedamp hing. Bij het kleinste vonkje zou de hele zaak exploderen.

Een van de jongere mannen kwam naar hun auto toe en duwde met zijn knuppel tegen het bestuurdersportier. 'Uitstappen,' brulde hij. 'Allemaal. We weten dat jullie daar zitten.'

Een tweede stem nam het over. 'Uitstappen. Eruit.'

Een wat oudere man rende naar voren en beukte met het handvat van een bijl tegen het portier. 'Eruit. Eruit.'

Nog twee mannen kwamen op hen af en begonnen op het portier in te rammen. En een derde.

Plotseling zag Reacher waarop hij had zitten wachten. De kleinere deur van de mijn ging open. 'Nu,' zei hij. Hij glipte de auto uit en sprintte op de mijn af. De deur was nu halfopen. Links van hem rende Gilmour. Kasselwood zat achter hem. De deur ging verder open. Eerst tot driekwart, toen helemaal. Er kwam een man naar buiten gerend. Hij had een zwart uniform aan met een helm en een vizier. In één hand had hij een schild, in de andere een wapenstok. Hij wendde zich af van Reacher en in de richting van de meute, en begon met zijn stok te zwaaien. Hij wilde schedels inslaan, dat was duidelijk. Er kwam nog een man in uniform naar buiten. En nog een, en daarna nog een. Reacher was nog steeds op weg naar de deur. Die stond nog steeds wijd open. Een man in de meute herkende Reacher. Hij brulde iets wat Reacher niet verstond en wilde hem tegen zijn hoofd stompen. Reacher sloeg de vuist van de man weg en rende door. De deur begon dicht te vallen. Hij was half dicht, driekwart dicht. Reacher stak zijn arm uit. De spleet werd steeds smaller. Hij redde het niet op tijd. Hij minderde vaart om niet keihard tegen de muur aan te smakken. Maar plotseling zwaaide de deur weer open, sneller dan eerst. Bijna werd Reacher vol in het gezicht geraakt. Hij greep de rand en hield de deur tegen. Weer kwam er een man in uniform naar buiten. Achter zijn vizier hijgde hij, en zijn steekwerende vest zat niet goed dicht. Verward keek hij even naar Reacher, daarna draaide hij zich om en dook de menigte in, waarbij hij zich met zijn wapenstok een pad baande naar zijn collega's toe.

Reacher ging als eerste naar binnen, op de voet gevolgd door Gilmour en Kasselwood. Na het kabaal buiten leek het wel of ze een klooster hadden betreden. Ze stonden in een brede, hoge ruimte waar het koel en stil was. De zoldering en wanden waren heel lichtgrijs en de vloer was glad en stoffig. Hier begon de centrale weg die was aangelegd voor de reusachtige vrachtwagens die naar het lager gelegen niveau moesten. Daarmee was dit het oudste deel van de mijn. De sporen van de houwelen waren hier en daar nog zichtbaar, uit de tijden dat mijnwerkers nog met de hand werkten. Sommige van die arbeiders hadden hun initialen in spleten en kieren gekerfd. Aan het plafond waren nog hier en daar oude kabelgoten te zien, sinds lang in onbruik, want Strickland had na de aankoop van de mijn betere verlichting aangelegd. Hij had een slagboom laten aanbrengen en het oorspronkelijke receptiekamertje was omgebouwd tot bewakershokje. En rechts van de ingang voor voertuigen had hij een tweede bewakershokje laten bouwen.

Er zat een bewaker in het hokje. Hij trok zijn pistool en holde naar buiten. 'Stop,' zei hij. 'Terug. Dit is verbo...'

Kasselwood mepte hem in het gezicht. Een vreselijke dreun. Een voltreffer, perfect getimed en met haar volle gewicht erachter. De man wankelde achteruit door de klap. Even bleef hij nog overeind, op onvaste benen tegen de muur hangend, toen zakte hij door zijn knieën en viel plat op zijn gezicht. Kasselwood nam zijn pistool in beslag en keek of hij nog ademde.

De bewaker uit het andere hokje had ook zijn wapen getrokken. Hij stapte de weg op, hief zijn wapen, spreidde zijn benen en richtte met beide handen het wapen. Reacher liep naar hem toe.

'Stop,' zei de bewaker. 'Geen stap dichterbij.'

Reacher hief zijn armen en deed nog een stap. 'Rustig aan,' zei hij. 'We willen gewoon even praten.'

De bewaker richtte het wapen op Reachers borst. 'Geen stap meer.'

Reacher hield iets in, maar liep wel door. 'Je begrijpt het niet,' zei hij. 'Buiten wordt gereld, en...' Reacher vloog naar voren. De laatste twee meter legde hij in één stap af en hij greep de rechterpols van de bewaker. Hij schudde, zodat de man zijn greep op het pistool deels verloor, en duwde toen zijn arm omhoog tot het wapen op het plafond was gericht. Hij draaide de man om zijn as, klemde zijn rechteronderarm om de hals van de man en begon druk uit te oefenen. Het strottenhoofd van de man raakte samengeperst. Hij kreeg geen lucht, raakte in paniek. Hij liet het pistool vallen, klauwde met beide handen naar Reachers onderarm en probeerde op Reachers voeten te stampen. Achterwaarts tegen zijn knieën te trappen. Hij stribbelde uit alle macht tegen, hij worstelde en wurmde. Reacher duwde zijn linkerarm naar buiten en boog hem toen bij de elleboog omhoog. Hij greep zijn eigen rechterpols vast en trok die naar zich toe, zodat er nog meer druk op de hals van de man kwam te staan. Nog even spartelde de man harder, als een vis aan de haak wanneer die de oever nadert, en toen werd hij slap. Zijn hoofd zakte voorover en zijn lippen begonnen blauw te kleuren.

Reacher drukte wat minder hard en even later begon de man hijgend en rochelend naar adem te happen. Zijn lichaam verstrakte en meteen begon hij weer te spartelen. Reacher trok met een kort gebaar zijn onderarm weer naar zich toe, heel even maar. Toen zei hij: 'Nu even goed luisteren. Je moet kiezen: wil je blijven leven of wil je dood? Eén keer knikken als je wilt blijven leven.'

De man knikte eenmaal.

'Ik heb informatie nodig,' zei Reacher. 'Er is vandaag een vrouw gearriveerd. Violeta Vardanyan. Is die nog hier?'

Reacher gaf hem iets meer ruimte zodat de man kon antwoorden.

'Weet ik niet,' zei de bewaker schor.

'Heb je haar zien arriveren?'

'Ja.'

'Heb je haar zien vertrekken?'

'Nee.'

'Waar gaan bijzondere bezoekers normaal gesproken naartoe?'

'Vergaderzaal.' De man gebaarde vaag naar de overkant van de weg. 'En dan krijgen ze een rondleiding.'

'Waar gaan ze naartoe als ze hier iemand moeten spreken? Niet voor een rondleiding.'

'Geen idee. Daar ga ik niet over.'

'Een gokje.'

'Het kantoor van meneer Strickland, neem ik aan.'

De man draaide zijn hoofd opzij en liet zich met zijn volle gewicht vallen om onder Reachers arm uit te kunnen glippen. Maar hij was te traag. Reacher zag de manoeuvre aankomen. Hij sloeg zijn arm weer strakker om de hals van de bewaker zodat die niet weg kon, en drukte op diens strottenhoofd. Hij bleef drukken. Nog even spartelde de man met zijn laatste krachten verder, toen zakte zijn hoofd weer naar voren en kleurden zijn lippen donkerder blauw.

Reacher droeg de uitgeschakelde bewaker de weg over en propte hem in het bewakershokje. Dat was een krappe, rechthoekige ruimte met een dikke deur en een schuifraampje op borsthoogte. Binnen was een ondiepe balie van onafgewerkt multiplex, een met stof beklede bureaustoel zonder armleuningen en een archiefkast met twee laden. Er hing een klok aan de muur – Reacher zag dat die een minuut achterliep – en daarnaast hing een ouderwets presentiebord, met links een lijst namen in dikke gouden reliëfletters op een zwarte achtergrond. Naast elke naam zat rechts een vak met een plaatje dat naar links werd geschoven als mensen binnenkwamen, naar rechts als ze weggingen. Daarnaast hing een gewoon whiteboard met zeven namen in het vervaalde blauw van een markeerstift, en één stel initialen in de rechterbovenhoek.

Reacher stak zijn hoofd om de hoek van de deur van het hokje en zei: 'Jongens. Kom eens kijken.'

Een van de permanente namen links op het bord was aangeduid als 'Aanwezig'. Morgan Strickland.

'Er zijn niet veel hoge omes ter plekke,' merkte Gilmour op.

'Die zijn allemaal op pad,' zei Kasselwood. 'Vast ergens bezig om nog meer poen binnen te harken voor Strickland Security.'

'Zeven handgeschreven namen,' zei Gilmour. 'Die twee schone slapers hier, en het vijftal dat buiten de menigte te lijf gaat?'

'Klinkt aannemelijk,' zei Reacher. 'En dan die initialen. VV.'

Kasselwood zei: 'Violeta. Dat moet wel. Het zou anders al te toevallig zijn. Ik neem aan dat degene die dit schreef, discreet wilde doen. Of mysterieus.'

'Of hij kan gewoon niet fatsoenlijk schrijven,' opperde Gilmour.

Reacher zei: 'Dus tot die jongens met hun helmpjes en knuppels weer binnenkomen – áls ze al binnenkomen en niet in het ziekenhuis belanden – zijn wij numeriek in het voordeel. Strickland heeft het voordeel van het terrein. Hij kent het hier, maar heeft geen idee dat wij hier zitten, dus hij heeft geen reden om zich schuil te houden. Voorlopig. Volgens de bewaker worden bezoekers naar zijn kantoor gebracht, dus laten we daar beginnen. Als we het kunnen vinden. Oké?'

Gilmour en Kasselwood knikte.

'Goed,' zei Reacher. 'Dit tweetal krijgt boeien om en een prop in de mond, en dan gaan we op pad.'

38

Het belangrijkste deel van de voormalige mijn lag bijna vijfentwintig meter onder de grond. De hellingshoek van de weg was beperkt tot vijf graden om de vrachtwagens van destijds een redelijke kans te geven weg te komen met een laadbak vol kalksteen. De afstand van de ingang naar de eerste open ruimte was dus zowat een halve kilometer. De wanden en zoldering van de schacht waar de weg doorheen liep, waren met de hand uitgehouwen. Het grijswitte oppervlak was ruw en hobbelig en deed Reacher denken aan foto's die hij had gezien na de maanlanding van de Apollo.

De ruimte rondom de eerste twee pilaren die ze tegenkwamen toen de weg zonder helling door liep, was een parkeerterrein. Normaal gesproken stonden daar humvees, gokte Reacher, te oordelen naar de brede bandensporen in de laag grijs stofzand. Die dag stonden er geen humvees. Die waren waarschijnlijk verscheept en stonden nu ergens klaar voor de invasie van Armenië, als het ooit zover kwam. In plaats daarvan stond er een stel oudere pick-ups geparkeerd, sommige tot in de puntjes verzorgd, andere zo goed als doorgeroest. Een eindje verderop stond een donkerblauwe Tesla met het nummerbord MS1. Morgan Stricklands privéauto, dacht Reacher.

Achter de Tesla was een kalkstenen wand waarin een deur zat met het opschrift VERGADERZAAL 1. Reacher trok de deur open, vond een lichtknopje en keek naar binnen. Meteen riep hij de anderen. Midden in de kamer stond een rechthoekige tafel met een aantal stoelen van staal en chroom, maar het meubilair interesseerde Reacher niet. Twee wanden hingen vol reusachtige posters: foto's van de trainingszones van het bedrijf. Op elk daarvan stond een breed glimlachende jonge man of vrouw in uniform, bungelend aan een touw, bezig door een raam te klimmen of een zandduin op te klauteren. Maar ook de propaganda boeide Reacher niet. Zijn aandacht werd getrokken door het grote prikbord aan de derde wand. Dat bestond uit drie delen. In het midden was een plattegrond van het complex te zien; links daarvan hing een lijst met specificaties en faciliteiten. En rechts een tabel waarin de sterke punten van Strickland Security werden afgezet tegen die van het Amerikaanse leger. Even kwam Reacher in de verleiding die van de muur te scheuren en in de prullenbak te gooien, maar hij deed het niet en richtte zijn aandacht op de plattegrond. Gilmour kwam naast hem staan en nam er met zijn telefoon een foto van. Op de kaart was te zien dat de helft van het hele complex uit trainingszones bestond. De rest werd in beslag genomen door kleedkamers, een recreatieruimte, kantoren en machinekamers.

Kasselwood ging tussen Reacher en de plattegrond in staan. 'Volgens mij hebben we twee mogelijkheden,' begon ze. 'Ofwel Violeta werkt met Strickland mee – of doet althans alsof – of niet. Als ze meewerkt, zit ze in een mooie kamer. Waar kan die zijn? De bewaker dacht aan het kantoor. Strickland heeft daar een dure auto staan. Misschien heeft hij ook zijn kantoor wel luxueus ingericht.'

'En als ze niet meewerkt?' vroeg Reacher.

'Dan zit ze op een minder riante plek, neem ik aan,' antwoordde Kasselwood. 'Wat denk je? Een machinekamer misschien? Ergens waar het heet en lawaaierig is? Of juist heel klein, zodat ze niet kan staan of zitten?'

'Of een latrine?' opperde Gilmour. 'Dat is ook altijd favoriet.'

'Laten we ervan uitgaan dat ze het slim speelt,' zei Reacher. 'We houden ons aan het plan. Eerst in de kantoorruimtes kijken.'

In het complex lagen drie kantoren naast elkaar. Dat van Strickland, dat van McClaren en dat van Moyes. Als het presentiebord in het bewakershokje goed bijgehouden was, zou er niemand in die laatste twee zijn. Toch bleef Reacher bij elk van beide deuren even staan luisteren. Hij hoorde niets, dus klopte hij aan. Toen er geen antwoord kwam, liep hij door naar Stricklands kantoor. Ook daar was binnen niets te horen, en er werd niet gereageerd toen hij aanklopte. Dus ramde hij met zijn schouder tegen de deur. Er was geen beweging in te krijgen, dus probeerde hij iets anders. Hij draaide zich om, hief zijn rechterbeen en gaf met zijn hak een keiharde trap tegen de deur, net naast het slot. Het hout bezweek en het regende houtsplinters in Stricklands kantoor. De deur sloeg open. Reacher keek naar binnen. Hij zag een bureau met een iPad erop, een gigantisch beeldscherm en een ouderwets bakje voor inkomende en uitgaande post. Er stonden een stoel en een bed. Maar geen spoor van Vardanyan. Voor de zekerheid trapte hij ook de deuren van de twee andere kantoren in. McClarens ruimte was spartaans ingericht en keurig opgeruimd. Bij Moyes was het vol en chaotisch. In geen van beide zat Vardanyan.

'Ze werkt dus kennelijk niet mee,' zei Reacher.

'O god,' zei Kasselwood. 'Hopelijk is alles goed met haar.'

Gilmour zette de foto die hij van de plattegrond had gemaakt op het scherm. Ze zochten snel maar grondig het hele complex af en keken overal waar ze dachten dat iemand opgesloten kon zijn. Ze keken in, op en onder alles wat als schuilplaats kon dienen. Ze zetten alle drie hun jarenlange ervaring in. Reacher was bedreven in het zoeken en vinden van mensen. Gilmour in het verbergen van mensen. Kasselwood in het verbergen van stoffelijke overschotten. Maar een uur later stonden ze weer voor Stricklands deur, zonder ook maar enig resultaat.

'Strickland zelf hebben we ook niet gezien,' zei Kasselwood, 'en dat vind ik vreemd. Zouden ze nog hier zijn, denk je? Misschien heeft hij haar ergens anders naartoe gebracht.'

'Zijn auto staat er nog,' reageerde Gilmour.

Reacher zei: 'De kans lijkt me groter dat ze hier ergens samen zitten, op een plek waar wij nog niet gezocht hebben.'

'Waar dan bijvoorbeeld?' vroeg Kasselwood.

'De trainingszones,' antwoordde Reacher.

'Waarom zou hij haar daarnaartoe brengen?'

'Meer dan genoeg redenen. In een woestijnzone kan hij haar tot haar nek in het zand begraven. In een junglezone kan hij haar in een kuil laten zakken of in een kooi opsluiten. In een stadsgebied kan hij haar in een lekkende rioolbuis stoppen. In een berg...'

'Oké, ik snap 'm. Dan gaan we daarnaartoe. Maar ik kan je nu al zeggen, als Strickland iets smerigs met haar uithaalt, tellen die zesentwintig jaar dat wij elkaar kennen niet meer mee.'

Reacher ging de anderen voor van de kantoren naar de trainingszones. Maar toen ze een plek bereikten waar ze haaks links af moesten slaan, bleef hij plotseling staan. Gilmour kwam naast hem staan en wees. 'Die kant op,' zei hij.

'Weet ik,' zei Reacher. 'Maar wat is dat daar?' Hij wees recht voor zich uit. Daar stak, zo'n vijftig meter verderop, een paar centimeter van een metalen stoelpoot achter een kalkstenen pilaar vandaan.

'Geen idee.'

'Hoort daar officieel iets te zitten?'

Gilmour pakte zijn telefoon en keek naar de foto van de plattegrond. 'Nee. Het zou leeg moeten zijn, helemaal tot aan de achterwand.'

'Misschien heeft iemand zich daar verstopt,' opperde Kasselwood. 'Om te ontsnappen aan afwascorvee of iets in die geest?'

'Laten we even gaan kijken,' stelde Reacher voor.

Er stond niet één stoel aan het eind van de gang. Er stonden er twee. En die bevonden zich voor iets wat nog het meest weg had van een eigenaardig soort kooi. Rechthoekig, achttien meter lang, zes meter breed en zo'n tweeënhalve meter hoog. De wanden bestonden uit een metalen rooster op glanzende, geïsoleerde panelen. Er was een metalen deur zonder deurklink. Daarnaast zat een toetsenbordje.

'Wat is dit in vredesnaam?' vroeg Kasselwood.

'Het lijkt wel een opslagruimte,' vond Gilmour.

'Maar dan geen gewone,' zei Reacher. Hij wees naar een stel dikke stroomkabels die vanaf het plafond via een luik boven in de kamer naar binnen liepen. 'Daar staat een hoop zware apparatuur.' Daarna wees hij naar de stoelen. 'En er zitten hier meestal bewakers. Kijk eens naar de vloer. Die is uitgesleten van de stoelpoten.'

'Waar zijn die bewakers dan nu?' vroeg Kasselwood. 'Is er niemand meer?'

Reacher schudde zijn hoofd. 'Het ziet er nieuw uit. Ik denk dat de bewakers buiten staan. Dat ze zijn weggeroepen toen die meute aanviel.'

'Misschien zit Vardanyan daarin,' merkte Gilmour op.

'Eén manier om daarachter te komen,' zei Reacher.

Gilmour wees naar het toetsenbordje. 'Maar hoe komen we aan de code? Daar kunnen we de hele middag wel mee bezig zijn.'

'Misschien wel.' Reacher liep naar de metalen deur, pakte het toetsenbordje en wrikte het los. Er staken vier kabeltjes uit. Reacher koos er twee en hield de blootliggende uiteinden tegen elkaar. Er klonk een klik. 'En misschien ook niet.'

Het pistool dat Reacher had afgenomen van de bewaker

bij de ingang zat achter zijn broeksband gestoken. Hij pakte het, hield het voor zich en gaf een zet tegen de deur. Die zwaaide een stuk open, maar veerde meteen weer terug. Reacher stak snel zijn voet ertussen en duwde nog eens, harder. De deur kwam ergens tegenaan. Reacher hoorde gekreun. Hij duwde een derde maal en stapte naar binnen.

Er sloeg een golf koude lucht over hem heen. Zonder er aandacht aan te besteden keek hij naar een man die bij hem vandaan kroop. Hij had een dikke jas aan. Een van de mouwen bungelde leeg aan zijn zij, en er zat een ooglapje voor zijn ontbrekende oog.

'Strickland,' zei Reacher.

Strickland reageerde niet.

Gilmour liep naar binnen, gevolgd door Kasselwood.

'Wat is dit?' vroeg Gilmour. 'Een ziekenboeg?'

Langs de twee lange zijden van het vertrek stonden metalen britsen, aan beide kanten vijftien. Op elk daarvan lag een fris wit kussen en een strak ingestopte rode deken. Vier van de veldbedden waren onbezet. In een ervan lag een vrouw. In de overige vijfentwintig lagen mannen.

'Morgan?' zei Kasselwood. Ze deed een stap in zijn richting en draaide zich toen om naar de vrouw in het bed. 'O god, Violeta? Gaat het goed met je?'

Reacher zei: 'Dit is geen ziekenboeg. Kijk nog maar eens. Al die mannen hier zijn dood.'

39

Gilmour keek naar de rij bedden. Alle mannen lagen met hun ogen dicht. Hun borstkas bewoog niet. Hun huid was leerachtig en bleek. Sommigen hadden kogelwonden in het hoofd. Anderen vertoonden verwondingen van granaatscherven. Aan de silhouetten onder de dekens te zien waren sommigen hun armen of benen verloren, of allebei. En uit de kleine stukjes stof tussen de kin en de bovenkant van de deken viel op te maken dat ze allemaal in uniform waren. Bij vierentwintig was de kleding verschoten vaalgroen, maar het uniform achterin in de hoek leek donkerder, alsof het nooit de zon had gezien.

Na een blik op Kasselwood zei de vrouw in het bed: 'Mankeer jij niets? Je was neergeschoten. Ik zag je onderuitgaan.'

Strickland fronste zijn wenkbrauwen. 'Het ziet ernaar uit dat de berichten over jouw dood zwaar overdreven zijn. Jam mer.'

Kasselwood klopte op haar borst en zei: 'Ik had een vest aan. Alles in orde met me.' Ze keek een beetje schichtig naar de rijen lijken, keek toen naar Reacher en Gilmour en zei: 'Jongens, dit is Violeta Vardanyan. Samen gaan we een oorlog voorkomen.'

'Om de dooie dood niet,' zei Strickland.

Kasselwood keek Vardanyan aan en zei: 'Kom op, we halen je hier weg.'

'Ik kan me niet bewegen,' zei Vardanyan 'Die hufter heeft me vastgebonden.'

Kasselwood liep op haar af en pakte haar mes. Ze trok de deken weg en sneed de touwen door waarmee Vardanyans linkerpols en -enkel aan het bed vastzaten. Vervolgens liep ze om het bed heen en bevrijdde Vardanyans rechterpols en -enkel.

Reacher keek naar Strickland en vroeg: 'Waarom bewaar je die lijken hier?'

Strickland gaf geen antwoord.

'Waar komen ze vandaan?'

Strickland glimlachte spottend, maar bleef zwijgen.

Reacher deed een stap in zijn richting. 'Wie zijn het?'

'Wie ben jíj?' riposteerde Strickland.

'Ik ben degene die jou iets vraagt. Wat is dat met die lijken?'

'O ja? Nou, ik ben degene die geen antwoord geeft.'

'Het is hier stervenskoud,' zei Kasselwood. 'En ik krijg wat van al die lijken. Kun je hem misschien buiten aan de tand voelen?'

Reacher keek naar Strickland en zei: 'Trek je jas uit.'

'Wat?' vroeg Strickland.

'Deze dame heeft het koud. Trek je jas uit. Geef hem aan haar.'

'Nee.'

'Laat maar. Hoeft niet,' zei Kasselwood.

Reacher hield zijn blik op Strickland gevestigd. Hij stak het pistool weer achter zijn broeksband en zei: 'Je kunt hem vrijwillig uittrekken, of ik doe het voor je. Kies maar.'

Strickland zweeg even en zei toen: 'Oké dan.' Hij ritste de jas open, en liet hem van zijn schouders op de grond glijden.

Zonder zijn blik van Strickland af te wenden vroeg Reacher: 'Kathryn, hoeveel touw ligt er nog op het bed?'

Kasselwood keek naar het bed. 'Zowat een meter op elke hoek, als je de knoop opschuift.'

Reacher keek even naar het bed waarop Vardanyan had gelegen. De deken ontbrak; die had ze als een cape om haar schouders geslagen. Hij richtte zijn blik weer op Strickland. 'Ga op dat bed liggen.'

Strickland bleef roerloos staan. Hij gaf geen kik.

'Als ik je op bed moet leggen, breek ik allebei je benen,' zei Reacher. Hij deed een stap achteruit om Strickland vrij baan te geven.

Strickland bleef nog heel even staan en liep toen langzaam op het bed af, om het voeteneind heen, deed alsof hij erop wilde gaan zitten, draaide zich de andere kant op en liet zich op het lege bed ernaast vallen.

Gilmour stond het dichtst bij Strickland. Hij liep naar voren en stak zijn arm uit, klaar om hem te grijpen en naar het bed met de touwen te slepen. Strickland veerde overeind. Hij stak zijn hand achter zijn rug en bracht hem toen weer naar voren. Hij hield iets vast. Een feloranje ding met twee uitstekende sprieten. Hij haalde uit naar Gilmours borstkas. Gilmour dook weg, maar de sprieten raakten hem in de flank. De stroomstoten scheurden door zijn kleren heen naar zijn huid. Hij kromde zijn rug. Zijn hele lichaam schokte even en zijn ogen rolden weg. Strickland liet het apparaat vallen en greep Gilmour bij de kraag van zijn overhemd. Hij sprong van het bed af en sleepte Gilmour mee naar de deur. Hij deed nog twee stappen, liet Gilmours overhemd toen los en liep door. Gilmour viel met gespreide armen en benen op de grond. Strickland had de deur bereikt. Ook Reacher was in beweging gekomen. Zijn rechterarm was gestrekt, op Stricklands rug gericht, steeds dichterbij. Nog een paar centimeter. Toen raakte zijn voet Gilmours been. Hij struikelde, verloor bijna zijn evenwicht, herstelde zich. Maar Strickland was de deur al uit en had die achter zich dichtgetrokken. Reacher rukte hem weer open. Hij dook erdoorheen en zag Strickland op zijn kantoor afrennen. Reacher griste zijn pistool uit zijn broeksband en richtte het op Stricklands rug. Maar toen liet hij het zakken en stak het weer weg.

Kasselwood stond in de deuropening. 'Je hebt niet geschoten,' zei ze. 'Waarom niet?'

Reacher zei: 'Ik dacht aan jou en dr. Martin. *We zijn hier niet in Hollywood.*'

'Bedankt.'

'Waarvoor?'

'Dat je hem niet doodgeschoten hebt.'

'Na wat hij met Vardanyan gedaan heeft? En wat zijn mannetjes jou aangedaan hebben?'

Kasselwood haalde haar schouders op. 'Het ligt ingewikkeld.'

'Ik luister.'

Kasselwood streek met haar vingertoppen over haar litteken. 'De soldaat van die klacht in Irak? Dat ging niet alleen over de regels en voorschriften. Ze was ook overstuur over iets anders, iets persoonlijks. Zij was verliefd op Mark Hewson. Maar ze dacht dat Hewson verliefd was op mij.'

'En was dat zo?'

'Misschien wel. Er is nooit iets gebeurd tussen Hewson en mij, maar toch was dat mens jaloers. "Een versmade vrouw", je weet wel. Volgens mij speelde die jaloezie een belangrijke rol bij haar beslissing. Om Hewson te grazen te nemen vanwege mij. Dus heb ik altijd het gevoel gehad dat het deels door mij kwam dat Strickland gewond is geraakt. Daarom heb ik hem altijd in het oog gehouden toen hij eenmaal het leger uit was.'

Zodra Gilmour weer kon lopen, gingen ze in de richting van de centrale weg die door de hele mijn liep. Kasselwood keek op haar telefoon en zei: 'Bericht van Ellie. Aan de voorkant is alles veilig. Een stel gasten is naar het ziekenhuis afgevoerd, onder wie de bewakers. We kunnen er dus probleemloos uit.'

Gilmour vroeg: 'Wat doen we met de bewakers die we vastgebonden bij de ingang hebben achtergelaten? Die kunnen we daar niet achterlaten. Ze hebben onze gezichten gezien.'

'Ik breng ze hierheen,' antwoordde Reacher. 'Ik laat ze die lijken zien. En dan vraag ik of ze erbij willen zijn als de politie komt.'

Gilmour huiverde. 'Dat lijkt me afdoende. Zo'n horrorvertoning, daar wil niemand iets mee te maken hebben.'

Reacher keek Kasselwood aan. 'Zeg maar tegen Taylor dat je eraan komt.'

'Jij niet, dan?'

'Ik kom straks.'

'Hoezo? Heb je het hier naar je zin?'

'Ik wil weten wat Strickland met de lijken van plan is. Die hele situatie is volkomen verknipt.'

Kasselwood keek naar Violet en vroeg: 'Heeft Strickland iets gezegd over waar hij daarbinnen mee bezig was?'

'Niet met zoveel woorden,' zei Vardanyan. 'Alleen dat het een onplezierige plek was. Hij dacht dat ik wel zou meewerken als hij me daar opsloot.'

'Meewerken waaraan?'

'Hij wil dat ik morgenochtend met iemand praat. Een man. Dat ik mijn "ooggetuigenverslag" herhaal en een tweede video opneem.'

'Wie is die man?'

'Iemand uit het Pentagon. Mark Hewson?'

Kasselwood bleef staan.

'Wat is er?' informeerde Vardanyan. 'Heb ik iets fout gedaan?'

'Nee. Alleen is dat een naam die ik niet verwacht had. Komt hij hierheen?'

Vardanyan knikte.

'Shit,' zei Kasselwood.

Iedereen was even stil, maar toen zei Gilmour: 'Reacher, je hebt gelijk over die lijken. Dat is een hele zieke toestand. Waarom bewaart Strickland ze? Hoe komt hij eraan? Hij moet die ruimte speciaal voor dat doel gebouwd hebben. En waarom zijn ze allemaal in uniform?'

'Geen idee,' antwoordde Reacher. 'Maar daar ga ik achter komen.'

'Ik doe mee,' zei Gilmour.

'Hoef je niet te doen.'

'Weet ik. Maar jij hebt mij ook geholpen, en samen sta je sterker.'

Kasselwood keek met opgetrokken wenkbrauwen naar Vardanyan. Die knikte. 'Wij doen ook mee,' zei Kasselwood.

'Nee echt, jongens...' begon Reacher.

'In 2003 heb ik een oogje dichtgeknepen,' zei Kasselwood. 'Ik heb mijn lesje geleerd. Wij doen mee.'

Reacher besloot te beginnen met Stricklands kantoor. Hij hoopte dat Strickland daar zou zijn om persoonlijk antwoord te geven, maar toen ze aankwamen stond de deur open, het licht was uit en de ruimte verlaten. Reacher drukte op de lichtknop en ze dromden samen rond het bureau, want dat leek meer kans te bieden dan het veldbed.

Kasselwood pakte de iPad. 'Eens kijken wat hierop te vinden is.'

Gilmour liep om het bureau heen en ging voor het toetsenbord zitten.

Reacher begon aan de postbak. Het bovenste vak was leeg, maar in het onderste lag een stapel aan elkaar geniete papieren. Reacher bladerde erdoorheen. Het waren geprinte pagina's, sommige met handgeschreven aantekeningen. Het was een concept voor een contract tussen het Ministerie van Defensie en Strickland Security. Reacher begon de diverse bepalingen en clausules door te lezen. Het leek hem een bizarre toestand. Een gortdroog, geheimzinnig document in een ondergronds vertrek in Maryland, betekenisloos omdat er geen handtekening onder stond – maar met de toevoeging van een paar krabbels in inkt betekende dit manschappen aan de grond aan de andere kant van de wereld. En onvermijdelijk doden. Reacher had meer belangstelling voor iets wat verband hield met de lijken die hier al lagen, maar er viel niets te vinden. Hij kwam aan bij de laatste pagina. Daarop stonden de meeste aantekeningen in de marge. En plotseling werd alles duidelijk.

'Wat een klootzak,' zei Reacher.

Kasselwood keek op van de iPad. 'Iets gevonden?'

Reacher hield het document in de lucht met de laatste pagina naar voren. 'Zie je die laatste pagina? Met de titel "Bijzondere Vergoedingen"? Wat denk jij dat dat betekent?'

Kasselwood schudde haar hoofd.

'Ik zou het bij god niet weten,' zei Gilmour.

Vardanyan zat op het bed. Zij reageerde helemaal niet.

Reacher zei: 'Dat betekent: als iemand van Strickland Security om het leven komt bij een actie in opdracht van de Amerikaanse regering, krijgt de directeur van het bedrijf – Morgan Strickland – een bedrag uitgekeerd. Niet de familie van het slachtoffer. Niet het bedrijf. Strickland, persoonlijk.'

'Dat is ontzettend fout,' merkte Kasselwood op.

'Hoeveel krijgt hij per dode?' vroeg Gilmour.

'Een miljoen dollar,' zei Reacher.

40

'Dat over die compensatiebedragen. Is dat een nieuwe toevoeging?' vroeg Kasselwood.

'Dat moet haast wel,' antwoordde Reacher. 'Het contract is nog niet getekend.'

'Dat verklaart die koelruimte,' zei Kasselwood. 'En waarom de lijken in uniform zijn. Dit zullen mensen zijn die zijn omgekomen bij de laatste operatie waar Stricklands bedrijf aan meedeed. Een schermutseling in Haïti, geloof ik. Die lijken waren toen nog geen geld waard. Maar nu ligt daar in die kamer voor vijfentwintig miljoen. Daarom is Strickland zo gemotiveerd voor die inval in Armenië. Hij gaat beweren dat die gasten daar omgekomen zijn.'

'Is dat overtuigend?' wilde Gilmour weten. 'Zelfs in de koeling kun je die mensen niet voor net overleden laten doorgaan. Een behoorlijke arts doorziet dat meteen.'

'Maar ja, wat is "een behoorlijke arts"? Ik weet zeker dat de eerste de beste arts het verschil kan zien. En dat dat hier ook het geval zou zijn. In vredestijd. Als hun bevoegdheid op het spel staat. Maar aan de andere kant van de wereld? In het heetst van de strijd? Terwijl er kans is op ferme bedragen aan smeergeld? Zodra de gevechten beginnen, brengt hij ze daarheen. Dat kan best werken. Ik kan me maar zo indenken dat Strickland het althans zal proberen. Ik zei toch, hij is behoorlijk creatief.'

'En als die lichamen dan thuiskomen? Als er ook maar één

familie argwaan krijgt en sectie aanvraagt...'

'Die lichamen komen niet thuis. Dit zijn huursoldaten. Niet het Amerikaanse leger. Ze hoeven niet gerepatrieerd te worden. Dat zal in hun contract staan. Het bedrijf heeft het recht met de stoffelijke overschotten te doen wat op dat moment het beste lijkt.'

'Dat is wel heel kras.'

Reacher zei: 'Maar dat gaat Strickland deze keer niet proberen. Daar zorg ik voor. Maakt mij niet uit hoe creatief hij is.'

'Ik kan niet geloven dat iemand bij het Pentagon hier zijn handtekening onder zou zetten.'

'Ik wil wedden dat Kathryn dat wél gelooft,' zei Reacher.

'Hoezo?' informeerde Kasselwood.

'De naam van Mark Hewson staat op de pagina voor de handtekeningen. Ik neem aan dat hij morgen gaat tekenen, als hij hier is om Vardanyan te spreken. Tenminste, ik vermoed dat dat het plan is.'

'Hoe wou je dat tegenhouden?' vroeg Gilmour.

'Ik ga op zoek naar Strickland en ik zeg dat hij niet moet tekenen.'

'En als hij niet luistert?'

'Ik kan heel overtuigend zijn.'

'Hoe wou je hem vinden? Ga je echt dit hele complex nog een keer doorzoeken? Stel dat hij intussen naar buiten geslopen is?'

'Ik hoef hem niet te vinden. Ik weet waar hij morgenochtend om tien uur zit. Namelijk hier, klaar voor zijn afspraak met Hewson. Ik hoef alleen maar te wachten tot hij naar mij toe komt.'

Kasselwood zei: 'Ik heb iets voor je om het wachten te bekorten. Kijk hier eens.' Ze zette de iPad schuin op het bureau, zodat Reacher en Gilmour het scherm zagen, en drukte op Afspelen. 'Ze maken video's van de eindoefening van de rekruten. En die zijn vreselijk.'

Op het scherm was een man te zien die op zijn tenen een leegstaande garage in sloop. Overal lag troep. Al lopend keek de man van links naar rechts, maar zijn pistool wees continu naar de vloer. Hij ging verder naar voren, keek de verkeerde kant uit en struikelde over een berg verfblikken. De hele stapel viel om. De blikken smakten op de grond en rolden weg. De man schrok hevig en haalde de trekker over. En schoot zichzelf in de voet. Zijn hele laars kleurde vurig rood. Gelukkig voor hem had hij niets ergers dan een verfpistool.

'Arme drommel,' zei Gilmour. 'Hij bakte er echt niks van.'

'Wat zou hij nu aan het doen zijn?' vroeg Kasselwood zich hardop af. 'Waarschijnlijk staat hij ergens hamburgers te bakken.' Ze stak haar hand uit om de opname stil te zetten, maar die liep langer door dan toen ze in haar eentje had zitten kijken. Er verscheen een cijfervak in beeld, met een groene '70' en het woord GESLAAGD. 'Dat meen je niet. Geslaagd? Onmogelijk. Ik bedoel, wat is dat hier voor organisatie?' Ze pakte de iPad weer en begon door de menu's te scrollen. Na een tijdje leunde ze voorover. Met een gefronst voorhoofd zette ze de iPad weer op het bureau. 'Dit is foute boel. Heel erg fout. Kijk. Dit is het scherm met het historisch overzicht van de cijfers. Aanvankelijk was deze gast automatisch geslaagd. Maar toen heeft ene S. McClaren het cijfer overschreven en hem laten zakken. Tot Strickland hem zijn hogere cijfer weer teruggaf.'

'Raar,' zei Gilmour. 'Strickland is de baas. Je zou denken dat hij geen losers in zijn bedrijf wil.'

'Juist wel.' Reacher fronste zijn voorhoofd. De pezen in zijn nek stonden strak als staalkabels. 'Iemand die op het slagveld om het leven komt, is sinds kort een miljoen waard, of het nu een kneus was of niet. En een kneus zal eerder om het leven komen.'

'O god.' Gilmour trok een gezicht alsof hij een slok zure melk had gedronken. 'Hij kiest opzettelijk types uit die waarschijnlijk het leven laten, zodat hij uitbetaald krijgt. Weerzinwekkend.'

'De vent die we gezien hebben is niet eens de slechtste,' zei Kasselwood. 'Moet je dit zien.' Ze koos een andere video en speelde die af. Daarop zag je een man op een deur in een huis af sluipen. Hij wilde hem openen, maar in plaats van te trekken duwde hij. Een paar seconden stond hij te hannesen, maar toen besefte hij zijn fout. Vervolgens trok hij zo hard dat de deur in zijn gezicht sloeg. Hij viel op de grond, liet zijn pistool vallen, krabbelde overeind en ging ervandoor zonder het op te rapen.

Hoofdschuddend informeerde Gilmour: 'Zijn die allemaal van dezelfde lichting?'

'Zo te zien wel,' antwoordde Kasselwood.

'Waar halen ze die gasten vandaan? Het lijken wel clowns. En hoe komt het dat zo iemand wordt aangenomen? Die twee daarnet – die moeten steengoeie sollicitatiebrieven geschreven hebben.'

'Eens even kijken. Het hele overzicht staat hierin.' Kasselwood veegde door een paar schermen en keek toen hoofdschuddend weg. 'Ik kan niet eens...'

Gilmour pakte de iPad, zag wat Kasselwood had gelezen en legde de tablet op het bureau. 'Verdomme.' Hij keek naar Reacher. 'Die gasten hebben helemaal niet gesolliciteerd. Die zijn hier op uitnodiging. Strickland heeft ze aangeschreven. En wat was zijn verkooppraatje?'

Reacher wachtte niet tot Gilmour verderging. Hij pakte de iPad en las zelf. Toen zei hij: 'Strickland bood hun een tweede kans. Al die jongens hadden geprobeerd bij het leger te komen. En allemaal waren ze uit de basistraining getrapt.' Reacher sloeg met de zijkant van zijn vuist een deuk in het bureau.

'Nu heb ik het helemaal gehad met Strickland,' zei Kasselwood. 'Geen schuldgevoelens meer. Dit is walgelijk.'

Reacher probeerde zijn ademhaling te reguleren. 'Dat is

zo. Maar we hebben nog een probleem. Hoe wist Strickland wie gezakt was voor die eerste oefening?'

'Iemand moet hem een lijst gegeven hebben,' zei Gilmour.

'Hem een lijst hebben verkocht,' zei Kasselwood. 'En ik wil wedden dat ik weet wie.'

'Hewson,' zei Reacher. 'Dat weten we straks zeker als ik Strickland gesproken heb. Als we gelijk hebben, gaan ze allebei een heel nare dag tegemoet.'

Kasselwood zei: 'Hewson krijgt een wel héél nare dag. Als ze elkaar zo de bal toespelen, wil ik er wat om verwedden dat het Hewson was die mijn waarschuwing vanuit kantoor heeft weggemoffeld. En die die zware jongens op me af heeft gestuurd.'

Vardanyan sprong op van het veldbed. 'Mensen! Volgens mij is er een probleem.'

'Wat dan?' vroeg Kasselwood.

Vardanyan zei: 'Ik heb daar vanmiddag een tijdje in mijn eentje gezeten. Strickland had me daar achtergelaten toen hij naar buiten ging om de man te spreken die ons bij de haven in de val had laten lopen. Toen heb ik een tijdje naar de muur zitten staren. Die daar.' Ze wees naar de muur achter het bureau. 'En nu zie ik het pas. Daarnet hing daar niets. En kijk nu eens.'

Ze wees naar een poster aan de muur. Een afbeelding op A0-formaat van het logo van Strickland Security: een cirkel met een arend en een paar pijlen en een wereldbol. In Reachers ogen leek het nog het meest op een kinderlijke samenstelling uit de logo's van de Amerikaanse landmacht en de marine. Op de hoeken zat verftape. Het glanzende papier verzette zich tegen het plakband en wilde omkrullen alsof het tot voor kort opgerold was geweest. Reacher pakte een rand van de poster en trok die omlaag. Daarachter zat een gat in de muur. Vierkant, met redelijk nette randen. De holte daarachter was leeg.

Gilmour zei: 'Je hakt een gat uit. Daarin berg je iets op.

Dan zet je er nieuwe gipsplaat voor. Je tapet de randen af. Stuken. Schilderen. En dan kraait er geen haan naar. Als je ooit weer nodig hebt wat je daar hebt opgeborgen, heb je het in twee seconden tevoorschijn.'

'Een vluchttas,' zei Reacher. 'Strickland is ervandoor.'

41

Kasselwood pakte haar telefoon, zette hem op luidspreker en drukte een toets in. Taylor nam meteen op.

'Heb je zicht op de ingang van de mijn?' vroeg Kasselwood.

'Nu wel,' zei Taylor.

'Hoelang al?'

'Sinds anderhalf uur.'

'Heb je Strickland zien vertrekken?'

'Nee.'

'Iemand anders?'

'Nee.'

'Oké, luister. Strickland is op de vlucht. Hij is gevaarlijk, dus blijf alert.'

'Begrepen.'

'Hij is hier nog ergens,' zei Kasselwood. 'Kom op, we gaan naar buiten en blijven de uitgang in het oog houden. We pakken hem zodra hij de deur uit komt. Hij kan hier niet voor altijd beneden blijven.'

'Als ik hem was,' zei Gilmour, 'zou ik net voor de uitgang wachten. In het bewakershokje, bijvoorbeeld. Dan kon ik iedereen die langs me probeerde te komen uitschakelen.'

'Ik zou een extra uitgang hebben gemaakt toen ik deze mijn kocht,' zei Reacher. 'Dan was ik nu al weg geweest.'

'Dus kunnen we veilig vertrekken of niet?' vroeg Kasselwood.

'Wacht,' zei Gilmour. Hij liep terug naar Stricklands computer. 'Ik zag hier net een camera-icoontje.' Hij klikte een paar keer en knikte toen. 'Oké. Gelukt. Eens kijken of we kunnen zien waar hij zit.'

Reacher en Kasselwood liepen om het bureau heen zodat ze mee konden kijken. Het scherm was in twaalf rechthoeken verdeeld. Een voor elke camera. 'Hij is niet op een van deze live feeds te zien,' zei Gilmour. 'Eens even naar de geschiedenis kijken.' Gilmour riep de meest recente opnamen op. Op de bovenste drie zagen ze zichzelf van de opslagruimte naar Stricklands kantoor lopen. Op de vierde was Strickland zelf te zien in het trainingsgebied. De camera hing in het centrale deel tussen de vier zones. Strickland liep snel die kant op; hij had een zwarte rugzak op zijn rug. Een van de banden liep schuin over zijn borst, zodat die niet van zijn linkerschouder kon glijden. Hij liep pal onder de camera door en verdween uit het zicht. 'We kunnen wachten,' zei Gilmour. 'Kijken wanneer hij terugkomt.'

Reacher schudde zijn hoofd. 'Het moet sneller. Ik ga hem zoeken. Neem jij de bewakers bij de ingang voor je rekening.'

Reacher liep door de diagonale gang die in het hart van het trainingsgebied uitkwam. De stadszone was rechts van hem, achter een muur van bijna tweeënhalve meter hoog. Links lag de bergzone, achter een kunstmatige sneeuwbank. Hij liep langzaam, soepel, en deed zijn best om geen geluid te maken. Het wapen dat hij van de bewaker had afgepakt, lag in zijn hand.

Aan de sneeuwbank leek geen eind te komen, maar in de stadsmuur zat na elke twaalf meter een opening. Toen Reacher langs de tweede opening liep, hoorde hij iets aan de andere kant van de muur. Een knerpend geluid, als een voetstap op grind. Hij bleef staan luisteren en hoorde het weer. Hij waagde een blik door de opening en zag de restanten van een verwoest huis. Even overwoog hij door de opening te stappen om poolshoogte te nemen, maar hij besloot het toch niet te doen. In plaats daarvan liep hij anderhalve meter achteruit, stak het wapen achter in zijn broeksband, nam een sprong en pakte de bovenrand van de muur vast. Hij trok zich erop, ging op zijn buik liggen en bekeek het terrein. Er bewoog niets. Strickland was nergens te bekennen. Toen hoorde hij het geluid weer. Het kwam nu uit het huis. Hij keek wat beter. Delen van het dak ontbraken. Twee van de ramen waren vernield, maar hij kon niet zien of er iemand binnen was. Hij liet zich van de muur zakken, trok het wapen en sloop naar het dichtstbijzijnde raam, dat nog heel was. Hij kroop eronderdoor en ging door naar het volgende. Dat was kapot en de grond eromheen lag vol glasscherven. Hij raapte de grootste scherf op die hij kon vinden, hield die als een spiegel omhoog en gebruikte hem om door het kapotte raam naar binnen te kijken. Hij leek een kinderkamer in te kijken, met een tweepersoonsbed, een rieten mand vol speelgoed en een plank met boeken. Toen ging de slaapkamerdeur open en verscheen er een robotgedaante, die eruitzag als een jonge man. Hij droeg een zwarte cargobroek, een kogelwerend vest over een zwart T-shirt en had een motorhelm in de stijl van de Hell's Angels op zijn hoofd. De robot hield een pistool in beide handen. Zijn rechterhand ging omhoog en hij vuurde twee keer. Hij schoot met scherp, niet met verfbolletjes, zoals in de video's die ze net hadden gezien. Eén kogel versplinterde de glasscherf die Reacher vasthield. Hij liet de stukken glas vallen, telde tot drie, richtte zich op, hief zijn wapen en schoot terug. De robot werd tussen de ogen geraakt; even schoot er een vlam omhoog, en toen viel de robot sissend en stuiptrekkend achterover, uit het zicht.

Reacher draaide zich om en liep in de richting van de muur. Hij was net halverwege toen plots alle lampen in de zone uitgingen en het pikdonker werd. Reacher stapte naar links, vuurde drie keer, laag en breed gespreid, dook toen naar rechts, waar hij dacht dat de opening in de muur zat.

Even lichtte er iets op, ook weer een robotgedaante. Deze zag eruit als een oma en hield een dienblad met glazen limonade vast. Midden in haar borst zat een smeulend gat, waar ze was geraakt door een van Reachers kogels.

Reacher liet zich vallen, rolde door en sprong in de gang overeind. Hij liep nog vijf meter, haalde toen zijn zaklamp tevoorschijn en liep verder, langzaam, zoals eerst, tot hij het centrale gedeelte bereikte. Daar deed hij de zaklamp weer uit en bleef in het donker staan luisteren. Het enige wat hij hoorde was het gezoem van elektrische apparatuur in de verte.

Reacher kreeg weer dat tintelende gevoel, dat vanaf zijn nek omhoogkroop. Het was aardedonker, maar iemand hield hem in de gaten. Dat moest Strickland zijn. Hij zat vast ergens in een controlekamer of iets dergelijks, vanwaar hij die trucjes met het geluid en de robots uithaalde. Wellicht had hij ook een nachtkijker. Of infraroodcamera's. Reacher legde zijn vinger om de trekker en luisterde ingespannen, zoekend naar een teken van waar de controlekamer kon zitten. Hij spitste zijn oren, maar hoorde niets. Toen dacht hij terug aan iets wat hij pas zelf nog had gezegd. 'Niemand kijkt ooit omhoog.' Hij knipte de zaklamp weer aan en scheen ermee omhoog. Eerst zag hij niets. Toen merkte hij een donkere, langwerpige vorm op, die dicht onder het plafond hing, als een ruimteschip of de romp van een boot. Hij liet de lichtbundel er helemaal omheen glijden en zag aan de andere kant een metalen loopbrug. Die was matzwart en daardoor praktisch onzichtbaar. Hij volgde de loopbrug tot de andere kant van de grot en ontdekte een metalen ladder. Ook die was zwart en verdween in de schaduw van een smalle nis. Reacher zag waar hij er weer bovenuit kwam en liep erheen. Maar hij klom niet naar boven, want hij besefte dat er sprake was van een probleem. Als de vorm boven hem de controlekamer was en Strickland daar zat, was de loopbrug de enige mogelijkheid om bij hem te komen. Maar die was vijftien meter lang en hij had daar geen enkele dekking. Dus als Strickland een wapen had, kon hij Reacher elk moment uitschakelen.

Reacher draaide zich om en rende terug naar de gang tussen de stadszone en de bergen. Hij hield zijn zaklamp op de muur gericht, telde de openingen en vond die waar hij eerder doorheen was gedoken. Deze keer liep hij meteen naar het kapotte raam en stak het wapen achter zijn broeksband. Toen trok hij zijn shirt uit, wikkelde het om zijn linkerhand en verwijderde zo veel mogelijk van het kapotte glas uit het kozijn. Hij klom erdoorheen, liep naar de deuropening en wurmde de robot die hij had neergeschoten uit het kogelwerende vest.

Reacher probeerde het vest niet aan te trekken. Hij wist dat het veel te klein zou zijn en was het sowieso niet van plan geweest. Hij nam het mee terug naar het centrale gedeelte en droeg het langzaam de smalle sporten van de ladder op. Boven gearriveerd, kroop hij behoedzaam over de loopbrug. Hij gebruikte daarbij beide knieën en alleen zijn rechterhand. Met zijn linkerhand hield hij het vest als een schild voor zich uit.

De eerste kogel sloeg in het vest toen Reacher nog vierenhalve meter van het einde van de loopbrug was. De schok van de inslag dreunde door tot in zijn pols. Strickland zat in de deuropening van de controlekamer. Reacher kroop verder. Strickland schoot opnieuw. Weer sloeg er een kogel in het vest. En nog een. Reacher stopte niet. Hij had bijna het eind van de loopbrug bereikt. Strickland rolde terug de controlekamer in, gooide de deur dicht, hurkte ervoor en reikte omhoog naar het slot. Op de loopbrug draaide Reacher zich op zijn rug, trok zijn knieën tegen zijn borst en ramde toen zijn voeten tegen de deur. Die vloog open, raakte Strickland en sloeg hem tegen de vloer. Zijn wapen kletterde over de vloer door de kamer heen.

Even lagen Reacher en Strickland allebei op hun rug, hun

voeten naar elkaar toe, twee meter van elkaar. Ze krabbelden allebei overeind. Strickland was kleiner. Lichter, sneller. Hij zat al half rechtop. Reacher kon onmogelijk eerder overeind komen dan hij, dus hij gooide het over een andere boeg. Hij steunde op zijn handen en hielen en duwde zijn lijf toen naar voren, parallel aan de vloer. Hij strekte zijn tenen en zijn kuiten, zette zich schrap en ramde zijn voetzolen tegen Stricklands knieschijven.

De menselijke knie is een complex gewricht. Het product van miljoenen jaren evolutie. Effectief, maar kwetsbaar. Niet bestand tegen een gewicht van ruim honderdtien kilo. Zeker niet als het met grote snelheid wordt geraakt. Stricklands knieën bogen de verkeerde kant op. Botten braken. Pezen en gewrichtskapsel scheurden. Hij viel voorover, met zijn gezicht op Reachers borstkas. Reacher rolde hem van zich af en stond op.

Strickland schreeuwde het uit, een opeenvolging van doordringende oerbrullen. Reacher wachtte tot het lawaai een beetje afnam en vroeg toen: 'Wie heeft je de lijst met afvallers van de basistraining verkocht?'

Strickland antwoordde niet.

'Wie heeft je die lijst verkocht?' vroeg Reacher weer.

Strickland begon te kreunen.

'Ik weet al wie het was,' zei Reacher, 'maar ik wil het jou horen zeggen.'

Strickland schudde zijn hoofd.

Reacher tilde zijn rechtervoet op en hield die boven Stricklands knie. 'Je praat, of ik stamp. De keus is aan jou.'

Strickland zei niets.

Reacher liet zijn voet zakken en zei: 'Je denkt dat het nu pijn doet...'

'Nee!' Strickland jankte bijna. 'Het was Hewson. Mark Hewson. Hij heeft me de lijst verkocht.'

Reacher knikte. 'Mooi. Dan breng ik je nu naar beneden.'

'Mooi zo.' Strickland slaakte een zucht van verlichting. 'Ik heb morfine nodig. Een verpleegkundige. Een brancard. Een paar spalken. Een takel en blok, en touw.'

'Serieus? Al die attributen? Zo zou het leger het volgens mij aanpakken. Ik dacht dat jullie als particuliere militie wel efficiënter en sneller waren. Ik durf te wedden dat we een veel snellere manier kunnen bedenken om je beneden te krijgen.'

Reacher pakte Strickland onder zijn oksels vast en tilde hem op. Hij probeerde het wel voorzichtig te doen, maar was niet zachtzinnig genoeg. De gebroken botten in Stricklands benen schraapten over elkaar. Strickland krijste even en viel toen flauw van de pijn. Reacher liep hoe dan ook door. Hij droeg Strickland naar de loopbrug, tilde hem over de reling heen en liet hem daar bungelen. Het kon Reacher niet schelen hoelang hij daar zo moest blijven staan. Hij had Strickland stevig beet en de man was niet zwaar. Bovendien was Reacher een geduldig mens.

'Wacht!' riep Strickland zodra hij bij bewustzijn kwam. Hij keek omlaag de duisternis in, begon toen te kronkelen en te draaien en zijn stem zwol aan tot een gekrijs. 'Stop. Wat doe je?'

'Welkom terug,' zei Reacher. 'Dit is een belangrijk moment in je leven. Laten we even de tijd nemen om stil te staan bij wat er gaat gebeuren.'

'Wat?' Stricklands stem sloeg over. 'Wat gaat er gebeuren?'

'Karma pakt je terug,' zei Reacher, 'voor al die arme zielen die jij voor een miljoen per stuk wilde ruilen.' Toen liet hij Strickland los. Het bleef dik twee seconden stil, toen klonk er een plof als van een natte badhanddoek die op een harde stenen vloer valt.

42

Mark Hewson had om tien uur de volgende morgen afgesproken bij de Kinsella-mijn. Om kwart voor tien arriveerde hij, achter in een effen zwarte limousine. Zijn twee bodyguards droegen duur uitziende grijze pakken met een duidelijke bult onder de linkerarm.

Reacher droeg het grootste uniform dat hij in Stricklands magazijn had gevonden, en het paste hem bijna. Hij deed de deur open toen de eerste lijfwacht er nog twee passen vandaan was. De man stapte naar binnen en onderwierp de ingang van de mijn aan een vluchtige inspectie. Hij was er eerder geweest en wist wat hij kon verwachten. Het enige afwijkende was dat Stricklands Tesla met de neus naar beneden op het pad net binnen het hek stond in plaats van de gebruikelijke humvee. Daar maakte de lijfwacht zich geen zorgen om. Het kon hem niet schelen in wat voor voertuig zijn baas de pakweg tweehonderdvijftig meter zou rijden. Hij liep terug naar de deur en gaf het teken, waarop Hewson en de tweede bodyguard hem naar binnen volgden.

Hewsons pak was marineblauw. De broek zat iets strakker dan toen hij pas het leger had verlaten en zijn rossige haar was bovenop inmiddels iets dunner. Hij droeg een bril met een stalen montuur en had een leren aktetas in zijn linkerhand.

Gilmour droeg ook een van Stricklands uniformen. Hij kwam naast Reacher staan en ze salueerden tegelijk.

‘Plaats rust,’ zei Hewson, en even later: ‘Zijn jullie nieuw?’

‘Ja, sir,’ zei Reacher.

‘Waar zijn de gebruikelijke jongens?’

‘Uitgezonden, sir.’

‘Nu al? Strickland verspilt geen tijd, geloof ik. Is hij hier? Hij verwacht me.’

‘Ja, sir. Hij kan u nu ontvangen. Ik zal u naar hem toe brengen.’

Hewson knikte, draaide zich om naar zijn bodyguards en zei dat ze in de auto konden wachten.

Gilmour was naar de Tesla gelopen en hield het achterportier open. Hewson stapte in. Gilmour ging achter het stuur zitten en Reacher liep om naar de andere kant. De auto snorde bijna geluidloos naar de verdieping met de kantoren. Het felle blauwwitte licht van de koplampen liet het ruwe stenen oppervlak waar ze langsreden verbleken. Gilmour reed rustig rechtdoor de helling af en maakte toen een haakse bocht naar rechts.

‘Gaan we niet naar Stricklands kantoor?’ vroeg Hewson.

‘Vandaag niet,’ zei Reacher. ‘We gebruiken een andere ruimte.’

‘Waarom?’

‘We hebben daar een videocamera geïnstalleerd. Dus als u tevreden bent met wat Violeta Vardanyan te vertellen heeft, kunnen we de nieuwe videogetuigenis meteen opnemen.’

Hewson knikte weer. ‘Dat is prima. Ik hou van efficiëntie. Jullie baas weet dat.’

De deur van de koelruimte stond op een kiertje. Gilmour bracht de Tesla er vlakbij tot stilstand en stapte uit. Hewson kwam van de achterbank. Reacher liep achterlangs de auto en bleef achter Hewson staan. Gilmour beduidde Hewson voorop te gaan.

Hewson duwde de deur open, zette een halve stap de koelruimte in en zag Kasselwood. Hij verstarde. Reacher gaf hem een duw in zijn rug. Hewson struikelde naar binnen, liet zijn aktetas vallen en viel bijna op het bed waaraan Vardanyan een dag eerder nog vastgeketend was geweest. Nu lag het stoffelijk overschot van Strickland erop. Zijn bloed was in de lakens getrokken en opgedroogd. Het vormde een zwart silhouet om het lichaam heen.

Gilmour volgde Reacher naar binnen en deed de deur achter zich dicht.

Reacher pakte Hewsons aktetas op en wees naar alle lichamen op de bedden. 'Wat schat je dat ze waard zijn? Zesentwintig miljoen?'

Hewsons ogen schoten van kussen naar kussen, van dodenmasker naar dodenmasker. Zijn hersenen stagneerden. Hij had geen idee waar hij naar keek. Na een korte stilte stamelde hij: 'Ik... ik weet niet waar je het over hebt. Is dat Morgan? Wat is er verdomme met hem gebeurd? Wie zijn al die andere mannen? Wie heeft ze gedood?'

'Zesentwintig miljoen. Je hebt ingestemd met het contract. Je kent de prijs.'

'Nee.' Hewson stak zijn handen omhoog en schudde driftig zijn hoofd. 'Dat heb ik nooit ondertekend en dat was ik ook niet van plan. Het was Morgans idee. Ik heb hier nooit mee ingestemd.'

Reacher hield de aktetas omhoog en zei: 'Dus als ik hierin kijk, vind ik geen pas ondertekend exemplaar?'

'Nee. Nou... ja. Maar dat is alleen voor de show. Het is een onderhandelingspositie. Ik hield Morgan aan het lijntje. Ik zou het hem nooit gegeven hebben.'

'Maar je hebt hem wel de lijst verkocht. De lijst met afvallers van de basistraining.'

Hewson antwoordde niet.

'Ik heb een vraag,' zei Kasselwood. 'Toen ik signaleerde dat Strickland onterecht een oorlog probeerde te beginnen, belandde mijn verslag op jouw bureau, toch? Jij hebt het weggemoffeld. En daarna stuurde je een paar kerels om me onder handen te nemen.'

Hewson stapte achteruit. Zijn mond stond open, maar hij zei niets.

'Na alles wat er in de woestijn is gebeurd?' zei Kasselwood. 'Ik heb het nooit iemand verteld. Weet je dat? Dus ik vind dat ik nu wel een antwoord van je verdien. Een eerlijk antwoord.'

Hewson begon te bibberen en zei zacht: 'Ik had gezegd dat ze je bang moesten maken. Meer niet. Ze mochten je niets aandoen. Het spijt me dat ze dat wel hebben gedaan.'

'Maak het dan maar goed en geef antwoord op de vraag. Heb jij Strickland de lijst verkocht?'

Hewson wierp zijn handen in de hoogte en zei: 'Maak je je nou echt druk om die stumpers? Je ziet het helemaal verkeerd. Het waren losers. Drop-outs. Hun levens waren naar de klote. Wij boden ze een tweede kans. Bóden! Ze hoefden die niet aan te nemen.'

'Dus het draaide allemaal om die tweede kans?' vroeg Reacher.

'Precies,' zei Hewson. Zijn blik ging weer van het ene lichaam naar het andere en bleef steeds even hangen op elke zichtbare fatale wond.

Reacher haalde zijn wapen tevoorschijn. Hij ramde een patroon in de kamer en haalde toen het magazijn eruit. Dat stak hij in zijn zak. Het wapen gooide hij op een van de lege bedden. 'Zal ik jou ook een tweede kans geven? Ik tel tot drie. Als jij het wapen eerder te pakken hebt, kun je mij neerschieten. Zo niet... nou ja, je snapt het vast wel. Een. Twee.'

Hewson wachtte niet op 'drie'. Hij rukte zijn blik los van een dode die in zijn gezicht was geschoten en wierp zich naar voren, naar het wapen.

Reacher dook de andere kant op, naar Hewson. Hij ramde met al zijn kracht en in volle vaart zijn vuist in Hewsons borst en brak diens ribben alsof ze door een aambeeld werden geraakt. De kracht van de stoot plette zijn hart. Hewson werd van de grond getild, vloog naar achteren en gleed over de vloer tot hij met zijn hoofd tegen het wiel aan een van de metalen poten van een bed knalde.

Een van Hewsons lijfwachten zat in de limousine met het passagiersportier open naar de radio te luisteren toen Reacher de mijn uit kwam lopen. De andere lijfwacht stond een sigaret te roken en volgde met zijn voet een donkerrode vlek voor de ingang.

Reacher zei: 'Jongens, ik heb een vraag van jullie baas. Hij wil weten hoeveel van jullie aandeel jullie bereid zijn met Gilmour en mij te delen.'

De man met de sigaret zei: 'Waar heb je het verdomme over?'

'Hé. Rustig blijven. Dit is zuiver zakelijk. Er is geen ruimte voor emotie. Er is gewoon iets veranderd, dat is alles. Strickland heeft Gilmour en mij ook aan boord gehaald, zoals Hewson dat met jullie heeft gedaan. De vraag is dus of we een deal kunnen sluiten waar we allemaal blij mee zijn. Of moeten we een manier vinden om de aantallen terug te brengen?'

De man zette een stap naar de ingang. Reacher versperde hem de weg. De man zei: 'Ik wil de baas spreken. Dit moet híj maar regelen.'

'Hij heeft alleen een getal nodig. Een percentage. Dus... wat wordt het?'

'Het wordt nul procent. We delen helemaal geen zak met jullie, eikels. Als Strickland jullie erbij wil halen, dan moet hij zelf maar delen. Wij niet.'

'Er valt dus wel iets te verdelen.' Reacher haalde zijn wapen tevoorschijn. 'Bedankt. Dat is alles wat ik wilde weten.'

43

Reacher en Gilmour trokken hun eigen kleren weer aan terwijl Taylor de huurauto van het parkeerterrein haalde en naar de mijningang reed.

Reacher belde met Hewsons telefoon naar het alarmnummer en meldde een ongeluk in de mijn. Het kon hem weinig schelen wat er zou gebeuren met het stoffelijke overschot van Strickland, of dat van Hewson, of de bewakers, maar hij vermoedde dat er nog vijfentwintig families waren die wel een vorm van afsluiting verdienden.

Gilmour belde met zijn eigen telefoon naar Patten en vertelde haar in het kort wat er was gebeurd sinds ze de vorige dag naar de koffiebar was gegaan. Toen hij klaar was, zei ze: 'Dus het is voorbij?'

'Het is voorbij.'

'Deze keer echt?'

'Echt.'

'Toch voel ik me niet opgelucht.'

'Ik ook niet.'

'Heb je al plannen voor vanavond?'

'Nee.'

'En Reacher?'

'Wacht even.' Gilmour keek om zich heen en zei toen: 'Ik wilde het hem vragen, maar ik zie hem niet. Net was hij nog hier.'

'Heb je zin om naar mij te komen? Ik bestel wel iets te

eten. Geen Thais deze keer. En minder wijn.'

'Klinkt goed.'

'Mooi. Breng Reacher mee als hij zin heeft.'

'Doe ik. Tot straks.'

Gilmour verbrak de verbinding en zag dat Kasselwood en Taylor al op de achterbank van de auto zaten. Vardanyan zat tussen hen. Gilmour liep erheen, opende het portier en vroeg: 'Waar is Reacher?'

'Je bent net te laat,' zei Kasselwood.

'Wat bedoel je?'

'Hij is weg.' Ze wees naar het zandpad. 'Terwijl jij stond te bellen. Hij zei dat hij wilde lopen. Maar hij heeft deze voor je achtergelaten.' Ze tilde Stricklands vluchttas van de vloer van de auto en gaf die aan hem. 'Hij zei dat je wel zou weten wat je ermee moest doen.'

Gilmour ging naar een plek waar hij duidelijk zicht had op het pad. Er viel niet veel te zien. Alleen een stofwolk op bijna een kilometer afstand, die zich gestaag verwijderde alsof hij door een krachtige wind werd voortgeblazen. Hij pakte zijn verrekijker en keek nog eens. Midden in de stofwolk zag hij een gedaante. Het was Reacher. Zelfs van achteren en van deze afstand verraadde zijn postuur hem. Hij had niets in zijn handen. Liep snel, maar niet gehaast. Waarschijnlijk kon hij dat tempo de hele dag volhouden, dacht Gilmour, die nog twee minuten naar hem bleef kijken. Drie. En Reacher keek niet één keer achterom.

De eerstvolgende bus die uit Baltimore zou vertrekken nadat Reacher die middag bij het Greyhound-station aankwam, ging vijfenvijftig minuten later naar Salt Lake City. Reacher liep het station binnen, kocht een kaartje en een kop koffie en ging in de wachtruimte zitten.

De bus kwam precies op tijd. Reacher gooide zijn bekertje in de afvalbak en ging op weg naar de halte. Er stapte een stel uit de bus. En er stapte niemand anders in. Reacher moest nog zes meter lopen naar de deur van de bus toen hij achter zich voetstappen snel dichterbij hoorde komen. Hij keek over zijn schouder en zag Gilmour op zich af komen rennen. Hij hield zijn pas in zodat Gilmour hem kon inhalen en knikte toen naar de bus. 'Wat je ook te zeggen hebt, doe het snel,' zei hij.

Gilmour had Stricklands vluchttas bij zich. Hij hield hem omhoog en zei: 'Je hebt deze achtergelaten.'

'Dat weet ik,' zei Reacher. 'Ik heb hem voor jou achtergelaten.'

'Weet je wat erin zit?' vroeg Gilmour.

'Een hoop geld.'

'Heb je het geteld?'

'Daar zag ik het nut niet van in.'

'Een half miljoen dollar.'

Reacher zei niets.

'Je kunt een gokker niet zo'n bedrag geven. Dat is onverantwoord,' zei Gilmour.

'Heb ik het aan een gokker gegeven?'

Gilmour antwoordde niet meteen. 'Dat weet ik niet. Ik hoop van niet.'

'Je vindt er wel een goede bestemming voor.'

'Wat voor iets dan?'

'Als je mij om investeringsadvies vraagt, heb je een groter probleem dan dat gokken. Maar het schijnt dat er in Harbor East binnenkort een bar in de verkoop komt, de Butcher's Dog. En misschien een taxibedrijf.'

'Ik, als ondernemer?' Gilmour draaide zich om en begon heen en weer te lopen alsof hij een nieuwe rol uitprobeerde. 'Eigenaar van een klein bedrijf? Nee, dat zie ik niet voor me. Maar weet je wat? Ik zou contact kunnen opnemen met die gast van de goktent en tegen hem zeggen dat als er veteranen te diep bij hem in de schuld komen te staan, hij geen zware jongens op ze af moet sturen. Dat ik het wel voor ze zal regelen, rustig. En zonder verdere verplichtingen. Geen scheepsladingen waar ze over moeten rapporteren. Geen overvallen waarbij ze betrokken worden. Gewoon een cleane exitstrategie voor wie dat nodig heeft.’

De *Jack Reacher*-thrillers van Lee Child zijn:

1 *Jachtveld*
In een stadje in Georgia stapt Jack Reacher uit de bus. En wordt in de gevangenis gegooid voor een moord die hij niet gepleegd heeft.

2 *Lokaas*
Jack Reacher zit in een vrachtwagen opgesloten met een vrouw die beweert dat ze van de FBI is. Hij komt in een heel ander deel van Amerika terecht.

3 *Tegendraads*
Terwijl Jack Reacher een zwembad graaft in Key West, komt een detective allemaal vragen stellen. Later wordt die dood gevonden.

4 *De bezoeker*
Twee naakte vrouwen liggen levenloos in een bad. Het daderprofiel van de FBI wijst richting Jack Reacher.

5 *Brandpunt*
Midden in Texas ontmoet Jack Reacher een jonge vrouw. Zodra haar echtgenoot uit de gevangenis komt, zal hij haar doden.

6 *Buitenwacht*
Een vrouw in Washington roept Jack Reachers hulp in. Haar baan? Ze beschermt de vice-president van Amerika.

7 *Spervuur*
Een ontvoering in Boston. Een politieagent sterft. Heeft Jack Reacher zijn gevoel voor goed en kwaad verloren?

8 *De vijand*
Er was een tijd dat Jack Reacher in het leger zat. Eens, toen hij wachtliep, werd er een generaal dood aangetroffen.

9 *Voltreffer*
Vijf mensen worden doodgeschoten. De man die beschuldigd wordt van moord, wijst naar Jack Reacher.

10 *Bloedgeld*
Het drinken van koffie op een drukke straat in New York leidt tot een schietpartij vijfduizend kilometer verderop.

11 *De rekening*
In de woestijn van Californië wordt een van Jack Reachers oude maten dood aangetroffen. De legereenheid van toen moet weer bij elkaar gebracht worden.

12 *Niets te verliezen*
Jack Reacher gaat de onzichtbare grens tussen twee steden over: Hope en Despair, hoop en wanhoop.

13 *Sluipschutter*
In de metro van New York telt Jack Reacher af. Er zijn twaalf aanwijzingen voor een zelfmoordterrorist.

14 *61 uur*
In de vrieskou staat Jack Reacher te liften. Hij stapt uiteindelijk in een bus die regelrecht op de problemen afrijdt.

15 *Tegenspel*
Een onopgeloste zaak in Nebraska. Jack Reacher kan de vermissing van een kind niet van zich afzetten.

16 *De affaire*
Een halfjaar voor de gebeurtenissen in *Jachtveld* is Jack Reacher nog in dienst van het leger. Hij gaat undercover in Mississippi om een moord te onderzoeken.

17 *Achtervolging*
Na anderhalf uur wachten in de kou van Nebraska krijgt Jack Reacher eindelijk een lift, en komt in heel fout gezelschap terecht.

18 *Ga nooit terug*
Jack Reacher gaat terug naar zijn oude hoofdkwartier in Virginia. Hij wil de nieuwe commandant weleens ontmoeten – maar ze is spoorloos.

19 *Persoonlijk*
Iemand heeft op de Franse president geschoten. Er is maar één man die dat gedaan kan hebben – en Jack Reacher is de enige die hem kan vinden.

20 *Daag me uit*
Jack Reacher belandt in het vreemde plaatsje Mother's Rest en treft een vrouw aan die wacht op een vermiste privédetective. Weglopen zou tegen Jack Reachers principes zijn.

21 *Onder de radar*
Hamburg, 1996. Jack Reacher is naar Duitsland vertrokken voor een zeer geheime missie. Een jihadistische cel daar heeft een boodschap gekregen: de Amerikaan wil honderd miljoen dollar. Wat is er gaande?

22 *Nachthandel*
Toevallig ziet Jack Reacher een bijzonder sieraad liggen in de etalage van een pandjeshuis, een damesring van de militaire academie West Point. Jack Reacher gaat op zoek naar de eigenaresse...

23 *Verleden tijd*
Jack Reacher maakt een ommetje naar de geboortestad van zijn vader. Daar is geen spoor van een Reacher te bekennen. Wel stuit hij op een dodelijk tijdverdrijf.

24 *Blauwe maan*
Als Jack Reacher een medereiziger redt die slachtoffer dreigt te worden van een straatroof, raakt hij verwikkeld in de meedogenloze machtsstrijd tussen Albanese en Oekraïense gangsters.

25 *De wachtpost*
Jack Reacher loopt in Nashville een groep muzikanten tegen het lijf die zijn afgezet door een gewetenloze cafébaas. Hij voelt zich genoodzaakt in te grijpen...

26 *Liever dood dan levend*
De tweelingbroer van oorlogsveteraan Michaela Fenton is verdwenen in een grensdorpje in Arizona, na contact met een stel gevaarlijke mensen. Tijd voor Jack Reacher om deze ongure types een bezoekje te brengen.

27 *Geen plan* B
Jack Reacher is in Gerrardsville, Colorado wanneer hij getuige is van een ogenschijnlijk dodelijk ongeluk. Maar Reacher ziet wat niemand anders ziet: er was opzet in het spel. Reacher zet de achtervolging in en komt er al snel achter dat de aanval deel uitmaakt van een sinistere samenzwering.

28 *Het geheim*
Chicago, 1992. Reacher wordt gevraagd het leger te vertegenwoordigen in een onderzoek naar een reeks moorden. Dan komt hij op het spoor van een geheim dat al 23 jaar teruggaat.

29 *In de val*
Reacher wordt vastgebonden wakker. Gewond, zijn portemonnee en tandenborstel weg, en hij heeft geen idee hoe hij hier is terechtgekomen. Hij herinnert zich alleen dat hij een lift kreeg, van de weg werd gereden, en dat de bestuurder dood is...

De *Jack Reacher*-verhalen zijn:

1 *James Penney*
Uit wraak steekt James Penney zijn huis in brand nadat hij is ontslagen en hij slaat op de vlucht. Dan komt hij iemand in een groene Chevrolet tegen. Het blijkt Jack Reacher.

2 *Heethoofd*
In een hete zomernacht ziet de bijna 17-jarige Jack Reacher dat een jonge vrouw in het gezicht wordt geslagen. Als dappere zoon van een Amerikaanse marinier besluit hij in te grijpen.

3 *Tweede zoon*
Op de nieuwe school van de 13-jarige Jack Reacher is iets aan de hand. Wat volgt is keiharde actie van de jongen die ooit de beroemdste thrillerheld zonder vaste verblijfplaats zal zijn.

4 *Iedereen praat*
Een rechercheur raakt aan de praat met het slachtoffer van een schietincident. Het blijkt Jack Reacher te zijn. Hij is ernstig gewond, maar een paar uur later is hij verdwenen.

5 *3 kogels*
Jack Reacher doet onderzoek naar de executie van een kolonel. Hoe meer hij te weten komt, hoe sterker hij het vermoeden krijgt dat zijn broer meer met de zaak te maken heeft.

6 *Uit Rusland*
Jack Reacher loopt een bar in New York binnen. Meteen wordt zijn aandacht getrokken door een jong Russisch meisje, dat in gevaar lijkt te zijn. Hij is vastbesloten haar te helpen.

7 *Diepgang*
Jack Reacher moet ontdekken wie van de vier MI-stafofficieren vuil spel speelt. Het zijn alle vier vrouwen, en het leidt tot een diepgaand onderzoek.

8 *Geen oefening*
Jack Reacher neemt een lift richting de Canadese grens en strandt in het stadje Naismith. Daar wemelt het opeens van de militairen en niemand lijkt te weten waarom...

9 *Traditie*
Het sneeuwt te hard om door te lopen. Op goed geluk klopt Jack Reacher aan bij een groot huis; daar komt hij als geroepen voor een merkwaardig karweitje.

10 *Eenzaam*
Jack Reacher is in hartje New York. De straten zijn leeg en stil, ongewoon voor zo'n warme zomeravond. Dan houdt een vrouw hem staande. Tijd voor Reachers goede daad van de dag.

11 *Witte kerst*
Het is kerstavond. Jack Reacher wil nog wel wat eten en ergens onderdak, en kiest het motel dat er het goedkoopst uitziet.

12 *Te veel tijd*
Jack Reacher is getuige van een diefstal. Hij gaat mee naar het bureau, maar daar wordt hij gearresteerd wegens medeplichtigheid. Uiteindelijk grijpt hij terug op een van zijn vuistregels.

Alle Jack Reacher-verhalen zijn gebundeld in *Op doorreis*, verschenen als paperback en als e-book. De afzonderlijke verhalen zijn als luisterboek en als e-book beschikbaar.